SWALLOWS AND AMAZONS

# 燕子号与亚马逊号

## 逃离龙虎岛

[英] 亚瑟·兰塞姆 著 刘勇军 译

山西出版传媒集团 山西人民出版社

图书在版编目（CIP）数据

逃离龙虎岛 / (英) 亚瑟・兰塞姆著 ; 刘勇军译 . -- 太原 : 山西人民出版社 , 2021.2
（燕子号与亚马逊号）
ISBN 978-7-203-11578-6

Ⅰ . ①逃… Ⅱ . ①亚… ②刘… Ⅲ . ①儿童小说－长篇小说－英国－现代 Ⅳ . ① I561.84

中国版本图书馆 CIP 数据核字 (2020) 第 168026 号

**逃离龙虎岛**

著　　者：［英］亚瑟・兰塞姆
译　　者：刘勇军
责任编辑：张书剑
复　　审：刘小玲
终　　审：秦继华
装帧设计：仙　境

出 版 者：山西出版传媒集团・山西人民出版社
地　　址：太原市建设南路 21 号
邮　　编：030012
发行营销：0351-4922220　4955996　4956039　4922127（传真）
天猫官网：https://sxrmcbs.tmall.com　电话：0351-4922159
E-mail：sxskcb@163.com　发行部
　　　　sxskcb@126.com　总编室
网　　址：www.sxskcb.com

经 销 者：山西出版传媒集团・山西人民出版社
承 印 厂：三河市明华印务有限公司

开　　本：710mm × 1000mm　1/16
印　　张：16
字　　数：260 千字
印　　数：1—5000 册
版　　次：2021 年 2 月　第 1 版
印　　次：2021 年 2 月　第 1 次印刷
书　　号：ISBN 978-7-203-11578-6
定　　价：42.00 元

# 目录

CONTENTS

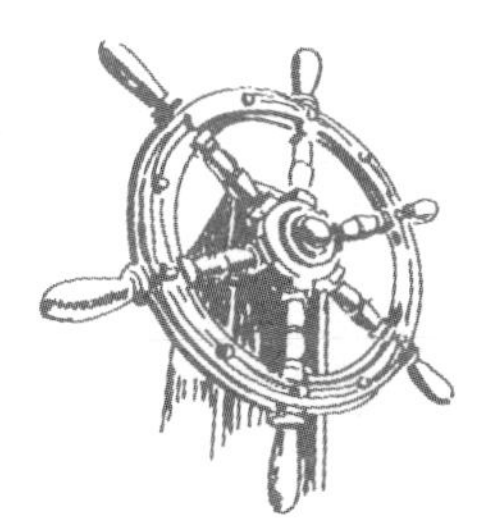

# 第一章　第一百个港口

“不到半个小时就要出航了。”弗林特船长说。

身材瘦小、脸被晒得黝黑的港务长正在野猫号的船舱里吃告别晚餐，他点点头，抬头扫了一眼船舱里的钟：“这里的灯光会让你们顺利地航行出去。”

“比起白天辛苦地找路标，在灯光下驾船容易多了。”南希说，“所以我们一般尽可能晚上出航。”

“你们跑过不少地方了吧。”港务长一边说着，一边弹掉白衬衣上的面包屑，见面包屑掉落在白色帆布裤上，他又将它弹掉。

“这是我们的第一百个港口。”南希说。

“不多不少。”罗杰补充道。

“现在要走了是不是很高兴啊？”

他们互相看着对方，怀疑地笑了笑。

“最近缺少睡眠。”南希说。

“我们来你这儿挺高兴的，”提提说，“还看到了那么多蝴蝶。不过这个港口挺吵的。”

“没错，确实是这样。”港务长说，“我在这里待了这么长时间，都习惯了。不过恐怕对你们来说的确是吵了点儿。”

“嘿，听！”南希说。

整个港口最安静的地方可能得算野猫号的这间船舱了，但即使是这个地方，吵闹声也震耳欲聋。这艘绿色的小帆船正停靠在码头上。船的正前方还有一艘日本商船，悬挂在木壳板上的日本水手正在敲打锅炉房的铁屑，发出刺耳的声音。一百码远的地方，有一艘蒸汽挖泥船在施工。稍远处，一艘打桩船正沿着码头轰隆隆地作业，机器铆足了劲儿，接着，一声巨响，一个笨重的大铁块打在柚木桩头上。另一艘轮船断断续续地喷着蒸汽。吊杆将三分之一的货物往上吊起，发出咔嗒咔嗒的声音。手推车在松松垮垮的轨道上来来回回地跑着。搬运工人、水手、码头工人，中国人、日本人、荷兰人和马来人都互相吆喝着，希望自己的声音能在喧闹声中被人听见。附近，一群人正拉着绞船索，号子声敲打着耳膜。“嘿……啦……嘿……啦……”那是苦力们在重负下蹒跚前行，“嗨……呀……嗬……哟……嗨……呀……嗬……哟……”

“他们总觉得喊喊号子就不会那么累了。”弗林特船长说。

“你们不应该在意这些噪音啊，”港务长说，“之前你们听得还少吗？”

“有段日子没听到了。”弗林特船长说，“我不是跟你说过，我一直住在湖上的一间船屋里，那里可是一点噪音都没有——连鸭子都禁止入内——除非南希船长哪根筋不对了，在那儿放烟花。”

“你去对面的中国海岸看看，那里的烟花才叫多呢。”港务长说，“只要有船进港，他们就会放鞭炮。”

“那才好玩呢。”罗杰说。

“我不明白你们为什么不直接去新加坡。”

“哦，算了吧。”南希说，“好不容易离中国这么近了，连个照面都不打，还能叫环游世界吗？”

“那里可是一个古怪的地方，”港务长说，“人也很古怪。我可不想下次听到你的消息时，只剩下一截放在火柴盒里的手指，还得想法子去寻找你身体别的部位。”

“汕头还行吧，”弗林特船长说，“那是条约港，我还有个老朋友在那儿呢。”

“可以坐轮船去那儿看看。”港务长说。

“太好了！”南希大叫，“可那儿有什么好玩的呢？”

“总之，祝你们顺利靠岸。另外，可千万别得罪李小姐。”

“李小姐？”大家都疑惑地抬起头。

“李小姐是谁？”罗杰问道。

“我以为你们都听说过她呢。”港务长说，“她可是个狠角色，那些中国女人老是用她吓唬她们的孩子……就像当年我们老祖宗的保姆过去经常做的那样，说什么再出声骷髅鬼就会找上门来。”

“她经常在哪里出没？”

“我不知道，中国人说他们也不知道，反正在海岸边吧。我三十年前来这里的时候，她好像叫什么李欧乐，现在就叫李小姐了，她可能是海盗吧。你了解那些中国人，我们很难从他们嘴里套出什么话来。如果我们知道她在哪儿，早就准备炮艇去对付她了，但是他们就是不说。他们非但不说，还给她钱，让她别来找他们麻烦，他们自然不会向我们透露她的行踪了。中国人真怪。”

“我们得躲着她点儿。”弗林特船长说，瞥了一眼他之前拿进船舱的海港入口图，“看看，这两条航道你觉得哪条好些？”

港务长指尖划过一条虚线。“这个好。”他说，“让红色闪光出现在右舷……弥补白色的明暗光……将两盏白色的固定光排成一行……灯光恰能照到清澈的水里……你是想用这种方式祝客人一路顺风吧？”

“好了，”弗林特船长说，“这次见到你真高兴，老伙计……不过……我们该走了。”

“再见，波利。”港务长对提提那只坐在鸟笼里的绿鹦鹉说，“你们的猴子呢？”

“它在放哨。”罗杰说。

他们一个个离开小船舱，爬上扶梯，来到甲板，港口的喧闹声此起彼伏。这个时候天已经黑了。高处，弧光灯在头顶洒下亮光。码头附近的小镇上、山林中零星分布的小屋里，以及停靠在岸边的小船上都有灯光，入口处的浮标不停闪耀，远处的海面、礁石和海岛上的灯塔也闪着光。

他们在弧光灯下看到了吉博尔。此刻它正坐在野猫号的栏杆上，愤怒地跟那群码头上的日本水手唠叨着什么。也许是因为看到同伴高兴，它一路蹦跳着来迎接他们。

“你们准备好的时候吆喝一声，”港务长说，“我帮你们解开绳子。”

“我们已经准备好了。”弗林特船长说，“这里的风不够，得靠引擎驱动，现在也已经准备好了。对吗，工程师？”

“是的，船长。”罗杰说。

“那就再见了。”港务长说，“下次环游世界的时候你们再来看我。”

“再见……再见……”他跟船员们一一握手，甚至连吉博尔也没落下。然后，他飞快地爬上梯子，来到码头上面，吹了一声口哨。一群人跑到系船桩那儿，野猫号的系船索绑得紧紧的。一上到小帆船上，所有人各就各位，每个人都知道自己的任务是什么。弗林特船长掌舵；罗杰早就去发动引擎了，下面已经开始颤动；约翰和南希在前甲板；提提、佩吉和苏珊则在后甲板，提提手里拿着一个悬挂的护板；其他人准备用绞船索或倒缆拉船进坞。

“往前拉！”弗林特船长大声喊道，“解开尾缆……拉倒缆……解开绳子……慢慢往前……”野猫号缓缓驶出码头。

“保重！”港务长大声喊道，“千万不要撞见李小姐啊！”

“万岁！”那群日本水手叫道，停下了手里的活儿，看着小帆船慢慢从码头周围的灯光下驶出。

“保重！”那群忙碌的苦工也喊道。

接着，震耳欲聋的敲打声再次响起。打桩船、挖泥船和吊杆就从没停歇过。小帆船慢慢悠悠地朝黑暗、静谧的海面驶去。

缆绳整齐地盘绕在甲板上，舷灯当然一直亮着。弗林特船长盯着在罗经箱灯照耀下慢慢晃荡的罗经刻度盘，然后看着远处一个个闪光的浮标。

“快点儿，佩吉。”苏珊说，“你也是，提提，趁着还没驶向大海，我们得把晚饭准备好。不用五分钟就能搞定。”

约翰来到船尾。“往前行驶，”他说，“南希，你上瞭望台。”

“很好，”弗林特船长说，“你来掌舵，这样船往前开的时候我能腾出时间去检查浮标。不要偏离航道，过了那个浮标就往右转舵……”

他匆匆走进甲板室，半掩上门，生怕灯光刺到约翰的眼睛。过了一会儿，船长又出来了，站在舵手旁边。

罗杰从引擎室里爬了出来，又闪身走出甲板室。

“咱们的船跑得不赖吧！”他说。

“很好……你最好让猴子去睡觉……我们等会儿再扬帆。”

半个小时过去了，一个小时过去了……最后一个闪光浮标被远远地甩在船尾，几英里外的礁石上，一盏灯在地平线下不停闪烁。清风徐来。

“我们要把主帆升起来。”弗林特船长说，“提提，你来掌会儿舵。”在约翰和苏珊的帮助下，他拽着升降索，把主帆拉了上去，以缓解引擎的压力。南希升起支索帆。佩吉则在前桅下等着，为弗林特船长和苏珊准备好升降索，帮忙将前桅的大帆拉上去。船首的三角帆已经升起了，他们还用绳子绑了好几圈，系紧了，只等一拉帆脚索就放开三角帆。

“放开三角帆！”弗林特船长喊道。

“好嘞，长官！”

弗林特船长仔细检查每根绳索，稍微松松这根，又稍微系紧那根。大伙儿发现，之前在微风中几乎没怎么动的野猫号航行得越来越快了，船再次在风帆的作用下往前行驶，让大伙很开心。

“我们把那个‘小毛驴’关掉怎么样？”提提在弗林特船长回船尾掌舵时问道，“让它也消停会儿吧——”

“我们在通过那盏灯之前得一直开着引擎，”弗林特船长说，“我们要尽快驶到开阔的水面。”

“重归大海的感觉真好啊，”提提说，“再也听不到恼人的吵闹声了！真希望我们能一直这么航行下去——”

“听着，我们有时候还得进港口。”南希说。

“那到下一个港口还有多久？”

“这得看天公作不作美了。”弗林特船长说，“不过，要是运气好的话，我们四天之内就能看到中国的海岸了。”

“耶！”南希说，“真高兴你最终还是决定去那儿。”

“注意咯，”弗林特船长说，“我们又驶回大海了，要准备放哨了。可不能让大家都熬夜。我先看着，等船驶回航道。约翰和南希在八击钟[1]的时候轮班。现在，你们最好去睡会儿。等我们通过那盏灯后苏珊和佩吉就去轮班。没必要所

---

[1] 八击钟：eight bells，航海学用词，分别在四时半、八时半及十二时半各击钟一下，其后每半小时递增一击，逢四时、八时及十二时刚好八击。此处应指午夜十二点。

有人都待在甲板上——”

“我睡不着。”罗杰说。

“这可是入海的第一夜。”提提说。

“这倒也是。”弗林特船长说，“你们两个先在这里守着，想睡觉的时候再找人轮班。千万记住，只要一有睡意你们就下去。明白吗，苏珊？”

“先让他们睡够八小时再说吧。”苏珊说。

“罗杰，你打哈欠了。”半个小时后提提说。

“是吗？”罗杰说。

“去睡吧，你刚才又打了。”

罗杰不知不觉打了第三个哈欠，他走到船尾跟弗林特船长道了声晚安。

现在就剩提提一个人留在前甲板上了。星空下，野猫号在黑暗的海面上前行，小船有节奏地颠簸着，港口的噪音听不见了，陆地也被远远地抛在了身后，只有远远的一点微光，那正是他们刚刚离开的第一百个港口。他们即将经过的灯塔闪着光，看起来那样高，又那样清晰。远处是一片开阔水域。再远处呢？他们接下来看到的陆地将是中国海岸。提提想起了那些垂柳图案的盘子。会是这样的吗？她想。那里的港口会像他们刚刚离去的港口一样喧嚣吗？会像帕皮提[1]那样，棕榈树临水而长，房子紧靠码头而建吗？她希望那里像帕皮提一样，希望他们不要那么快到达那里。风刚刚好，不过船航行的速度很快。她希望在海上待得越久越好，要是弗林特船长能尽快关上轰隆作响的引擎就更好了。

一闪一闪的灯光越来越近，旋转着照亮码头。灯塔的光正对着船舷，里面的人正用闪光灯发出信号。提提看了看船尾。这就对了，弗林特船长正在做出回应，灯光闪了一下、两下、三下……然后闪光停了。她听见甲板室里传来低沉的声音。野猫号改变了航道，前面什么都没有，只有漆黑的大海和繁星点点的天空。提提哈欠连连，只得往船尾走去。

这会儿，佩吉正跟弗林特船长在那儿掌舵。

“你要去休息了吗？”弗林特船长说，“你们不用都熬夜。我继续值班，等

[1] 帕皮提：Papeete，法属波利尼西亚首府。

约翰来替我。我马上送佩吉下去。苏珊也去睡了。”

“要关掉引擎吗？”提提问。

“等我们离陆地远点儿再说，”弗林特船长说，“现在风还太小。”

提提从甲板升降口走到下面，走过船舱的时候发现挂在天花板上的桅灯几乎没有摇摆，船行驶得很平稳。她发现苏珊已经睡着了，但并没有熄掉船舱里的灯。提提脱掉衣服，吹灭灯后蹑手蹑脚地钻进下铺。她将手电筒放在枕头边，以防半夜的时候甲板上有人喊帮忙。

她听见海水轻轻滑过船侧的声音。引擎发出的隆隆声让她睡不着觉。航行这么久，经过一百个港口后，她还是很喜欢入海的第一夜。她躺在床上，想起了过去，港口的喧闹声犹在耳边，穿着衬衣的港务长坐在船舱的桌旁谈到李小姐。“也许压根儿就没这号人，”他是这么说的，“李小姐……在中国，当妈的会叫小孩乖乖的，否则李小姐就会……”提提沉沉地睡了。不知道过了多久她又醒来了，这会儿引擎已经停了——现在除了索具轻轻碰撞发出的声音和外面的水流声外一片寂静。她感觉很惬意，很快再次进入梦乡。

## 第二章　野猫号遇难

四天后，这艘绿色小帆船一动不动地停在风平浪静的海面上。陆地看不见，别的船也看不见。临近中午，弗林特船长站在甲板室旁，看着六分仪。约翰在旁边拿着一个码表。太阳随时都可能升至正上空，到时弗林特船长和约翰要计算经度和纬度，海图上刚描出来的红墨水圆圈清楚地表明他们现在所处的位置。提提和罗杰正在观看导航器，苏珊坐在天窗上缝缝补补。南希在前桅的控制台上，满怀期待地用望远镜观察前方。

“可以了！”弗林特船长大声说。

约翰按下码表的按钮，来获取准确的秒数。随后，两人走进甲板室计算船的位置。

“快看吉博尔！”罗杰咧嘴笑道。

“它在导航呢。”提提说，看着那只猴子正叉开双腿站在弗林特船长之前站立的地方，拿着一个极像六分仪的东西放在眼睛上看。

“吉博尔，你这个小淘气！”苏珊大叫道，“它拿了我的剪刀。”

“过来，吉博尔！”罗杰说，“不要，苏珊，别吓它！它一跑就会戳到眼睛。”

“系紧了！你们在喊什么？”南希在前桅上问道。其他人都抬头看着她。

“吉博尔把苏珊的剪刀当六分仪使了！”罗杰喊道，“不过现在没事了。它把剪刀扔了，佩吉已经捡起来了。干得不错，佩吉！”

刚才佩吉悄悄地从厨房门里闪身出来，从甲板上抓起剪刀。猴子冲她嚷嚷了几句，跳上栏杆，沿栏杆一路跑了过去，爬到主桅的索具上面。它停在上面，低头看着甲板，时不时咕哝几句，看着南希再次用望远镜观察，也不记得什么六分仪了。猴子开始模仿南希，将自己的手指头圈起当望远镜。

甲板室里，时不时传出导航员的低语声，说什么天顶啦，子午线啦，正矢啦，对数啦这些，苏珊、提提、罗杰和佩吉即使想装成懂行的都装不出来。南希倒知道一些词的含义，但她也对不上号。不过野猫号的所有船员都知道，弗林特船长和约翰正一边咕哝着这些奇怪的词，一边不停演算，等他们两次得出相同的结论后，野猫号的位置就会奇迹般地出现。都过了这么长时间，除了一望无际的大海，他们什么也没见着，这也算得上是奇迹了吧。在海图上标出他们的位置后，弗林特船长会派约翰或南希去桅顶，看看能不能看到三棵棕榈树，或是一块高高冒出的礁石，或是灯塔，这些东西在甲板上是看不见的。先不管是什么吧，反正就是他要大伙儿找的东西，每次都不会落空，就是会出现。但现在，即使在桅顶也看不到任何陆地。四天了，他们什么也没见着。除了白天火辣辣的太阳、夜晚夺目的星星、一望无际的海水之外，他们什么也没看见。而且，过去二十四小时里连一丝风也没有。

“他们算好了。”听到甲板室里安静了，罗杰说道。然后他听见了书被放回书架的声音，弗林特船长将六分仪放进盒子后盖上盒盖的咔嗒声。

“没什么变化。”弗林特船长透过甲板室的窗户说。

“我们能看看吗？”罗杰说。

“事实上，船的位置跟昨天差不多。”弗林特船长说，这时他们全都挤到了小甲板室里，想看看放在桌上的海图。图上表明他们位置的新标记几乎就贴在昨天标记的上面。

“时间过得太快了。”弗林特船长说。

“我们只是往前漂流了一点点，”约翰说，“然后又漂回来了。”

“幸亏我们看不到陆地。”弗林特船长说。

“这话怎么说？”提提问道。

“谁都不愿意懵懵懂懂地去冒险。我们的朋友港务长说得对，在中国海岸上指不定会遇见什么人呢。苏珊，你不用担心，我们在这里没事的。反正他们的船上也没引擎，我们则随时可以发动船上的‘小毛驴’——”

“现在不行了。”罗杰说，“头一天晚上，油箱里的油差不多耗光了，你们就没记着再去加油。”

“我也没有加，”弗林特船长说，“但主油箱是满的。等油箱稍微冷却下来后我们再在里面加一些。好了，大家都散了吧。对了，今天谁做饭？”

“是佩吉。”罗杰说。

“她去哪儿了？”

“已经到厨房去了。”

“真能干。”弗林特船长说。

“我们吃咖喱鸡蛋，”罗杰说，“我刚看见她在打蛋。等会儿还有橙子解渴，嗓子都冒烟儿了。”

“行，暂且信你吧。”弗林特船长从闷热的甲板室走到毒辣辣的太阳底下，说，“嘿，南希，别待在那里了，你会中暑的。下来帮我个忙。我们把斜桁拉下来点儿，然后用索具系好，这样帆就能够用来做遮阳篷了。”

南希慢悠悠地从绳梯上下来，来到众人当中。

“要我说，别人还以为我们在这瞎折腾呢。从昨天到现在我们走了多远？”

“没多远，”罗杰说，“船根本就没怎么动。不过我们打算在油箱里加满油，发动引擎。”

“引擎就没必要了。”提提说，“这里可比港口舒服多了。”

“发动引擎的话，下面会像蒸笼一样。”苏珊说。

“反正这鬼天气已经够热的了。”佩吉从厨房的门里探出头说，“嘿，饭做好了，我们在哪儿吃呢？”

弗林特船长先将主帆放下来，做成一个临时帐篷。“约翰，把那根绳子拿到侧支索那边去，拉过去再系紧。对，南希，就是这样。把这根绳子在船尾系紧了，这样我们就有几平方英尺遮阳的地方了。”

“要是发动引擎，船开动后就会有点儿风了。”罗杰说。

“你怎么老惦记着引擎？”约翰回应道。

“我之前就说不用的。”弗林特船长说。

“就这么干坐着也很烦人吧。”罗杰说。

“没事，我们会去加汽油的，”弗林特船长说，“但要等到晚上再去加。咖喱鸡蛋怎么样了？”他透过甲板室的窗户看了一眼里面的钟，“一点了。”

约翰什么也没说，只是敲打着船上的铃，一……二……

清脆的铃声在寂静中响起，提提抬头看了看。

“这声音真喜庆。”她说。

弗林特船长笑了。“我们得镇定点儿，”他说，“船跑不快，着急又有什么用呢。我们也不是第一次遇到这种恼人的事了。”

“但这次最热，”南希说，“人都要被烤焦了。嘿，佩吉，当心点儿，你可不能坐在那儿，甲板上的沥青正冒泡儿呢。”

“如果那些咖喱鸡蛋很烫，我们倒会感觉凉爽些，”弗林特船长说，“天这么热，来点顶级马来咖喱那才带劲儿呢。”

帆在斜桅和吊杆之间遮起了一片阴凉，他们坐在下面吃热咖喱和橙子，总算感觉舒服些了。下午，他们睡了很久，陆续睡眼惺忪地醒来后，都抬眼看看地平线那边有没有起涟漪。鹦鹉也眯缝着一只眼睛盯着前方。猴子先是模仿罗杰睡觉，最后竟然真的睡着了。又过了几个小时，这艘绿色的小帆船仍然一动不动地停在海面上，就像置于镜子上的玩具船。

现在已是傍晚（在热带地区夜幕会很早降临），一股烟味呛醒了提提。她睁开眼睛，发现弗林特船长正在抽他在帕皮提买的雪茄，而不是他平常抽的烟斗。

“喂！”她喊道。

“嘿，你醒了。”弗林特船长回应了一声。

“还没有风吗？”提提说。

“是啊，连片羽毛都吹不起来。”弗林特船长说，“别再跟我说什么不开引擎的话了。罗杰说得没错。如果我们还继续在同一个位置标记船位，那海图都会被戳出一个洞来。只要引擎冷却下来，我们就从主油箱里给它加点油，让这头‘小毛驴’领着咱们的船往前走。”

“我醒了，”罗杰说，“快让船动起来吧。”

“那你快来帮忙吧！”弗林特船长吸了一口雪茄说，“还有谁愿意来帮忙？”

“快看吉博尔！”罗杰说。

这会儿大伙儿都醒了，正乐呵呵地看着小猴子。它特别瘦，腰身细细的，跟弗林特船长形成鲜明的对比。此刻它正在模仿船长的一举一动，抽着“雪茄”，享受地徐徐吐出“烟圈”。弗林特船长喊道：“来帮个忙吧——还有谁愿意来帮忙？”

“吉博尔会乐意效劳。”罗杰说。

“非得这样的话，那我也去吧。”南希伸了伸懒腰说。

“很有必要。”弗林特船长说，“我们明天就会到汕头，然后去香港和新加坡。大家一起来。我们从主油箱里加八罐油，一共十六加仑……该死的，刚才真不该抽雪茄。”他站起来，要将雪茄扔进海里。

“别浪费了。”提提说。

“这雪茄真不赖。”弗林特船长说，然后走进甲板室，将雪茄放在桌上垫着海图的烟灰缸里，“先放在那里吧，干完活再去抽。”

两分钟后，他从前舱口将满满一罐油递了上来。

“这是第八罐。”搬最后一罐时他说道，“嘿，罗杰，你在干什么？”

“就闻一闻。”罗杰说，“天啊！对不起，幸好没溢出多少。”

“都一加仑了。”约翰说。

“还不到四分之一品脱[1]。”罗杰说，“要是我闻的时候你们不问我问题的话，我就不会洒出来了！”

“有什么好闻的，”南希说，“肯定很臭。”

“哦，不要紧。”弗林特船长说，“用不了多久就好了，都已经干了。”

他们将油罐搬到船尾。弗林特船长拧开甲板上的圆形铜塞，要将油倒进正在运行的油罐中。罗杰拿着漏斗，弗林特船长将第一罐汽油倒了进去。苏珊递给他第二罐，这罐油也很快被倒了进去。约翰递给他第三罐，提提递给他第四罐，南希自己将第五罐倒了进去，这时她听见弗林特船长大叫：“抓住它！”

“你吓得我都洒出来了。”南希说。然后她望向弗林特船长，一会儿她就知道船长为什么喊了。“抓住它！”结果她自己也喊起来了，“还是点着的呢！”

原来是吉博尔站在门口，手里拿着弗林特船长那半根还冒着烟的雪茄。

弗林特船长伸手去抓猴子，但没能抓到。吉博尔围着甲板室跑，差点就被反向绕着甲板室跑的罗杰逮个正着。约翰也差点抓到它了，但猴子机灵地荡到吊杆

---

[1] 品脱：pint，英美容量或液量名词，2 品脱 =1 夸脱。

上，一边在用作遮阳篷的船帆上跑，一边嘴里还念叨着什么。猴子从主桅上跳下来时，弗林特船长又差点抓住它。

“把它撵到索具上去！”他大叫，“这样我们就能抓到它了。总之，逼它往前走，让它跳到甲板上来。这下抓到你了！”

但还是太迟了。站在船首的吉博尔生气地念叨着什么，从弗林特船长伸出的胳膊底下闪身溜走了，又飞快地从罗杰和苏珊之间跑了，荡上主桅的侧支索上，然后再次从升降索上跳了下来，一路沿着吊杆，爬上甲板室的屋顶。它用双腿、尾巴和一只手不停地攀爬，就是不松开拿雪茄的那只手。最后，所有船员将它堵在了艉甲板上，步步逼近。

“你守着左舷，约翰，”弗林特船长说，“右舷就交给我了。我们肯定能抓到它。”

过了一会儿，就在船员们向甲板室包抄过去的时候，意想不到的情况发生了。吉博尔想找个地方将雪茄藏起来，它看到了甲板上的那个小圆孔。

船员们都倒吸了一口凉气。

“砰！”

火光冲天。猴子也被吓得尖叫着逃到甲板室的屋顶上，爬到主桅的顶端。佩吉二话没说，赶紧从厨房门后面拿出灭火器，交给弗林特船长。他早已将三罐装满汽油的罐子扔下船了，这会儿，正跟约翰、南希用之前堆在舷墙边的沙子灭火，他们将一桶桶的沙子倒向熊熊燃烧的大火。苏珊则眼疾手快地掐灭了提提冒烟的裙子。

“罗杰去哪儿了？”她问。

话音刚落，罗杰就从舱梯上来了。

“情况不妙，”他说，“我灭不了火！引擎室里全是火！”

“什么？”弗林特喊道，他匆忙爬进天窗。

“你刚才干什么去了？”约翰问道。

“当然是拿灭火器。”罗杰说，身为工程师的他知道灭火器放在引擎室的什么地方。

弗林特船长只下去了一会儿就又回到了甲板上。

“罗杰说得对，”他说，“没办法灭火了。我们大约有四分钟的时间尽量抢救船舱里的东西。这事由你来负责，苏珊，你知道该拿什么。用不上的东西一律不要了。佩吉、罗杰和提提，你们去帮苏珊。火苗一蹿上后舱壁，你们就到前面去，从前舱口出去。船舱后面也就能坚持一分钟左右，先去那里拿。约翰和南希，你们两个来帮我，我们得把小船开出去。现在，船和船上的东西一点就着……”

留给他们抢救东西的时间显然不多。他们拿了睡袋、几块毛巾、苏珊的急救箱、约翰装有罗盘和气压计的盒子。提提把鹦鹉救了出来，还抢救出了一袋鹦鹉食和一个小望远镜。罗杰除了那根拴吉博尔的链子外什么也没拿到，因为引擎室的火冲到甲板室来了，他们赶紧往前跑。几秒钟后，引擎室的火就从舱口烧到了甲板室。弗林特船长首先考虑的是船员的人身安全，哪顾得上其他的东西，甚至包括船上的一些文件。要不是约翰冲进去，拼命拿出六分仪和航海天文历（这东西在他眼里似乎是船上最重要的东西），甲板室里的东西就会全部付之一炬。约翰冲出来的时候，胳膊都烧焦了，连袖子都着了火。幸运的是，亚马逊号和燕子号这两条小船一直被用作救生艇，所以都备有一个小型海锚、一大口杯淡水、一箱防水密封的应急干粮和一盏桅灯。弗林特船长、南希和约翰升起吊艇杆滑车，将两艘小船从大船的侧翼放下去时，苏珊和佩吉还在打包其他的东西。

先放下去的是燕子号，那艘小船就靠在大船旁边。然后，弗林特船长安置好绳梯。

“你们四个最好待在小船里。南希、佩吉上亚马逊号，为保证人员均等，我跟她们一起。不能全挤到一块儿，我们全部待在一艘船里也不够空间。你在干什么，提提，在钓鱼吗？”

“我想把波利放下去，”提提说，“它现在没事了。”

“可吉博尔该怎么办？”罗杰说，“我拿到它的颈圈和链子了，它在那儿呢！”他指着主桅顶端。

“我看看有什么办法，”弗林特船长说，“先把亚马逊号放下去。约翰，慢点儿……”很快，亚马逊号也下水了。

“快点儿，”弗林特船长说，“大家都上船。主油箱随时都会着火。”

“佩吉，你快从绳梯上下去！”南希大声喊道，“快点，真见鬼！这可不是闹着玩的。”

“可不是！”弗林特船长也大声说，但他再没说别的了。跟罗杰一样，他正抬头看待在主桅顶端的猴子。此刻，火苗正沿着舷墙乱窜，吞噬着一条又一条梯绳，侧支索之间，少部分沾有薄薄一层焦油的绳子也烧起来了，很快，绳子被拦腰烧断了，像着火的流苏一样掉了下来。侧支索末端涂有厚厚焦油的系索早就烧起来了。

“上船！”弗林特船长说，“让那两艘小船离大船远点儿，桅杆马上要断了。”

“可是，吉博尔还在船上！”罗杰痛哭道。

“它没事！”弗林特船长说，“无论桅杆倒向哪边，它掉下来都没事。你们全都上船。”他拿下自己的太阳帽，朝亚马逊号扔去，“佩吉，你接得很稳！”

“照我说的做，罗杰，上船，”约翰说，“现在已经由不得我们了。小心，这儿就要爆炸了！”

船首传来大爆炸声，甲板上的木板都被炸飞了，顿时火光冲天。

“约翰，”燕子号上的苏珊喊道，“别等了！”

“快点，吉姆舅舅！”亚马逊号上的南希也喊道。

“把船划走！”弗林特船长大声喊道。

“你也快来！”南希叫道。

“把船开走！”弗林特船长生气地说。

约翰已经上到燕子号了，正用力从栏杆上拉烧得所剩无几的系船索。

“加油，苏珊！”他大叫，“用力拉，苏珊！”

“可是，吉博尔还没来！”罗杰哭道，“还有弗林特船长！”

“小心！又爆炸了！”

甲板室和厨房也没了。主桅杆没入了熊熊大火中，上面的侧支索松松垮垮地垂在那儿，它们的系带也被烧断了。爆裂声此起彼伏，桅杆摇摇欲坠……

“噢，可怜的吉博尔！”罗杰绝望地喊道。

桅杆慢慢开始往下掉……开始很慢……然后越来越快……但并没有一下子全掉下来。连接主桅和前桅顶端的系紧线侧向一边，朝船这边晃来。桅顶一个什么小东西飞了出去，在海面溅起水花，但并没有人注意。紧接着，燕子号上的所有人都看到弗林特船长跳进水中，水花溅得老高。一分钟后，他们看见他正朝船这边游来。

“他救下猴子了！”罗杰叫道，“漂亮，吉博尔！”

“真有你的，弗林特船长！”苏珊说。

“真是太感谢了。”罗杰说，弗林特船长刚抓住燕子号的横梁，湿淋淋的猴子就爬上了船。

“你不上来吗？”提提问。

“你们拖着我走，”弗林特船长说，“我去亚马逊号。我的太阳帽还在她们那儿呢。”

“天哪！”罗杰说，“你刚才怎么知道接下来会发生什么事？”

“我不知道，”小船拖着他的时候弗林特船长喘着气说，他似乎还挺开心，“我只觉得有机会，想最好在那儿等等，但我并不能确定桅杆会往那边倒。”

这时，亚马逊号从着火的帆船后面划了出来。

“啊嘿！”

“吉姆舅舅还在船上！”南希大声叫道。

“没有，”罗杰喊道，“他和吉博尔在我们这儿呢！”

“将船划远点儿，”弗林特船长气喘吁吁地说，“前桅随时都可能倒下。”

“遵命，船长。”约翰说，他早已从苏珊手里接过桨。弗林特船长松开横梁，游走了，很快便从亚马逊号的船尾爬了上去。这时，两艘小船离火光冲天的帆船大约有五六十码的距离，紧挨着往前驶去。

“咔嚓……”

前桅倒了，野猫号噼里啪啦地燃烧着，现在，整艘船连桅杆都没有了，船上一片火海，映照在浮了一层汽油的海面上。

“最好离它远点儿，”弗林特船长说，“我不确定那两个油箱是不是都爆炸了。”

“我们不能想办法灭火吗？”南希说。

“于事无补了。”弗林特船长说，“吃水线以上都会烧毁，这就是它的结局了。可怜的船，它会沉入海底或者被烧成碎片。我们在这艘船上曾有过快乐的时光，可惜我们不能再跟它一起环游世界，最后让它在出发港颐养天年了。”

“我们抢救出了一些毛巾和睡袋。”苏珊说。

“它们很快就会干的，”弗林特船长说，“毕竟是海水，天气又这么热。我没事的。不管怎样，还是很感谢你。”

“我们现在该怎么办？”南希问道。燕子号上的所有船员都侧着耳朵，想听听他会说什么。

“我们还是静待事态的发展吧。”弗林特船长说，“我们知道自己在什么地方，还在轮船的航道上。所以我们只需坐在这儿就行了，到明天这个时候我们就会被人救起，陆地也不是很远了。但中国的海岸有点儿怪，哪里都不好登陆。如果不能在条约港登陆，去哪儿都麻烦。我们最好待在这里，等着被人救援。每条船上的淡水还能维持一个星期，如果我们省着点还能维持更长时间。船上还有吃的，最重要的是，我们没有慌乱，现在唯一没有的东西就是气压计了——”

“我有，”约翰说，“苏珊抢救出来的。”

“厉害！”弗林特船长说，“赶紧看看。如果我们必须改变计划，还指望它提供数据呢。”

“快从盒子里拿出来，提提。”约翰说。

“你最后一次是什么时候使用的它？”提提将气压计交给他的时候问道。

“今天早上。”约翰说，“天啊！气压计一定被撞了一下。弗林特船长，气压计倒是在我手上，但似乎有点儿不对劲。早餐后下降了半英寸——”

“你肯定吗？轻轻拍一下。”

“还在下降。”约翰说。

弗林特船长仔细看了看地平线。“没事，只要我们在一起。”他终于开口道，“该死的，要是我有艘大船而不是两艘小船该多好。”

“要是有艘军舰就更带劲儿了。”南希说。

“约翰，”弗林特船长喊道，“检查一下你的海锚！确保能从船头放下去，绳子从船头放下去的时候不要吝啬防擦用具。随便用什么都好，不擦伤船体就行了。”

“遵命，船长。”约翰认真地说。

“也许今晚还会下雨。”弗林特船长说。

“两艘船上都有桅灯，”苏珊说，“离开港口的前一天我还修剪了灯芯。”

“真能干，苏珊。如果有风，我们就把海锚放下去，点亮桅灯的话，我们应该能够保持联络了——”

“如果分开了该怎么办？”约翰问道。

“最好不要分开，”弗林特船长说，“我们最好待在这儿等待救援。”

两艘小船肩并肩在海上漂流着，所有人都盯着野猫号看，听它噼噼啪啪地燃烧着。他们驾驶野猫号周游过世界，去过很多地方，这艘船已经跟他们融为一体了。最初，弗林特船长付钱请人帮他，但一段时间过后，他终于发现他们六个人就能帮他，根本不需要其他人。现在，这艘船即将葬身大海。此刻，他们正漂流在两艘小船上，眼巴巴地看着它化为灰烬。

他们没有多少时间去害怕，还有很多事等着他们去做。现在，尽管他们什么也做不了，只能待在那里，听那艘帆船烧得噼啪作响，但他们的心思也更多地放在了即将开始的探险上，而不是刚才的悲剧上。如果这艘船是在英国港口着的火，一切也都结束了。但事实并非如此。他们还得回到那个远在万里之外的家。现在并没有结束，他们没有再去想过去的风风雨雨，也没去想将来会怎样，而只是想着该怎么度过今晚。“罗杰，如果你的手被烧伤了，就不要去动它了，”苏珊说，“我的急救箱里有单宁膏。”

“吉博尔也烧伤了，”罗杰说，“还有约翰。”一两分钟后，苏珊开始忙着给他们涂抹具有冷却作用的单宁膏。

“你们船上有人烧伤了吗？”她大声喊道。

“没什么要紧的。”佩吉回答道，“只是衣服烧坏了，身上没事。”

弗林特船长在亚马逊号的船首仔细检查着海锚，抬头看到苏珊正抓住吉博尔的手往它胳膊上涂药膏，他笑了。

“别笑它了！”罗杰说，“它身上可是烧掉了不少毛。”

“这只猴子很聪明。”弗林特船长安慰道。

“聪明得有点儿过头了。”南希看着燃烧的帆船说。

“要起浪了。”约翰突然说。

“是从东南方向来的。”弗林特船长说，“风来了。幸亏不是西风。”

大家都沉默了，只听见木船燃烧时发出的爆裂声。过了一会儿，燕子号的船员听见佩吉说：“你真觉得我们会没事的，对吗，吉姆舅舅？”弗林特船长则回答道：“当然，肯定没事。”

“不对，要是真的有雨，”罗杰平静地说，“就该把火扑灭，那野猫号也就得救了。”

他们全都看着它。海平面下，太阳正在西沉，在热带地区，一眨眼的工夫，东边就天黑了。黄昏下，燃烧的野猫号就像一排火把。

“马上就要看到两次日落了。”提提说。

“真正的太阳已经落下去了。”罗杰提醒道。

“起风了。”约翰说。

他们全都感觉到了，从东南方吹来一丝微风。他们开始在细浪中摇摇晃晃。一排涟漪往日落的方向荡去。燃烧的帆船开始发出咝咝声。

“火烧到水面了，”弗林特船长伤心地说，“烧到吃水线了。现在海浪又大了点儿……”

就在他说话的时候，正在燃烧的野猫号船尾突然从水面翘起来。船首斜桅掉进水里发出咝咝的声音。接下来，海水灌进船体，咝咝声不绝于耳，最后一点火苗熄灭了，小帆船永远消失了。

约翰、苏珊和罗杰听见提提啜泣哽咽，希望不要被人听见。这时，弗林特船长发话了。

“那艘船真不赖。”他说，然后，他又用完全不一样的声调说，“风更大了。把海锚抛下去，但是得轻点儿，确保绳子不摩擦船体。把桅灯点上。现在吃点东西吧，我们千万不可乱动。如果风太大，要尽量靠近舱底……”

## 第三章　燕子号的遭遇

“我来打开干粮盒。”苏珊说。

“好。”罗杰说。

“是时候了。”约翰也附和道。

他们望向亚马逊号，发现那艘小船正在海浪中颠簸，南希和佩吉在船尾忙着什么，弗林特船长则在那儿轻摇船桨，燕子号上的约翰也在逆风划桨。

“他们也把干粮拿出来了。”罗杰说，“嘿，苏珊，反正我们的饼干也不少，都是那种薄薄的淡味饼干吗？”

“是的，”苏珊说，“一共有两听……四罐炼乳……一罐黄油……八罐牛肉糜压缩饼，还有一些枣子、巧克力什么的。”

“啊嘿，亚马逊号！”罗杰喊道。

“啊嘿，燕子号！”

“你们有些什么干粮？我们这儿有薄饼、黄油，还有许多牛肉糜压缩饼、枣子和巧克力！”

“还有沙丁鱼。”苏珊说。

“对，还有沙丁鱼！”罗杰大声说。

“我们也一样！”佩吉喊道。

“喂，罗杰，”南希喊道，“弗林特船长说我们可能要在海上待一段时间，所以你们吃的时候可得悠着点儿！”

“用不着你提醒，”罗杰说，“我只想知道干粮是不是足够。”

“今晚每人只能喝半杯水！”弗林特船长大声说。

“好嘞，长官！”苏珊喊道。

“你们觉得我们什么时候能回家？”提提问道。

“如果我们现在被一艘路过的班轮救起，”约翰说，“很快就能到家，比驾驶野猫号还快。”

“才不要呢。”罗杰说。

“你认为什么时候会有轮船？”提提说，“我们应该向妈妈报平安。”

“每人四块饼干，”苏珊说，“两条沙丁鱼，八颗枣子，还有半杯水。杯子轮流用，最好等到实在口渴的时候才喝水。”

热带地区天一下就黑了，像是突然垂下一块幕布。风也越来越大了。

“现在把海锚放下去！”弗林特船长大声喊道，“风够大了，它会带着我们往前漂流，你们最好也这么做！”

“遵命，船长。”

约翰把海锚从船头放下去，放出长长的绞船索。海锚是一个圆锥形的帆布袋，顶端有个洞。这种形状的袋子一没入水中就会往后拉船，这样，船就不会漂流得太快了。绳子是从燕子号的船头放下去的，让小船逆风漂流。现在不用船桨了，约翰将它们放好，用一块毛巾包着横在舷缘之间的绳子上（苏珊不得不承认，用毛巾比用睡袋效果好），然后他跟大伙儿一起坐在船上，“享受”船难后的第一顿晚餐。这时，波浪那头闪起了光。

“他们点燃了桅灯。”约翰说。

“我们的也准备好了。”苏珊说话的时候也将灯点燃了。

“现在风大多了。”半个小时后约翰说。

“啊嘿！你们的锚索流动得怎么样？”

约翰望过船头，拉了拉绳子，苏珊则在他后面举起桅灯照着。

“一直向前，用力拉，我一英寸也拉不动。”

“没事的。气压计上面怎么显示的？”

这时，谁都不作声了。

“又下降了十分之二，长官。如果我轻轻拍一下，度数会猛地上升。”

“这意味着无论出现什么天气状况，都不会持续太久，但可能够我们受的了。如果能睡着的话最好睡一觉。”

“我来放哨。”苏珊说。

“不用。”约翰说。

“我们才不要睡觉。”罗杰说。

“晚安……晚——安！”声音划破如墨般漆黑的夜。

“听听，亚马逊号上的人要睡觉了。”

“晚——安！”燕子号这边也喊了一声。

“苏珊，把桅灯取来。”约翰说，“他们一定是将桅灯固定在小船中间了，以免被水花溅到。我也要这么做。这些桅帆真烦人——”

“我们靠在舱底就不会有事了。”苏珊说，“好吧，罗杰。吉博尔会睡在它自己的睡袋里，你将它塞进去。提提，躺下——”

“波利的笼子挡着了。”提提说。

“把它放到中间，”约翰说，“我和苏珊能搞定。”

“睡吧。”

折腾这么一天后，他们终于困了，罗杰、吉博尔、提提、波利和苏珊都睡了。最后，连约翰也睡着了，他本想不睡觉，希望一直盯着另一艘船上闪烁的桅灯。

不知过了多久，约翰突然被惊醒，温暖的海水溅到他的脸上，嘴里泛出一丝咸咸的味道。他愣了一下神，然后突然意识到那盏桅灯早就被风吹熄，或者因为船的晃荡而熄灭了。漆黑中，他看了看四周，想寻找亚马逊号上的桅灯，但什么也没见着。他抬头望过舷缘，一阵大风掠过他的脸庞，海面上波涛汹涌，燕子号正随浪起伏。接着，又一个浪花打来。小船已经不能像之前一样逆风笔直往前行驶了。约翰伸出手，摸到船头的锚索。幸好毛巾包裹着的锚索仍在。他又往前摸了摸，抓住绳子一拉，当时，他根本没想到绳子可能并没有绷紧。他用力一拉，感觉绳子很轻，但现在风比之前大多了。他又拉了拉，发现自己能够一点点地将锚索收回来。最好检查下海锚，他寻思着。很快，绳子越来越容易拉了，然后，好像在警告约翰不能这么干似的，一个大浪打向燕子号的舷侧，海水溅过舷缘。这下，所有人都惊醒了，黑暗中，鹦鹉“呱呱”大叫。

“约翰！”罗杰喊道。

“发生什么事了？”苏珊问道。

“是我的错，”约翰说，“海锚不见了。只有锚索拽着燕子号逆风行驶了，我刚才想当然地去拉锚索。不过我现在又把绳子放下去了，船马上就能恢复正常。系着海锚的那头肯定松了，绳子这头没事。”

他将刚拉上来的绳子又放了回去。借着张力，燕子号还能逆风航行，也不再溅起大水花了。

“船很可能还在动，”约翰说，“可能漂流得很快。绳子倒也能延缓船的速度，可是光靠绳子不能延缓多少船速。”

“这样没事吧？”罗杰问道。

“只要我们不乱动就没事。”

“波利肯定变成了落汤鸡。”提提说。

“亚马逊号呢？”苏珊问道。

“他们的桅灯也灭了。”约翰说，“他们的船有锚拽着前行，肯定离我们很远了。”

“我们能往回划吗？”

“我们没办法顶着风往后划。”约翰说，“即使我们能划回去也有可能碰不上他们。”然后，约翰提高嗓门说，“只有等天亮的时候才能去找他们。我想风不会一直这么大，我们稍微趴着点儿就没事——当初弗林特船长也是这么吩咐的。”

“船上有很多水了。”提提说。

“什么？”

“得把船上的水舀出去。”

“是得舀水，但不要站起来，船被打湿了倒没什么，千万别沉了。爸爸一准会这么说。”约翰说完这句话，感觉舒服些了，就像爸爸也在船上一样。

“水倒是暖暖的。”苏珊说。

约翰仔细想了想，他还能做点什么吗？什么也做不了。他想用绳子拴着帆和帆桅杆一起扔下船，最后觉得还是算了。一旦绳子再次断了，连帆都会没了，到时候万一急用呢。要是他知道船的速度有多快，海锚掉了多长时间该多好啊。他给提提和罗杰指派了舀水的任务，倒可以让他们安静一会儿。又有水进来了，他自己也开始舀起来。不好！亚马逊号的挡水板套上面有洞，也不知道它的命运如何。他们可能也在舀水。但他并没有跟其他人说这事，只是环顾了一下四周，看能不能发现亚马逊号上的桅灯，虽然他确定那艘船离他们起码有好几英里了。他想点燃桅灯，但很快又被风吹灭了。最后，他只得放弃这个想法，接着，他用手电筒照了照气压计。上面的度数上升了，天气肯定有变化。他又照了照罗盘，上面显示船头指向东南方向。这也就是说，由于他们是船尾朝前，所以船正往西北方向行驶。当然，船多多少少也可能受了海流影响。

“我们往哪边走？”提提大声问道，“现在船上也没多少水了，只是我的脚踝上溅了一点而已。”

“西北方向，”约翰说，“往中国去。如果一直往前航行，会到达海岸的。”

“那里有李小姐，”提提说，“她可是海盗。”

“只要我们上岸就没事了，”苏珊说，“但如果其他人不知道我们去哪儿了，他们会怎样？”

“他们会被游轮救起，”约翰说，“然后就会来找我们。弗林特船长应该想到我们发生什么事了。”

“要是他想不到呢？”罗杰说。

“现在分巧克力吧。”苏珊心急地说。

夜晚好像没个完似的。黑暗中，他们船尾先行，在海面上航行了好几个小时，小燕子号在波浪中不停地颠簸。苏珊和约翰轮流想点燃桅灯，在浪费了半盒火柴后，他们终于彻底死心了。约翰不时拿手电筒照罗盘，发现他们仍往海岸的方向行驶。船头挂着的绳子多多少少减缓了船的速度，但不断有浪花打来。他们的话刚从嘴边说出就被大风吹散了，所以，他们只有对着别人的耳朵大声吼才能让对方听见。但很快，他们甚至都懒得说话了。提提则尽量保护那只鹦鹉。吉博尔不停地嘀咕着什么，最后钻进了自己的睡袋，躺在罗杰的怀里。几个人一直都蜷缩在船底，小船上下颠簸，他们时不时撞在一起，尽管如此，他们还是睡得很死。这也难怪，他们实在太累了，他们先是打盹，一醒来就赶紧舀水，然后又在黑暗和大风中昏昏沉沉地睡过去了。

风一下小了很多，感觉像是从狂风呼啸的户外突然进入了室内。海面上一片风平浪静，这是这几个小时以来他们第一次感觉即使在船上挪一挪，也不会被抛进波涛汹涌的海里。

“风停了吗？”提提问。

“八片币！”鹦鹉大叫。

“它一直都在这儿嚷嚷吗？”罗杰问。

“之前没听它说啊。”苏珊说，“即使我大声对你喊，你不是也听不见我说话？”

“别说话了，”约翰说，“听！”

“怎么回事？”

“听！那边……有碎浪声传来……我想我以前听过……”

他们随即听了听。没错，那边的确隐约传来海浪拍岸的声音。

“我们离陆地很近了。”约翰说。

“要是知道我们在哪儿就好了。”苏珊说。

“昨晚倒还知道。”约翰说，“我们是沿着班轮航道漂流的。当然啦，那场风暴让一切全乱套了。所以他才想着将海锚抛下去，这样，我们倒可能待在原地，不会走散了。但是，船一直在动，所以我们不可能待在原地。”

“我敢肯定他们也在漂流。”罗杰说。

“他们可能离我们很近。”提提说。

“他们会大声喊的。”苏珊说。

“那么大的风，我们也听不见。”约翰说。

“不过我们现在倒可以试一试。”提提说。

他们都大声喊起来：“啊嘿！啊嘿……嘿……嘿！”

但没人回应。

“八片币！”鹦鹉叫道。

“晚上波利竟也叫得这么欢，有点意思。”提提说。

“现在天都亮了。”罗杰说，“看那边。”

“黎明即将到来。”约翰说。

“约翰，”苏珊突然说，“我闻到肉桂的味道了。”

“我什么味道都闻到了。”罗杰说。

“我相信我们应该快到陆地了。”约翰说，“风停得真是时候。”

他们转过身，背对着东方天边模糊的光影。

“那边好像有什么东西。”罗杰说。

“是山丘。”苏珊说。

“到中国了！”提提说。

“要是我们都在一起该多好啊！”苏珊说，接着她又说，“我们还是趁机吃点儿东西吧……”

热带地区的黎明就像黄昏，很快就降临了。他们正吃着枣子和巧克力时，东边亮了。他们盯着海岸，面面相觑。经历了昨夜的风暴之后，他们到了一个完全陌生的环境，海岸线那边一片绿油油的森林，远处棕色的山丘变成了玫瑰灰色。约翰将最后一点儿巧克力塞进嘴里，转头看着船头，双手交替，轻轻地将没有海锚的锚索拉了上来。

“嘿！”把绳子全部拉上来后他大声说，“这根本不是我的错。是锚自己断了，而不是绳子。”他举起剩下的海锚，一些灰色的破帆布挂在一个木环上。“帆布坏了，要么就是火星溅在上面，烧了个洞，那地方也就变得不结实了。如果我们的海锚断了，他们的也很有可能会这样。”他满怀期待地再次望向海面，但什么也没看到。很快，他下定了决心。

“当心点儿，约翰。”苏珊说。

“对不起，”约翰回答道，他正从桅杆和帆上将桨拿下来，“我要划船靠岸。”

离他们最近的陆地是一片郁郁葱葱的森林，后面矗立着高耸入云的悬崖。左侧的陆地要低得多，右边的树像是从海里长出来的似的。树林后面的山丘没有悬崖那么高，犹如一只巨大的将头枕在爪子上休憩的猫。约翰拿出船桨，将桨架固定好，然后，他将船掉了个头，回头看了看，开始划起来。

“我们在哪里登陆？”罗杰问道。

“悬崖下面的树林那边，”约翰说，“那个地方最近。”

“我们不能利用帆的动力去那儿吗？”提提说。

“风太小了。”约翰说，“划过去更好，太阳是在我们后面升起的，我们这样上岸很可能不会被人发现。”

“我们不是正想让人家发现吗？”罗杰问道。

“我们得先看看对方是什么人。”约翰说，“如果他们看起来很野蛮，我们就得躲着点儿。”

“他们不会对遇难的水手怎么样吧。”提提说。

“我真希望看到其他人。”苏珊说。

约翰继续划桨，只是在罗杰喊他的时候才停了一会儿：“那边有条路可以上悬崖，我们用望远镜看看。”

他们全都在悬崖那边黑黑的峭壁上搜寻着，看到了罗杰刚才说的情况。岩石堆里隐约有条斜径，上面还有一条，再上面有一条小路，至少可以称之为小径。既然有路，那也就意味着有人。

“弗林特船长倒是说过，如果我们当初待在原地会被人救起。”罗杰说。

苏珊怀疑地望向海面，碧波荡漾，一望无际的海水曼延至天边。

“我们回不去了。”约翰说，“先上去看看，如果遇见了坏人，我们只需躲在岸边就行。”

“我看这里一个人也没有。”提提说。尽管小燕子号上下颠簸，连望远镜也很难拿稳，但她还是看了看周围。

“这样更好。”约翰一边说，一边再次划起船来。

小船离悬崖越来越近。

“那边有一小块陆地，我们可以在那里登陆，”罗杰说，“那上面还有树呢。”

“我正要往那边去。”约翰说，“我们得找个合适的地方登陆，可不能将燕子号撞坏了。”

“往左边划。”几分钟后苏珊说，“我说，约翰，那是个岬角……后面的水不会这么湍急。”

约翰开始往左边划。棕榈树和一些叫不出名字的树离他们越来越近，树下是一些黑色的岩石，如雪的浪花怒吼着涌上石头滩。约翰肯定不想在这样的地方靠岸。他划着桨，远远地离开刚才的海岸，然后，小船来到树林的尽头，开始拐向悬崖下的岬角，海面一下子变得风平浪静。

“不是吧，”罗杰大叫，“不是岬角，而是一个小岛！”

他们发现在树林和悬崖之间是一条宽宽的海峡，水面甚是平静。

“太好了，”约翰说，“我们就在这儿登陆了——小心暗礁！”他突然划动右桨，朝小海滩驶去。

“我去船头。”罗杰说。

约翰在那儿等了一会儿，罗杰钻进他平时的工作岗位，开始划桨。苏珊看着一边船侧下面的水，提提则留意另一边。

“往右边划！”罗杰大声喊道，约翰照办了，提提发现船飞快地掠过碧水深处一块黑色的礁石。

“往左边划！”苏珊大叫，约翰又躲开一块礁石。

“听着，”约翰说，“如果船撞上礁石，我们就全部下船，把它抬起来。不管发生什么事，我们绝不能让燕子号发生意外。”

但是，没过多久，就听见轻轻的嘎吱一声，罗杰上岸了。之前被罗杰从睡袋里放出来的吉博尔也火急火燎地上了岸，很快，大伙儿也都跟着罗杰爬上岸。约翰踩进一英尺深的水里。

“差不多接近高水位线了，”他说，“但我们最好还是将燕子号尽量往上拉。”

四人齐心协力，将燕子号整个船身都拉到海滩上。约翰将锚放在一堆树根中。

“我们到中国了。”提提说。

约翰仔细地环顾了一下四周。“就算站在崖顶，也看不到我们的船。”他说。

# 第四章　亚马逊号的遭遇

## I　“英语说慢点儿”

天一黑便起风了。海面波涛汹涌，但放下海锚的小亚马逊号行驶得还算平稳。一场大火让南希和佩吉惊魂未定，现在，她们早已疲惫不堪，不时在船尾打盹。弗林特船长靠在挡水板的尖角上，这样就不会睡着了，看着最后一次见到燕子号船尾桅灯闪烁的方向，可现在哪还有什么光，他倒也没觉得什么。在这样的大风中，小船在波浪中不停地颠簸，桅灯极有可能熄灭，约翰要想再次点燃也绝非易事。接下来，海面暂时平静了一会儿，他听了听，希望听到约翰的喊声，然后自己也喊了一嗓子：“燕子号，啊嘿！”

听到他的喊声，南希和佩吉陡然惊醒，环顾了一下黑漆漆的四周，也跟着弗林特船长一起喊道：“啊嘿！燕子号！”

但很快又起风了，而且风势也不比之前小。

“不妙，”弗林特船长说，“他们听不见我们，我们也听不见他们。”

“对了，吉姆舅舅，他们为什么没跟上我们呢？”

“他们的桅灯呢？”

“灭了。幸好我们的还没灭。他们有手电筒吗？”

“至少约翰有。”佩吉说。

“呃，那现在是时候用手电了。”弗林特船长说。

“你真觉得他们没事吧？”

“情况会比我们的好，”弗林特船长说，“至少没有中插板箱顶着肋骨。”

“燕子号曾经翻过，但那只是因为撞上了礁石——”

“才没有翻呢，你这笨蛋！你难道不记得了吗？燕子号只是撞了个窟窿，船就沉了，桅杆差点就戳穿了船头。”

“如果他们不把桅帆升起来，船是不会翻的。”弗林特船长说，“总之，如果他们弓着身子，船也不会翻，约翰一定会吩咐他们这么做的。这片水域又没有礁石，燕子号不会有事的。你们两个别再说话了，都睡吧。这么大的风，就是喊破喉咙也无济于事。你们可以一觉睡到天亮，到时候我们会找到他们的——”

“可他们之前离我们也就几码远——”

“别说话行不？”弗林特船长说，“也只有等到天亮才有办法了。”

南希和佩吉再次被弗林特船长的喊叫惊醒。

“啊嘿！那里有船，啊嘿！”

他们抬头望去，睡眼惺忪地看着弗林特船长举着桅灯在那儿挥舞着。他看到燕子号的桅灯了吗？还是看到手电光了？

“啊嘿！……船，啊嘿！”他大声吆喝着。

“在哪儿呢？”南希说，“什么情况？”

“可能是中国渔民，”弗林特船长说，“当然，那船上没有舷灯。啊嘿！”他再次大声喊道。

“在那儿呢，”佩吉大叫，“看……快看……那船朝我们过来了！”

远处，一丝微弱的灯光闪烁着，离他们越来越近。

“啊嘿！”弗林特船长喊道，然后又说，“约翰也够笨的，为什么不用手电筒呢？如果他们看不见他，可能会将他的船撞翻。”

海面上，那盏灯摇晃着，离他们越来越近，也越来越亮。有人喊了一声，弗林特船长也大声回应着。离他们大约三四十码的地方，一扇门突然开了。他们看见方形光影下，黑影快速移动着，船头下传来波浪的拍打声。

“你来掌灯，南希，”弗林特船长说，“佩吉，你装好桨架。别起身……”

南希跪在底板上，一只手牢牢地抓住中间的划手座，另一只手将桅灯举过头顶。弗林特船长先是猛地抽出船桨，然后打量了一下两船之间的距离，他抓住系船索，将绳子一圈圈卷起来，准备抛出去。

“船上的人看见我们了。”他说。

声音从那艘陌生的船上传来，有人用他们听不懂的语言喊着什么。甲板上的桅灯来回晃荡。一个大浪打过去，在那艘船的船头溅起水花。

“逆风停船，让我们的船在背风处！”弗林特船长大声喊道。

大船的黑色船身几乎靠在了亚马逊号上。然后，小船被一个大浪高高抛起，他们总算瞥见了大船的甲板。舱门上有一道亮光，模糊的光影在黑帆上闪烁，后面灯光暗淡，舷墙顶角上有一排黑色旋钮。

“准备接绳子。”弗林特船长说。他们看见他用右胳膊挽着绳圈，一甩手，再次将绳子抛出去。上面大喊一声，然后两船重重地撞在一起了。

“一群疯子，”弗林特船长骂道，“你们会撞坏我们的船！”

亚马逊号“咔嚓”一声，擦过大帆船，虽然小船试图闪过一旁，但仍在慢慢往前行驶。接下来，有人重重地跳上船，将南希的桅灯从她手中撞落。上面有人将她提了上去，她被四脚朝地扔在了大船甲板上。借着桅灯微弱的光，她发现栏杆旁边有一群光着膀子的人。“嘿……啦！”有人喊了一声，佩吉随即也被人扔到她旁边。她听见弗林特船长警告那些人当心点儿。接下来，船长几乎是被人从栏杆那边扔过来的，他挣扎着站了起来：“你们给我小心点儿……”他没办法靠近栏杆。下面有人喊了一声，然后十几个人开始齐声喊道：“嘿……啦……嘿……啦……”

“小心！”南希尖叫道，“你们会把我们的船撞坏的！”

亚马逊号也被人从栏杆上拖上来了，翻转在那儿，桨、桅杆、帆、干粮，船上所有的东西撒落一地。

“哎哟！”一个重物砸在了一只赤脚上，有人尖叫道。

“你们的船长呢？”弗林特船长问道，“附近还有一艘船。”他从口袋里拿出手电筒，不停闪烁，希望收到约翰的信号。

但手电筒很快就被人抢了。

“谁是船长？”他生气地问道。

“啊嘿，燕子号！”南希喊道。

“啊嘿，燕子号！”佩吉也大声喊道。

“啊嘿！”弗林特船长同样大声吆喝着。

这时，人群一阵骚动，同时大叫起来，有人将亚马逊号绞在一起的索具解开了。船尾有人发出了一声命令，人群立即安静下来。

“糟糕！”弗林特船长大声说，“这些家伙要继续航行了。嘿！不是说还有艘船吗，还有一艘船——你们的船长在哪儿？你们就没一个会说英语的人吗？”

“英语说慢点儿。”一个声音几乎在他耳边响起，然后他又听到一声命令。有声音在漆黑的船尾回应，一群人屁颠屁颠地跑了过去。前帆“啪”的一声，风将帆鼓了起来。

弗林特船长大叫着冲向船尾：“嘿，逆风停船——还有一艘船呢！”

“咔嚓”一声，光脚板啪嗒啪嗒地踩过甲板，船上乱作一团，骂声四起。又是“砰”的一声，六个人将什么东西扔在了甲板上，借着桅灯的光，南希和佩吉发现那“东西”竟是弗林特船长。那些人抬着他的腿和肩膀，举起来，往舷墙上撞去。

“不要！”南希叫道。

眼看着弗林特船长就要被扔下船，南希的这声斩钉截铁的“不要”在人群中响起，他们吓了一跳。正是因为他们的愣神，弗林特船长逃过一劫。这时，之前那个发号施令的人又轻轻地说话了。人群一阵嘀咕，接着，那些人拖着弗林特船长消失在前甲板下一扇打开的门里。船继续航行，甲板上再次漆黑一团。

“他们杀了他。”佩吉说。

南希抓住佩吉的手，拖着她匆匆往前，摸索着来到命令发出的地方。她碰到了什么东西，差点摔倒，还被一根绳子绊了一下，幸亏没什么事，然后踉踉跄跄地往前走去。

一个声音突然在她面前响起，她站定了。

“英语说慢点儿。”那人夹着浓重的口音说。

“你们杀了他！”她怒吼道，“可燕子号怎么办呀？我们还有一艘船。”

“他没死……他疯了。”那人说。

“还有一艘船！”南希大声说，“你们必须去救它！没有这两艘船我们哪儿都去不了……”

她一边跺脚一边说。

那人再次说话了，但并没说英语。突然，两人的手腕被人牢牢抓住，拖过漆黑的甲板。这时，一扇门开了，她们被人推进一间横梁上挂着一盏桅灯的小船舱。身后的门“砰”的一声关上了，船舱里就剩她们两个了。

船舱一共三面墙，一条矮矮的长凳挨墙而放，上面有一个三四英尺宽的大架子。人可以睡在长凳或架子上。一个角落里还放着一卷毯子。佩吉走过去看了看，然后转身走回，尽量不靠近毯子。

“南希，”她说，“我……我要吐了。”

“不行，千万不要，”南希匆忙地说，“可不能在这儿。”她试了试门，发现关得很紧。“不行，”她说，“你可千万别吐——也没什么恶心的东西啊，噢，我也撞了一下。”

她一瘸一拐地走过船舱，坐在佩吉旁边。

“弗林特船长死了。”佩吉说。

“瞎说！”南希回应道。

“不知道燕子号怎么样了？”佩吉问道。

“至少他们没被抓起来，”南希说，“而我们却成了阶下囚。你知道我之前在甲板上撞到什么了吗？”

“不知道。”

“是加农炮，”南希说，“我几乎能断定——什么声音？”

“有人在敲打。”

“别出声——”南希听了听。外面海风呼啸，浪声滔天，桅杆嘎吱作响。敲打声越来越近，就在这艘船上，好像是从船下面传来的，“咚”，“咚”，“咚”，“咚”，“咚”……

“是索具发出的声音。”佩吉说。

“声音就在我们脚下。”南希说，“等等……再听听。一声长音后面跟着两声短音……如此反复……是吉姆舅舅发出的……召集信号。谁说他死了？”她跪在地上，用指关节敲打地板。那边仍是一声短音，两声长音……接着又是一声短音跟着两声长音……对方停了一会儿，但很快敲击声又起。

佩吉这会儿也不觉得恶心了，挨着南希趴在地板上。敲打声肯定是从下面传来的，但离这儿还有点远。那边慢慢敲出一个问题。南希随即敲出答案。

“他说什么？”佩吉问，“对我来说，他敲得太快了。”

“他好着呢。”南希小声说，“我告诉他我们也没事……别出声……什么意思？他又不敲了。‘保持……清醒……对不起……我……现在……有点儿乱……幸好他们没抓到其他人……他们会被正经的船救起……我们可真够倒霉的……遇到一群渔夫……’”南希用力地在地板上敲打着，给他回了信息。“我跟他说了加农炮的事。”她对佩吉解释道。

然后她不敲了，在那儿听着。

那边传来简短的回答。

“他说‘逃走’——应该是这个意思了。”

接着下面又传来敲打声，这次信息很长。

“让……他们……带……我们……去……港口，然后……我们……找人……发电报……警告……所有船只……小心……他们，我……知道……具体……位置……这些家伙……可能……急着……回……家。”

南希再次敲打着：“我……没有……闻到……鱼腥味……”

“他们可能是商人。”那边回答道。

南希很快又在地板上敲出信息。“我得当心点儿，否则指关节上的皮肤就会磨破了。”敲完，她不再用右手而是用左手敲起来，但敲着敲着突然停了下来。她和佩吉都没听见门开了，但借着桅灯的光，她们看到一个背着弹带、短夹克上别着手枪皮套的中国人走了进来，那人戴着一顶黑色的无檐便帽，正站在那儿低头看着她们。

两人赶紧站了起来。

那个中国人鞠了一躬，挥手示意让她们往船舱一侧墙边的长凳走，他自己则在她们对面坐了下来。

“我是船长。”他鞠躬道。

南希一时半会儿不知道该说什么好。他到这儿多久了？他知道她们一直在跟弗林特船长交流吗？

这时门又开了，另外一名中国人走了进来，手里拿着一根短竹烟筒，将它交给了坐着的船长。船长很快将烟筒放在嘴里，那人给他点上火便离开了。船长猛吸了一口烟，徐徐吐出烟圈。

“怎么回事？”他终于开口道，同时挥了挥烟筒，意思不言自明，“你们坐着小船在海上干什么？”

南希着急地解释着。她开始说得很快，说他们在航海，野猫号被烧，然后驾驶两艘小船逃了出来，希望被人救起……但是，她看着这个面无表情的中国人，语速渐渐慢了下来，越说越大声，吐词也越来越清楚——有时候还会反复解释某句话，有时候又不知道该不该透露某个信息——最后，她不说了。

“英语说慢点儿。”那个中国人还是这句。

“他没听明白。”佩吉提醒道。

“要不你说。”南希绝望地说。

“要不画给他看。”佩吉说着从口袋里搜出半截铅笔。

南希将笔拿在手里，想想该画什么。那个中国人看着她，笑了笑，然后拍了拍手。这时门开了，船长说了一通中文。一分钟后，有人手里拿着一块白色的薄木板进来了，船长示意他将木板给南希。南希则将木板放在她身旁的板凳上，将野猫号画了出来，她写信回家时已多次画过这艘帆船。然后，她将桅杆着火的帆船画了出来。接着，她眼里噙着泪水，将野猫号尚未沉下去的船尾画出，然后，她将两艘小船都画了出来，画中，船员注视着他们的船淹没海中。很快，她又将两艘小船独自在大海漂流的情形画了出来……最后，她只画了一艘船。画完后，她将木板交给船长，用铅笔指给他看一幅一幅的图。

船长似乎明白了。最后，她指着落单的燕子号，船长看着船尾，用烟斗指了指，好像他能透过舱壁和黑漆漆的舱室看到一只小船在远处的海浪中漂荡。

“对，就是这样！”南希大叫，她希望船长能够掉头，去寻找其他人。但他摊开双手，表达的信息很清楚，他们不会回去了。南希再次恳求着，可他没有任何表示，最后南希只得放弃。

然后，他指了指地板，好像他的眼睛能看透船舱板似的。

“他疯了。”船长说。

“可他没有啊！”南希大叫。

“他疯了。”他又说了一遍，然后指着南希和佩吉说，“囚犯……英语说慢点儿……”他站起来，鞠了一躬，走到黑漆漆的舱外。

“他们是海盗，我早说过。”南希说。

“要是他找个说英语的人跟我们谈，一准会没事。”佩吉说。

门敞开了一会儿，接着，一个中国人从亚马逊号上拿了一包睡袋进来，然后便出去了。

南希试了试门，跟之前一样，门从外面锁得死死的。她再次在地板上敲出信号，将刚才发生的事告诉弗林特船长，但并没得到回应。

“他睡了。”她说，“我们最好也睡吧，也没别的法子。”

“几点了？”佩吉问道。

“应该是午夜了吧。”南希说，“睡吧，佩吉，好好睡一觉。我睡这个角落——唉，我真希望他们都没事。但是，我敢说，要是他们被班轮救起，听说我们遭遇了这事，他们心里肯定不好受。我跟你说，一碰那玩意儿我就知道是加农炮……”

## II 海盗船

“Chiu fan！（吃饭！）”

南希和佩吉在凳子上挪了挪。野猫号舒服的船舱呢？她们为什么没睡在有着上下铺的床位上？这是哪儿呀？

“Chiu fan！（吃饭！）”

一个中国人站在门口，指着放在地板上的一大碗米饭。一看到她们醒了，那人就出去了，随即关上了身后的门。南希揉了揉生痛的髋骨，坐了起来。

“我们的早餐。”她说，“该起床了，天都亮了。我相信我连五分钟都没睡着过。风向也变了。”

门虽是关着的，但灯光还是通过一个小四方窗射了进来，不过，这扇窗户晚上肯定是关闭的。

四根筷子像长铅笔一样插在米饭里，她们尝试了一两次之后，因为实在太饿了，也顾不得这么多了，轮流端起碗，弯着食指，狼吞虎咽地往嘴里送。

“不知道吉姆舅舅有没有饭吃。”佩吉说。

就在这时，他们又听见了敲打声，是从船底某个地方传出来的。南希赶紧回应。几分钟后，她们获悉弗林特船长也美美地吃了一顿早餐，还知道他看不到外面的情况，弗林特船长还告诉她们这是艘商船无疑，他说一旦他们到达港口，那个关他的船长就会吃不了兜着走。而弗林特船长也得知她们吃了饭。南希则言之凿凿地告诉他这不是商船，说她的膝盖被一尊加农炮撞伤了，她还告诉弗林特船长，昨晚之所以不再发出信号，是因为被这艘船的船长抓了个现行。“燕子号怎么样了？”南希敲出信号。

“我们只有到达港口才能做打算，”那头回答道，“这些商船上没有无线电。”

“是海盗船。”南希敲道。

“好吧。”弗林特船长回道。

他们刚吃完饭，那人用盘子端着两个小碗进来了。他把盘子放在地板上，拿走了那只空碗和筷子。

“是茶。”南希轻蔑地说。

“好淡的茶，”佩吉说，“连牛奶都没有。”

“还没糖。”南希说。

吃完饭，她们已经很渴了，尽管茶不是甜的，但至少可以解渴。她们喝了一口，一脸苦相，然后又咕咚咕咚喝起来。那人很快又进来了，看着空空的碗，打着手势问她们是不是还想喝。

“不用了，谢谢。”她们摇摇头说。

然后那人离开了。这次，他没有关门，而是钩住了门后的搭钩，这表明他显然不是因为粗心才忘记关门的。“走吧。”南希说。

她们走到明媚的阳光底下，现在，海面已经风平浪静了，碧波荡漾，泛起一片片涟漪，浪花点点。根本看不到陆地，也没发现别的船。她们站在大船的甲板上，头顶扬起一张棕色的主帆，由竹制的支帆板支撑，有的地方用面粉袋打着补丁，看到上面印有英国还是美国磨坊的名字，感觉怪怪的。一个半裸着的水手一只胳膊抱着桅杆，稳稳地坐在帆桁上。南希想找找旗子，可惜并没发现，不过，桅顶上倒有一面细长的猩红色三角旗迎风招展。前方，也就是在她们之前被关押的船舱上方，她们还看到另一张类似的小帆。后舱甲板上方也高高挂着一张。甲板两边有三堆很大的东西，上面盖着棕色的席子。右舷边上是亚马逊号，正狠狠撞着舷墙。

“船不会有事的。”佩吉说。

但南希看了看那几堆形状怪怪的东西。

“是枪，”她说，“或是加农炮。我早跟你说过。”

“才不是。”佩吉说。

“笨蛋，”南希说，“用用你的眼睛——我肯定那就是我之前撞到的东西。有东西露出来了。”

六个光着膀子的中国人正坐在甲板上打牌，他们抬头看了看，但似乎对她们毫无兴趣，很快撇过头去，继续玩牌。

“他们不介意我们出来。”南希说，“看！船长在舵手旁边。我们上去，要他把吉姆舅舅放出来。”

戴着黑色便帽的船长正坐在靠着低矮的栏杆而建的小凳子上，看着舵手握着那个特别长的舵柄，来回摇摆，他还时不时盯着罗盘和远处的地平线。

南希不失时机地把该问的都问了。为什么弗林特船长不在甲板上？他在哪儿？船长能不能发发善心马上把他放出来？

船长没有说话，等到南希说得上气不接下气了，他才礼貌地笑了笑，说：“英语说慢点儿。”

于是南希又慢慢地说了一遍。船长一定听明白了，因为他说：“他太强壮。”然后他又开心地笑了笑，重复道，“英语说慢点儿。”

“没办法，”南希对佩吉说，“昨晚，吉姆舅舅发飙让他们很害怕。但我们现在要去一个地方，那里会有人用英语跟我们解释。也许这些人根本不是什么海盗——”她几乎带着懊悔的口气说，“至于那些枪——也许船上得备些枪，以防撞见李小姐。”

“所有的船员都去哪儿了？”佩吉说，“昨晚还有好几十号人呢。现在，除了船长、掌舵的和那几个玩牌的，人都不见了。”

“还有放哨的。”南希指着桅顶说。

正在她说话的当儿，她们听到一声喊叫。放哨的早已站了起来，站在帆桁上，伸出一只胳膊，就像指示牌，另一只手则紧紧抓住桅杆。

“他应该看到陆地了。”南希说。

“我什么也没看见。”

“我也是。”

但他们看到船长跟舵手说了几句话，站在桅杆上放哨的人径直指着船头那边，大船改变了航道。在甲板上打牌的也赶紧收起牌，船员们从后舱甲板下面的门里涌了出来，有人走到前桅下面，有人待在主桅下，有人上了艉楼。所有人都盯着远处海天相连的地方。

约半个小时后，他们就看到了放哨的之前看到的地方：地平线上一小块突起的地方。小船继续往前航行，现在，更多陆地从那块突出的地方延伸开来。过了一会儿，他们看到一条长长的岩石海岸，后面山峦起伏。船员们转头看着船长，他只管坐在那儿，看着陆地渐行渐近。突然，他发出命令，船员们赶紧放下前桅的大帆和后桅的小纵帆。大船的速度立马降了下来。

“天哪！”南希说，“他们逆风停船了，干吗这么做？我们眼看就要到达港口了。”

大船几乎不动了。船上的人这会儿正盯着陆地，而那个放哨的像猴子一样盘在桅顶，看样子他们在等着什么。南希和佩吉也跟其他人一样，盯着陆地。

“不知道他知不知道？”南希终于开口道，拉了拉佩吉的衣袖。

那群中国水手这会儿似乎都没注意两人，她们从水手中间穿了过去，走到她们之前睡觉的船舱。两人还没跨过门槛就听见下面传来急促的敲打声。

“风小了吗？”

“他们逆风停船了，”南希回道，“看见陆地了。”

“该死的！”弗林特船长回敲道，过了一会儿，他又敲道，“真见鬼！”

南希被弗林特船长的信息逗笑了。

甲板上突然一阵骚动，脚步声四起。

“他们看见什么了？”佩吉说。

南希跺了跺船舱的地板，算是跟弗林特船长道别，然后跑了出去。大家都在看什么呢？远处的海岸线下，几张船帆离他们越来越近，一……二……三……四，一队小型舰队正沿海岸线行驶。有人吆喝了一声，前桅大帆和后桅的纵帆张开了。大船上的三张帆再次张开，继续往前驶去。

“天哪，这船行驶得真快，”南希看着船头白浪翻飞，说，“风也没这么大啊。”

“看，快看……我说过船上有枪吧。”

一支支枪从席子下面被拿了出来。那群大汗淋漓、光着膀子的中国人将什么东西塞进铜制的枪管里，然后再将黑火药装进点火孔中。他们互相开着玩笑，拍着老式的铜制枪，好像都挺宝贝这些枪似的。

“哎呀，”南希说，“我早说过这是海盗船吧——就是到这里打劫那些船的。之前我们看到的陆地肯定是岬角，他们必须全速抢占有利地形。看！他们正沿着敌船的上风走。嘿，我敢说我们就快追上他们了！”

她和佩吉还没回过神来就突然被抓了，被人连推带搡“请”到船舱。门被关得死死的，外面的百叶窗也“砰”的一声关掉了。

“太可惜了。”一束微小的光从百叶窗和窗框之间的缝隙里射进来，但根本看不到外面的情况。于是，南希再次向弗林特船长发出信号，但他很快用敲打声打断了她。

“别敲了，”他敲道，“我正要补会儿觉呢。”

“这到底是怎么啦？”佩吉问。

“我们肯定会错过好戏。”南希说，然后将门捶得很响。

但就是没人来。甲板上兴奋的说话声也听不到了。除了水流滑过大船、浪花滑过船头突然溅起一个水花之外，什么声音都没有了。她们只得在那儿等着，佩吉越来越担心，南希越来越生气。“这可是千载难逢的机会，过了这村儿就没这店儿了。”她说。

一个小时过去了，甲板上什么声音都没有了。她们感觉像是航行在一艘被遗弃的船上。良久，她们终于听到一声命令声。

“砰！”

前甲板上传来枪声，恰好在她们头顶响起。

南希靠在百叶窗上，从缝隙往外看，佩吉紧紧抓住南希的手，只听见“砰！砰！砰！”。

外面甲板上传来三声枪响。

佩吉哽咽起来。

“别这么胆小！”南希生气地说，“是我们船上的人在开枪，你有什么好担心的。放几枪而已，又不是打雷！”

好几分钟过去了，什么事也没发生，只听到过有人光脚跑动的声音。突然，她们听见有人在喊，声音虽然不是来自船上，但也就在附近。舱门附近有人回应了一声。有人在上面发号施令，甲板上突然乱作一团，一声巨大的碰撞声响起。

“肯定干掉了他们的一艘船。”南希说，“不行，我们非去参战不可。噢，天哪！好想出去瞧瞧。”

现在传来的声音像是一群人在划船比赛时喊着的号子。有人在碎碎的嘈杂声中雷霆般地吼了一句，周围很快安静下来。

“我们的船长有扩音器。”南希说。

接下来是搬动行李的声音。有人在说话，有人在笑，舱门“砰”的一声关上了。然后传来拉绳子的声音，有人发出命令的声音，两船相撞发出的“嘎吱”声。然后，船上的声音恢复了正常，继续往前航行，人们又开心地在甲板上交谈起来。

这时，下面传来了敲打声。

“我这儿有人来过。”弗林特船长敲道，“有个中国人……真有意思……说话的时候战战兢兢的……还说我是‘Missee Lee’……”

“我们又被锁起来了。”南希回道，“我早说过他们是海盗。”

“谁是海盗？”弗林特船长问道。

过了一阵儿，一个满脸堆笑的中国人给她们带来了米饭和鸡丁。她们趁机从门缝往外看到沿岸高高的海岸、郁郁葱葱的森林、嶙峋的岩石。她们不能再上甲板了，但等那人给她们带来茶后，南希向他示意至少将百叶窗打开。他走后将身后的门锁好，但很快有人过来从外面打开了百叶窗。虽然如此，她们还是无法从狭小的空隙中看到什么。仅能斜着瞄向海岸，她们也因此知道船仍在沿着海岸线航行。

好不容易熬过了下午。黄昏，船改变了方向，她们知道现在大船行驶在平静的水面上。从小窗户射进来的光线越来越暗，天就要黑了。南希想敲敲门，希望有人能给她们送盏灯来。

突然，人群开心地叫起来，很快传来船桨划水的声音，接着便是一阵噼里啪啦的声音。

“又开枪了吗？”佩吉说。

“是鞭炮的声音，”南希说，“我们应该到达目的地了。”

绞盘发出嘎吱嘎吱的声音，接着便听到巨大的溅水声。“抛锚了，”南希说，“我看不到岸上有什么灯光，但甲板上倒是灯光闪烁。”

小船不停地撞击舷侧，甲板上的人叽叽喳喳说个不停，船上人来人往。

“他们这是在干什么？”南希说，“他们将亚马逊号绑在舷侧，会把船上的油漆都撞掉。我刚才瞥了一眼……”很快，她再次重重地敲门，但没人理她。

突然，她们听见弗林特船长发出信号：“南希，如果他们问你问题，不要回答，让我来说好了。你可能是正确的。我这里刚才来了个人，说他叫什么岛主。我说我是旧金山的市长，以防万一……让他先摸不着头脑……”

“可这是为什么呀？”南希敲打甲板问。

佩吉拽了拽她，让她别敲了。南希环顾了一下四周，门外正有人看着她们呢。之前给她们送饭的人进来了，将一个点着的桅灯挂在屋里。一个高个子男人将门口堵得严严实实的，那人穿着一件蓝色的丝袍，在桅灯的照耀下闪闪发光。他戴着一顶蓝色的便帽，一只手提着一个里面装有白色金丝雀的鸟笼。进门时，帽子上猩红色的纽扣擦得横梁吱吱作响。船长则跟在他身后。

“我是张岛主。”高个子男人说。

“我叫南希·布莱凯特，”南希说，“她叫佩吉。”

“美国人？”自称岛主的男子操着浓重的口音说。

“我们是英国人。”南希说。

“一个美国人，带着两个英国老婆。”

就在这时，下面的敲打声越来越大。弗林特船长变得不耐烦了。

高个子男人听了听。“不要让犯人说话。”他说，然后转头看着船长。她们听见他用浓重的口音说什么“旧金山”。“明天全都去我的衙门。”他对南希说，然后两个人走了出去。

“糟糕，”南希说，“我们不应该让他发现我们在敲打莫尔斯电码。”

“他们又把门关上了，”佩吉说，“连窗户也关了。”南希敲出了信号，但没人回应。

不一会儿，他们听见弗林特船长在外面说话。“你快带我去见美国领事……快快地……明白？”接下来的话显然是说给她们听的，“不会有事的。”

“你们不能将我们带去吗？”南希喊道。

接着，他们听到外面传来争斗的声音。弗林特船长远远地喊道：“你们待在那儿，别担心。一定会将事情弄清楚的。”然后，划桨的声音传入耳际。

“他们带他上岸了。”南希说。

“我们该怎么办？”

“当然是待在这儿。”南希说，“等他见到领事或港务长，就没事了。”

“要是他们是海盗呢？”

“哦，少来，佩吉，肯定不会有事的。”

很快，那个船长又进来了，跟着他进来的人送来了米饭和汤。

“米饭。”他说。

“我们为什么不能上岸？”南希怒气冲冲地说。

“他太强壮，”他说，“很疯狂，得把他关在监狱里。”他用指关节敲了敲舱壁说，“岛主说不要说话了。那个旧金山来的，去监狱。你们明天见他。”他鞠了一躬，笑了笑就出去了，将身后的门关上，锁好。

南希突然笑了。“他以前不也蹲过监狱吗？”她说，“你不记得了吗？划船比赛的那晚，他抢走了一个警察的头盔。他不会在意的，我们也不会有事。”

“约翰和苏珊他们呢？”佩吉说。

“肯定老早就被班轮救起来了，”南希说，“这会儿他们肯定规规矩矩地在跟船长用餐，旁边站着一排服务生，跟头等舱的乘客在一起呢，可怜的家伙。”

这时，他们听见舷侧有船开过，很快又开走了，声音渐逝。“所有人都上岸了。”南希说。

“那倒不是。”佩吉说。

她们还能听见轻轻的踱步声。

“是那个哨兵，”南希说，“哎呀，管他呢，我们也就在这儿待一晚了，先吃饭，再美美地睡一觉，明天早上一准就没事了。”

# III 短暂的自由

“上床”倒也容易，不就是钻进睡袋，只希望凳子不那么硬邦邦的就行了。要睡着就没这么容易了。先不管他们是不是海盗，南希非常希望弗林特船长能见到一个真正会英语的人，希望很快能听见有小船过来，把她们接上岸，她老想着这些，当然睡不着了。她们就这么一直醒着，听守夜人在甲板上来回踱步，听岸上传来的吵闹声，想着接下来还会发生什么事。现在已经过去一天一夜了，第一次感觉到她们可是刚从燃烧的野猫号捡回一条命。接着，她们竟然迷迷糊糊地睡着了，然后又被什么声音吵醒了。守夜人不再在甲板上啪嗒啪嗒地踱步了。她们听见老鼠吱吱地叫着，到处乱窜，佩吉可受不了这个。她们爬了起来，借着挂在船舱里的桅灯，满屋子找老鼠。虽然老鼠整晚都在甲板上和甲板下窜来窜去，但船舱里倒是没有洞，老鼠没法进来“造访”她们。

早上醒来时，她们也不知道几点了。光从百叶窗和船舱地板的缝隙射了进来。桅灯早就熄了。她们听了听，总觉得远处隐隐约约传来了什么声音，还有鸟叫声，松鸡的呱呱声，篷帆被风吹得呼呼作响。但在船上，除了她们自己弄出的声音外，什么声音也没听见。

“要是昨天没把米饭都吃完就好了。”南希看着空碗叹气道。

“我们不能出去吗？”佩吉说。

“去听听守夜人怎么说。”南希说着用力敲了敲门。

可是没人回应。

“万一他也上岸了……”南希一边说，一边“砰砰”地使劲敲门，手指还摸到了圆圆的门檐。

“他们不会忘记我们了吧？”佩吉说。

“他们没权力把我们关在这里。”南希说。

“你在干什么？”一两分钟后佩吉问道。

“我能摇动这个。”南希说，她正用她那把多功能小刀在门和门框之间戳。“我撬开了一点。”

“最好别这样。”佩吉说，“如果我们把门弄坏了，他们准会气坏的。”

“那是他们活该。”她还在那儿用力戳，将小刀从缝隙里插了进去，在那儿使劲撬，“我也不知道那是什么东西，反正是动了。”

“要是我们真出去了，下一步该怎么做？”

“上甲板瞧瞧，”南希说，“我们干吗不能这么做啊？如果我们看到什么人，就大声叫他们给我们送早餐来。嘿，这玩意儿卡住了，过来帮我用力推门。”

“推门干吗？”佩吉说。

“别这么胆小，”南希说，“你不是一直都想出去，现在不是可以出去了吗？不是这样，别斜着推啊，用力，就这样。我又撬开了一点儿，用力推……不……不是这样……该死的，这又不是瓷器柜，弄坏就弄坏吧。使劲，一、二、三！”

木门“咔嚓”一声，突然被推开了，两人摔倒在甲板上的一堆东西上。南希头挨着甲板，看见前面两码远的地方，这一看不打紧，一双大赤脚横在那儿，光那脚指头就挺大的。她很快站了起来。一个中国守卫躺在甲板上，肩膀靠着舷墙，头歪向一边，张着嘴巴。旁边还有一个小盒子和一杆竹烟枪，放烟丝的烟斗部分是金属的。

“嘿，”南希说，“我们要吃早餐！”她俯身嗅了嗅，一脸苦相，又摇了摇他的肩膀。

她放开手时，那人咕哝了一声，但没说话，甚至都没睁开眼睛。

“我想他吸的是鸦片。”南希说，“难闻死了。”

“他死了。”佩吉说着连连往舱门退去。

“才没有呢，你刚才没听见他在那儿咕哝吗？还在呼吸呢。嘿！”她喊道，再次弯下腰。

那人没有回应。也不知他是哨兵还是守夜人，反正他现在睡得跟猪一样。

“真是头猪！”南希说，“至少现在我们能看到外面的世界了，哎呀，那根本不是什么港口。”

大船停在河口。绿色的森林沿附近的海岸线延伸，后面重峦叠嶂。另一边，裸露的悬崖直冲云霄。河的上游，几百码远处，她们看到一些棕色的建筑物在林中若隐若现。上游，还有几艘大船停靠在那儿。

“河的上游也许有个正儿八经的港口，”南希说，“估计是个要塞，应该在悬崖的另一侧。看看这些圆木，附近应该有人家。”

“我什么也没看见。”佩吉说。

“我能听见声音，就在那些树的后面，听起来像座猴舍。听，还有铜锣声。”

“那些人是在崖顶吗？”

“要是有个望远镜就好了。”南希说，“糟糕！我们把门闩给弄坏了。哼，这事也只能怪他们，谁叫他们把我们锁起来。”

“我们能不能在他们回来之前修好它？”佩吉建议道。

“修好了还把我们自己给锁进去？”南希说，“我才不要呢。”她往舷侧看了看，“走，我们去瞧瞧亚马逊号。”她走到船尾，往下看着亚马逊号，系船索系着船尾，在那漂浮着。“该死的，”南希自言自语道，“他们至少也应该把底板放平了，竟然这么斜放下去。水流又这么急，都在船头下打旋——哦，你来了！”说话间，佩吉也没看那个昏睡的人，径直冲过甲板，很快也来到船尾，站在南希旁边。

“真希望有人来这儿。”她说。

“帮我拉系船索。”南希说，“我们把亚马逊号在舷侧放好，我下去把底板放平，把水弄出来。他们拉它上来时，撞得可不轻。”

南希解开绑在船尾系船桩上的绳子，拖着亚马逊号，再次来到甲板中间，佩吉不情愿地跟在后面。

“就这样。”南希说。

佩吉拉着系船索，紧张地回过头看着僵在那儿的守夜人。南希爬上两个加农炮之间的舷墙，找了两个落脚的地方，然后慢慢地把亚马逊号放了下去。

“该死的，真是一团糟！”她说，“幸好我们的戽斗[1]还在船尾板下面放着。”

接着，她便开始舀起水来。

“南希！”佩吉在上面喊道，“我不敢一个人跟这个……跟这人待在上面……”

“那好，”南希一边使劲舀水一边说，“你下来帮我舀水。”

佩吉爬过舷墙，也下来了。南希抬起一只脚，给她留了一个位置。佩吉下到了船上。

---

[1] 戽斗：用来舀船舱积水的工具。

“好了，”南希说，“你来舀，我来收拾一下。你到那边去，我把这块底板拿开，你继续。我不相信我们的船漏得这么厉害，也许他们把它拉上来的时候就有很多水了。先把水全舀出去，看看是否有地方漏水——佩吉！系船索呢？”

“我……系紧……了啊。”佩吉结巴着说。

“哪有！”

小亚马逊号整个从大船上掉了下去，那根长长的系船索在水面上拖着。

“你干的好事，桨架和桨都在大船上！”南希大叫。

“我们会漂流到大海上去，”佩吉说，“哼，要是我们待在船舱里就不会出这事了。”

水流很快带着她们出了河口，附近海岸上仿如羽毛的棕榈树梢飞快地飘过她们身后的群山。

“到船中间去，”南希说，“舀水，接着舀啊。我们可以用底板当桨——船尾那块。快点儿，别让船翻了，把水舀出去船就不会颠簸了。我们必须回去。”

“船漂流得太快了。”佩吉说。

“还要你说。有什么好怕的，你只管舀水。”

南希用一块底板当桨，不停划船，让亚马逊号往上游——大船的方向驶去。但眼看着离大船刻有雕饰、喷着油漆的船尾渐行渐远。南希使劲摁下底板，拼命划船，拿起，再摁下去，使劲地划。亚马逊号却打着转，往大海的方向漂去。南希又想了个法子。她一只手握着底板的一头，另一只手的手臂顶着中间，尽管那玩意儿实在不好使，但她还是把它当成船桨一样，斜着在水里划。一番折腾后，她终于让亚马逊号不再打转了。

“我们的方向还是不对。”佩吉说。

“闭嘴！”南希生气地说，“你只管舀你的水，叽叽歪歪的也帮不上什么忙。”

“有人看见我们了，”佩吉说，“我之前听见有人在喊。”

“他们得派艘小船来。”南希说，“继续舀，别停呀。”

佩吉使劲舀水。南希则使出吃奶的力气在那儿划船。她瞥了一眼左边，之前高耸的悬崖不见了，只剩下一望无际的大海。她看了看右边海岸的林子，但树木移动的方向不对。没可能回到大船上了，但仍有望回到岸边。于是，她改变计划，不再划着亚马逊号往上游行驶了，她想穿过水流，往树林那边走，那边的水流可能没这么湍急。但她们发现那些树还是在飞快掠过。最后，她认准了一棵树，奋力朝那边划去，但船的方向还是不对，她不得不时刻改换记号。

“我们总算离海岸近一点儿了。”她气喘吁吁地说。

“有人在林子里跑。”佩吉说。

“我们会到岸边的，”南希说，“前提是我的胳膊别折了。”

过了一阵儿，她突然觉得她们成功了。现在，她们离海岸近多了，水流也小了。她想找个地方登陆。那边有个峡谷，一条小溪好像汇入其中，两边长着一些奇怪的树，长有硕大树叶的树枝垂在两旁。南希用尽最后一点力气，划着亚马逊号往那边驶去。

“水快舀干了。”佩吉说。

“正是时候。”南希说。

这里的水十分平静。大树叶像是在向她们招手。佩吉抓起一根树枝，一拉，亚马逊号甩开两旁的大树，飞快地往前滑去，船很快靠岸了。

“没有船桨，我没法将船撑到岸边。”南希说，“跳下去。”

她们从船上“扑通”跳了下去，泥巴没入膝盖，但船还拖在她们手中，一直走到稍微硬一点儿的地方。

“好险。”南希喘着气说。她拿起系船索，在一棵树上系紧了。“这次再也不会松了。”她说。

“真对不起，南希。”佩吉说。

“算了吧，”南希说，“也不知道你打的什么结。不过，我们总算登上了中国海岸。”

这时，一阵急匆匆的脚步声传来。三个中国人从树林里走了出来，抓住南希和佩吉，很快把她们反绑起来。

“好了，好了，”南希说，“我们不是想跑，只是想吃早餐。佩吉，笑一笑，你这胆小鬼，别让他们觉得我们是真想跑。”

三个中国人叽里呱啦说了一通话，押着她们快步走过树林，往她们刚才来的方向走去。

# 第五章 自由时光

燕子号的船员环顾了一下他们刚登陆的海湾，发现除了将海湾遮得严严实实的热带绿色森林外什么也没有。

“我们把东西都拿上岸怎么样？”苏珊问道。

“最好先去探查一番，”约翰说，“到时候还可能要匆忙驾船离开。”

“不吃早餐就去吗？”罗杰问。

“现在又不饿。”约翰说，“枣子和巧克力还没把你喂饱啊？”

“可是吉博尔饿了，”罗杰说，“我得给它吃点儿香蕉。”

“行吧。”约翰说，“你在干什么，提提？”

“我们得带上波利。”提提说着，将鹦鹉笼从船上拿了下来。

“我去拿我的罗盘。”约翰说。“天哪！”紧接着他大声叫道，“我将六分仪和航海天文历放到我们这艘船上了，弗林特船长会需要的。”

“要是他被班轮救起就不需要了。”苏珊说。

“可要是他没被救援呢？”约翰说，“我希望——”

“没事的，”苏珊说，“反正现在你也给不了他。”

“我知道，真希望能给他。”约翰说，他仔细看着罗盘，“是东南风。如果他们和我们一样也是随风漂流的话，他们会从那边来。快，我们先找个地方，看看情况再说。轻点儿，如果附近有土著人，我们可得瞧清楚了，不能让他们先发现我们。”

他又看了一眼罗盘，然后将罗盘握在手里，带头走向林子。罗杰牵着吉博尔跟在他后面。提提则带着鹦鹉跟着罗杰，苏珊走在最后。林子实在不怎么好走，树上挂着的藤蔓植物就像一张张网，经常挡住他们的去路。他们不时得爬过长满青苔的光滑石头，其间还时不时出现一片沼泽地。苏珊提醒大家小心蛇，这下他们走得更谨慎了。蛇倒是没见着，但看见蜥蜴了。巨大的蝴蝶拍打着翅膀飞过他们，奇怪的鸟儿在他们头顶尖叫，草蜢还是蝗虫发出像是棍子挨着篱笆拉过的声音。

约翰突然停了下来。其他人踮着脚尖走到他身边。

“有条小路。”他说。

“那意味着这里有人家。”提提说。

“肯定是通往什么地方的。”罗杰说。

他们沿着小路来到一个拐弯的地方。约翰又看了一眼罗盘。“一边通向西北方，”他说，“一边差不多是往东方。我们往东走能看到大海。真有意思，在海岸线附近竟然没看到任何建筑物。”

“大家都跟上来。”苏珊说。

“我们在树上做个记号吧，”提提说，“万一我们很快就得回去呢。”

“好主意，提提，”约翰说，“我早该想到。”

提提早已拿出小刀，在树干上刻了个标记。浓浓的糖浆从剥了皮的树上流出，她还没刻完，几只巨大的蓝蝴蝶就开始吮吸，振动的翅膀拂过她的手指。

“这下好了，”约翰说，“走吧。”

现在，路也好走了。有人已将那些藤蔓植物砍掉了，热带丛林低矮的灌木也被清除了。小路两边的树桩表明之前有人砍掉过这里的树。他们沿着小路迅速往前，右边，偶尔还能瞥见波光闪闪的水面。突然，他们发现自己来到了海岸上方，脚下的岩石非常坚硬，眼前的大海更加开阔了。

“天啊，这把椅子真不赖！”罗杰大叫，赶紧跑到前面，爬上去一屁股坐在上面。

那是一把刻在岩石上的大扶手椅，扶手前面是一个龙头，椅子后面浅浅地刻着一条腾跃的龙。

“椅背一点儿也不平坦，”罗杰说，“但这是个好地方，适合做哨所。”

四个人全都望向大海。

“这里正对着太阳，”约翰说，“不是什么好事，海上即使有船也看不到。我们等会儿再来这儿。这条路到这边没了。我们最好去看看路的那头通往哪里。走吧，罗杰，从宝座上下来。”说完他往来路的方向走去。

一行人来到提提做标记的地方，一群蓝蝴蝶停在上面。约翰走得更慢了，不时停下来听一听。

“我们不能太冒失了。”他说。

“要是听见有什么人来了该怎么办？”罗杰问。

“飞快离开小路，趴在地上。”约翰说，“还得小心别留下什么痕迹。躲起来的时候得机灵点儿，跟蛇一样。”

“蛇可不会跳[1]。”罗杰说。但这话只有提提听见了。

“这个海岛可真小，”约翰说，“我们应该到路的另一头了。嘘！”他突然停了下来。

“什么情况？”罗杰问道。

“嘘！”苏珊说。

“房子。”约翰小声说，“你们待在这儿，随时准备逃跑。”

“千万小心。”苏珊说。但约翰早已绕过小路的弯道，不见了踪影。

提提和罗杰站在约翰之前站立的地方，苏珊也跟了上来。他们看见约翰小心翼翼地往前走去。然后看到林中的小路那头，明亮的青砖屋角上刻着一条红色的龙，再往上就是他们之前登陆时看到的位于崖底的深水。

“别靠得那么近，”苏珊说，“约翰说我们得准备随时逃走。千万别松开吉博尔的链子。”

好几分钟过去了，约翰跑着回来了。

“那里没人，”他说，“那房子挺怪的，我进去看了。小路径直通往码头，但是那里没船。房子周围也没别的路了。”

“快点，吉博尔，”罗杰说，“前面很安全。”

他们来到房子那儿，发现确实挺怪的。所有拱形屋顶的下檐都刻有红龙。四

[1] 原文是“Snakes don't hop”，上一段中约翰用了“hop off”这个词，意指飞快逃离，但罗杰这里只说了“hop”，意指跳，他这是在跟约翰抬杠。

个角同样刻着红龙。屋檐下是两级台阶，与房子等宽。台阶后面有个露台，后面的房子是开放式的，仅有一堵低矮的墙。中间有个像门一样的开口，开口两侧各有一根木柱。这么看上去，像是整栋房子的前面全是门道，只是没有门，两扇大窗户也没有玻璃。

“只有一个房间。”苏珊说。

“后面好像有个内室。”约翰说，“这里看上去倒像度假屋。”

“为什么没人住呢？”苏珊说。

“住在这里的人可能得瘟疫死了吧。”提提说。

“胡扯！”约翰说，“很可能是间度假屋，要是别的，也太小了。”

他们踮着脚走进屋里，说话的时候格外小声，仿佛屋主正在里面睡觉，不希望吵醒他似的。

“这里有人住。”苏珊说，现在，她的眼睛已经适应里面的黑暗了，看到了房间角落里一个开着的碗柜。“气化炉……水壶，还有两个杯子……一盒石蜡……”她打开盖子嗅了嗅。

“这里肯定有人住的，”罗杰说，“还是英国人呢，看这个。”

正对入口最远端的角落里有一张低矮的木桌子和一个饰有雕刻的凳子。罗杰摸了摸桌子上的书。

“有人在学拉丁文。”他说。

“盒子里全是茶叶。”苏珊说话的时候视线并没离开碗柜。

“这边，苏珊！”约翰喊道，“剑桥大学课程，还是维吉尔的《埃涅阿斯纪》[1]。”

“还有一本拉丁英语字典。”提提说。

罗杰看着一本薄薄的练习本。“有人在翻译，”他说，“不过才刚开始。我懂点儿拉丁文，这部分讲的是埃涅阿斯神父在布道，我们在校的最后一期学过。”

“如果他们是英国人，我们就没事了。”苏珊说，“里面有什么？”她正往门开着的小内室看。

其他人也不管那些书了，也跟着她往里面瞧。但是，他们谁都没有跨过那条

---

[1] 《埃涅阿斯纪》：维吉尔著，罗马文学的顶峰之作，取材于古罗马神话传说。

门槛。一束微小的光从侧墙上一个四四方方的洞中射进屋内，他们发现屋里没几样东西，除了一个大红箱子——上面立着一个下半部分叉开的椭圆形的木头，同样被漆成红色，上面还印有金色汉字。

“应该是个祭坛。”约翰说。

“我们不该来这种地方吧？”提提说。

“为什么不行？”约翰说，“如果这里是供人钻研拉丁文的地方，那我们来有什么要紧的。”

罗杰又去看那些书了。“是英国人还是中国人？”他说，“看这个，她在上面写了很多名字呢。”他们越过他的肩膀看过去，发现《埃涅阿斯纪》的扉页上反复写着一个名字：

| | |
|---|---|
| Li | 李 |
| Miss Lee | 李小姐 |
| Miss Lee，B.A. | 李小姐（文学士） |
| Miss Lee，M.A. | 李小姐（硕士） |
| Miss Lee，Litt.D. | 李小姐（博士） |
| Miss Lee，M.A.，Litt.D.，etc. | 李小姐（硕士，博士） |

他们盯着许多写在旁边的汉字。

“李小姐，”提提说，“你们不记得港务长当初怎么说的来着？”

“哦，算了吧，”约翰说，“他说中国人用她来吓唬孩子。而且他说的是‘Missee Lee’，而不是‘Miss’。谁会害怕一个女学生？”

“这些中文到底是什么意思呢？”

“要是我们在中国长大，那就懂中文了。”约翰说。

“她自己也不是很懂，”罗杰说，“也只写了前面四行。我们再在后面加一行，把画也画出来。”

他给他们看了字典上那首押韵的拉丁诗，这首诗的用意是学生警告他人别偷自己的书：

Hic liber est meus,

Testis est deus,

Si quis furetur,

Per collum pendetur.[1]

“没有最后一行可不好。”罗杰说。

“要我说，”苏珊说，“如果这人只是一个在此学习的女生，她不会介意我们用这栋房子的。我们最好把燕子号上的东西带来。”

“我们把船开过来吧。”提提建议道。

“最好还是留在原地。”约翰说，“首先，没人能找到她。也许我们等下要逃命。总之，我们必须注意岛的另一边，以防弗林特船长等人经过。”

“我们今晚就在这儿过夜。”苏珊说，“在燕子号上过一晚已经够呛了，我们连帐篷都没有。现在所有人都去拿东西。”

“我们去看看码头。”约翰说。

小路下面是一个漂亮的小海湾，那儿有个石砌的码头，是个停船的好地方。约翰已经仔细看过那边陡峭的悬崖。悬崖脚下也有个码头，后面还有一条“之”字形的小路，一直通往崖顶。他指给苏珊看了。

“没有房子，”苏珊说，“连一个人影都见不着。”

“我们到码头上去。”提提说。

“尽量在树林四周。”约翰说，“我们得当心点儿，别先被人家瞧见了。”

“我们把东西拿到那房子里去。”苏珊说。

“好吧，”约翰说，“我们去拿东西。罗杰去哪儿了？”

他们往回走，正好碰见罗杰从屋里出来。

“我把她不知道的最后一行加上去了，”他说，“她应该会很高兴的，我还将图画好了。”

“罗杰！”苏珊叫道，“你怎么能在别人的书上这么做？”

---

[1] 这是一首拉丁诗，学生通常写在教材的封面上，用来警告别人别偷他们的书，翻译成中文则是“此书是我的，上帝为我作证，如果有人偷走它，就得上绞架”，而且后面通常还会画一幅人受绞刑的画。

“我又没乱涂乱画。”罗杰说，“要是她知道，也会写上去的。”

苏珊很快走上台阶，来到屋里。约翰和提提也跟着进去了。字典在那儿翻开着，扉页上的押韵诗也完成了：

Hic liber est meus,
Testis est deus,
Si quis furetur,
Per collum pendetur,
Like this poor cretur.

然后是罗杰写的“下场犹如此人”，下面还有一幅画。

“你有橡皮吗，提提？”苏珊一脸严峻地说。

“我用的是拷贝铅笔[1]。”罗杰说。

“那就没辙了。”苏珊说着将字典拿到房子前面光线充足的地方，“根本擦不掉。”

“如果非要去擦的话，会越弄越乱，”罗杰说，“总之，我之前可是很小心的。”他斜着眼睛看了一眼自己的杰作，忍不住乐了。

“可这不是你的书。”苏珊说。

“罗杰，”约翰说，“你没资格成为一等水手，你就是一个蠢蛋，十足的蠢蛋，还有可能连累我们。你将书弄乱了，如果这女的发脾气，有你的好果子吃，我们都会被牵连。不过现在木已成舟，也没办法了。走吧，我们去搬东西。”

大伙儿也没再说字典的事了，连罗杰也不说了，虽然他一直耿耿于怀。他跟自己说，大家这么说很不公平，那幅画画得还真叫顶呱呱，没理由不被人喜欢啊。

只需跑一趟，他们就把从野猫号上抢救出来的东西带过来了。约翰小心翼翼地将弗林特船长的六分仪和航海天文历放到较大房间的角落里。苏珊开始布置睡袋，将房间变成了一个临时宿舍。罗杰虽然总想着再去看看他的画，但还是咬咬牙，跟书桌保持一定的距离，只在一旁兜来兜去。后来，罗杰拿出一个从水壶后

[1] 拷贝铅笔：字迹不易擦去的铅笔。

面找到的小铁盒，当时苏珊正要告诉他离碗柜远点儿。

“这是什么？”他打开盒子嗅了嗅说，“小块小块的果冻。”

“你可不能吃。”苏珊说。

“才不要呢，”罗杰说，“你可以试试。是甲基化的，硬硬的。”

苏珊从他手中接过盒子，嗅了嗅里面的小方块，看看盒盖。“副醛片，”她读道，“新加坡产的。”她看着外面的标签补充道。

“他们可能是英国人。”提提说。

“我去泡茶，”苏珊说，“如果这玩意儿能点着普里默斯气化炉的话。”

“炉子又不是我们的。”罗杰说。

“这完全不同，”苏珊说，“我们用过后可以清理干净。如果这里有人，他们也会泡茶招待我们的。”

“快点儿，”约翰说，“我们应该出去看海了。”

“他们最好吃一顿像样的饭菜。”苏珊说。

她摇了摇炉子，发现里面还有些油。她拿出两块副醛片，放在装甲基化酒精的地方。然后她用清洁剂清洗了喷嘴，点燃了燃料。三聚乙醛片熔化了，变成了酒精一样的东西，蹿着蓝色的火苗。他们看到火苗就要熄灭了，苏珊关掉阀门，拉了几下鼓风机，炉子呼呼地燃起来了。

“水呢？”罗杰问。

“快，快，快去找水。”苏珊说。

“在我们登陆的地方有股细流。”约翰说。他拿起水壶跑了出去，很快装着满满一壶水回来了。“是淡水，”他说，“那里肯定有一眼泉水。”

十分钟后，水开了，苏珊放了点茶叶在水壶里，用她的多功能小刀的刀尖搅了搅。约翰从放有应急干粮的盒里打开一罐牛肉糜压缩饼，提提拿出饼干。“一人两块。”苏珊回过头说。罗杰则在那儿切剩下的那点巧克力。

“我把那个装有水的大杯子留在燕子号上了。”提提说。

“这里有两个杯子。”苏珊说。

“也太小了。”罗杰说。

“够大的了。”苏珊说。

“可这是别人的杯子。”罗杰说，“气化炉、燃料、茶叶，跟那该死的字典一样，都是别人的。”

碗柜里既没有勺子、刀子，也没有叉子，只有一把筷子，这下他们犯糊涂了，房子的主人到底是英国人还是中国人？但他们自从上次在野猫号主帆做的遮阳篷下吃咖喱鸡蛋和橙子后，再也没美美地吃过一顿饱饭了。大家可是饿坏了，比起刀叉，用手往嘴里塞食物可来得更方便，甚至匆忙从海边回来的约翰也没阻止这些海难船员们美餐一顿。约翰也没亏待自己，在他们吃完很久后，他也做了顿好吃的。罗杰说他感觉吃完这顿后他还能熬一熬，约翰则去了露台，想看看悬崖上的那条小道上有没有人，对面的水域有没有码头，期间还往房间里看了两三次，想看看其他人有没有做好准备。

“我要把气化炉、杯子和水壶洗干净。”苏珊最后说。

“哦，听着，苏珊，”约翰说，“我们早就应该去探查了，我得确保岛的另一边没有人。回来再理会这些东西吧。”

“很快了。”苏珊说。约翰知道跟她吵也拗不过她。

“好吧，”他说，“等你把东西收拾好了就到石椅那里跟我会合。我在那儿等你们。现在我还要去海边看看……就这样了。我会沿着林子的边缘走，一个人去就行了，如果都去时间还得久些。不过，你们真得快点儿。”

“我们会比你先到石椅那儿。”罗杰说。

“那有什么出奇的，”约翰说，“我走的那边连条路都没有。”

约翰又在房子外面转了一圈，然后，他藏身林中，尽可能挨着海滨，艰难地往海岛北边走去。

约翰走后，苏珊收拾得更快了。她还让罗杰到走廊上放哨，以防万一有人从悬崖下过来。不管是中国人还是英国人，她都不想一个人留下应付他们。差不多收拾好的时候，她又环顾了一下房子，想卷起睡袋，但最终还是觉得这里用来做宿舍更合适，然后放了一些巧克力在口袋里，以防到时候需要。然后她跟罗杰、吉博尔、提提和那只鹦鹉一起沿着树林的小路出发了。

“我早知道我们会先到。”罗杰说着，再次坐在那张大石椅上。

“约翰去探查这座小岛估计得要点儿时间。”苏珊说，不过，她已经开始留意约翰穿过树林的动静了。

“好像整个世界上就根本没船这号东西。”提提望着空荡荡的海面说。

林子的左边有座小山，后面远端有个岬角。右边以及他们的前方都是波光粼粼的海面，从他们的脚下一直延伸至地平线。没有帆，没有船，也没有路过的轮船冒出的烟。真的很难相信，就在昨天，他们还在海里亲眼看见野猫号葬身火海，而现在，南希、佩吉和弗林特船长肯定正坐在亚马逊号上漂流，寻找燕子号。除非他们真的已被开往上海、横滨或香港的班轮救起。

约翰出现的时候他们竟然没发现。

“你潜行的技术真棒！”罗杰说。

“我走遍了整座海岛，”约翰说，“岛上没人，除了从房子到这里的小路外也没别的路了，这就好了。那边的悬崖和陆地之间似乎有条小溪，山峦和海滨之间的树木郁郁葱葱。沿着海滨也能看到树，不过看起来挺远的，悬崖和悬崖脚下的树看上去就近多了，但这件事也没法确定。反正我是没见到什么房子，也没见到人。

“现在我们打算怎么办？”苏珊说。

“我们有吃的，”约翰说，“暂时没事。当务之急是注意观察。只要弗林特船长发现我们离队了，他就能猜到我们发生什么事了，也会知道我们往哪边漂走了。他应该会来找我们，弗林特船长有罗盘，找我们是不用六分仪的——天啊，要是当初我们拖着他去亚马逊号时把那东西给他就好了。当然，亚马逊号现在也可能在海上漂流。他们可能离我们很近，也许正沿着海岸在找我们呢。”

“要是他们走过头就糟了。”提提说。

“我们得把眼睛睁大点儿。”约翰说。

“如果他们还在驾驶亚马逊号，现在的风还挺合适的。”提提说。

“现在刮的是东北风，”约翰说，“也不再涨潮了，我们正好躲在那个岬角后面。但现在的风正好可以让他们驾船进海湾。”

“我们随时都能看见他们。”苏珊说。

“但要是如弗林特船长所说的，他们被班轮救起了呢？”罗杰问道。

“那他们到了港口才能想办法，”约翰说，“只要他们被人救起就知道到哪里找我们。”

“我们看到的任何船都可能是他们。”罗杰一边说，一边焦急地看着海面，可这会儿哪有船的影子。

“他们不能用无线电联络海岸警卫队吗？”苏珊说。

“这里哪有什么警卫队。”约翰说，“总之，我们不会有事的，手里有干粮，还有房子可以睡觉。趁还没天黑，我们就在这里等等，观察海面的情况。”

“但屋主可能会回来。”苏珊说。

“运气好的话，他们不会回来的。”约翰说，“况且，即使他们回来，说不定那些人都是好人呢。当然，弗林特船长他们找到我们最好。”

他们坐在石椅上观察了整整一天。时间慢慢流逝，太阳也不在原来的位置了，现在更容易看清楚海面的情况。他们也困了，开始轮流值班，其余三人则躺在附近的阴凉处小憩。在燕子号上折腾一宿后，他们还真困了，但怎么也睡不着。不停有鸟儿啊，蝴蝶啊，还有焦躁不安的吉博尔来骚扰他们，他们还会接二连三地被噩梦吓醒。又过了好几个钟头，太阳已经过了头顶，开始往陆地下沉。他们观察了好几个小时，也不涨潮了，没有风，海面上连一点儿涟漪都没有，这种天气状况很适合亚马逊号。可几个小时过去了，根本就没见着那艘船。

直到临近黄昏的时候他们才看到一艘帆船。

坐在石椅上的罗杰是第一个看到的。他跳起来站在椅子上。

“嘿，有船了！”他大声喊道，“约翰，醒醒！”

这下，大伙儿都醒了。罗杰指着那边。

“帆是棕色的，”提提说，“不是亚马逊号。”

约翰拿起望远镜。“一共有三根桅杆，”他说，“是艘中国帆船……朝这边过来了。”不一会儿，他又说，“离那边的岬角更近了。”

“如果是中国帆船，我们可不能让他们瞧见了。”苏珊说。

“这事可说不准。”约翰说，“我们最好趴低点儿……船正朝这边过来了。”

“马上就要天黑了，”苏珊说，“趁还能看见路，我们应该沿小路回去。”

“好吧，”约翰说，“再等一下。那船正沿着海岸航行。我之前不是说那里有条小溪吗，那边也许还有个港口。”

“连灯塔和浮标都没有。”提提说。

“那边肯定有什么东西，否则那艘船也不会驶进去。”

“我们就是再在这儿等下去也看不到。”苏珊说。天已经黑了，那艘棕帆船慢慢沿着郁郁葱葱的森林行驶着。

“船就要进海湾了。”约翰说。

“嘿！他们还挂起了桅灯。”提提说。

“走吧。”苏珊说，“走吧，提提。要我带着波利吗？别再放开吉博尔了。”

他们最后看了一眼那艘中国帆船，多多少少有点失望，因为那不是亚马逊号。想到弗林特船长、南希和佩吉还在海上漂流，要不就是坐上班轮离他们越来越远了，能不失望吗？夜色中，他们快步沿着小路往回走，进屋后，苏珊摸索着找到桅灯，约翰准备了火柴。

“把桅灯放在屋后，”约翰说，“这样岛上的人就看不到了。”

苏珊把桅灯拿到桌上时，差点掉在地上。“罗杰！”她大声喊道，“你到底把这些书怎么啦？”

“我连碰都没碰。”罗杰说，“你说我不该画那幅画，最后接触书的人是你。”

“那些书都不见了。”苏珊说。

他们很快在房子里找了找。一切都跟他们之前离开时一样，但维吉尔的那本《埃涅阿斯纪》、字典和练习本都不见了。

“有人来这里将书拿走了。”提提说。

“不可能是吉博尔，”罗杰说，“它可是一直都跟我在一起的。”

“有人来过，”约翰说，“而且这人知道我们来过这儿。”他跑出去，盯着黑漆漆的悬崖，也没发现什么灯光。

突然，悬崖后面“砰”的一声，声音此起彼伏，最后一连串的声音响起。其他人也跑了出去。

“什么声音？”提提大声说，“打仗了吗？”

“是枪声。”苏珊说。

“像是火药阴谋[1]那天。”罗杰说。

---

[1] 火药阴谋：1605年11月5日，反叛者由于詹姆士拒绝给予天主教徒同等权利而大失所望。他们企盼火药阴谋引发叛乱，从而使詹姆士的女儿波希米亚的伊丽莎白能够成为一个天主教元首，但11月5日的阴谋却在计划发生之前数小时流产了。从此，每年的11月5日，英国人以大篝火之夜（即焰火之夜或盖伊·福克斯之夜）来庆祝阴谋被粉碎。

“是鞭炮声，”约翰说，“这里肯定有个港口。那艘中国帆船回港了，应该是捕了不少鱼，乡亲们放鞭炮祝贺。唉，好想知道是谁把那些书拿走了。”

“我们现在也做不了什么。”苏珊说，“他们也没动我们的东西。沙丁鱼、枣子和睡袋都在。现在不会有人来了，但明天早上就得防着点儿了。”

## 第六章　发现同伴

折腾一宿后，天刚亮他们就醒了。他们睡觉的时候缩成一团，因为就着睡袋在木地板上睡觉可比不上床垫，他们一骨碌爬了起来，想起了那个他们没见过的“不速之客”。

“看桌子也没有用，”约翰说，“书都不见了。”

“我以为我只是做了个梦呢。”提提说。

“我倒希望你真是在做梦。”约翰说，“我就不明白，先甭管是谁，那人为什么没动其他东西呢。”

“谁拿水壶去打水？”苏珊说着已经忙着点燃气化炉了。

罗杰很快出去了。约翰和提提跟着他在这栋古怪的中国房子外面转了一圈，然后沿树林朝约翰发现溪水的地方走去。罗杰拿着水壶走在前面，他突然停了下来，飞快往后跑。

“那艘小船里有人，”他说，“船正朝这边来了。”

“趴下！”约翰喊道，三人本能地藏了起来。

“是什么人？”提提小声问道。

“在那儿呢，”罗杰耳语道，“看他的帽子。”

那人坐在一艘棕色长平底船的船尾，不急不躁，偶尔划一杆子桨，斜着穿过海岛和悬崖之间的海峡。悬崖上的那条小路上出现一抹晨曦，那人戴着一顶黄色的圆帽，中间有个尖顶，看上去有伞那么大。舷缘有十来个黑色的东西整齐地排在那儿。其中一个突然动起来，振动黑色的翅膀。

“是鸬鹚。”提提小声说。

这时，他们看见船头附近一只长脑袋、长脖子的鸬鹚嘴里叼着一条鱼浮出水面。鸬鹚来到船侧，渔夫用网将它兜住，放到船上。

“他要把鸬鹚嘴里的鱼全拿出来。”罗杰说。他们看着渔夫抓住鸬鹚，又有三四条鱼从鸬鹚张开的嘴中掉了下来。

“还有一只。”提提说。

“嘘！”约翰说。

另一只鸬鹚也来到船侧，被渔夫用网舀到船上，嘴中的鱼也全被他拿了出来。然后，渔夫将鸬鹚放在舷侧，让它振动翅膀，抖干羽毛。渔船离他们越来越近。渔夫放下桨，将一根长竹竿插入一边船侧的水中，抵入水底，撑船沿海岸往浅滩驶来。

约翰拿定了主意。

“这人不打紧，”他说，“只是个渔夫而已。”

“他可能还会给我们一些鱼呢。”罗杰说。

“不过他看上去不懂英文耶。”提提说。

“他不是海盗不就得了。”约翰说，“我要跟他打招呼，走吧。”

他们站了起来。

“啊嘿！”约翰喊道。

悬崖对面传来清脆的回声。站在船尾的渔夫慢慢地沿岸撑着船篙，看着悬崖，然后朝岛这边望来，发现了约翰、提提和罗杰正站在那儿朝他挥手。

渔船剧烈地摇动起来，他们一度觉得要翻船了。渔夫喊着什么，然后站稳了，又喊了几句，也不再驾船进海湾了，而是放下船篙，使劲划桨，拼命朝深水区驶去。

“啊嘿！啊嘿！”约翰和罗杰同时喊道。

“我们没有敌意。”提提说。

但渔夫只是一个劲儿地划桨。

“他到底怕什么？”罗杰不解地问。

“你听见他刚才在喊什么了吗？”提提问道。

“肯定是用中文喊的就对了。”约翰说。

“他提到了李小姐。”提提说，“我清楚地听他两次提到了‘Missee Lee’。”

“不可能，”约翰说，“外国话听起来都是咕哝一通，有什么区别。”

“现在没必要再藏起来了，”罗杰说，“我们去码头吧。”

于是，他们走到码头，站在那儿，看着渔夫消失在他们视线之外。

“你们觉得会不会是他将书拿走了啊？”罗杰说。

“他哪知道这里有人来过。”提提说。

“拿走书的人可能是从对面来的。”约翰说，“你们看，那边还有个码头，那人很可能跟那个渔夫是同一个地方的人。”

“那人不会是男的，”罗杰说，“看看这个。”他拿出一个长长的杂黄褐色发夹，发夹一端有个绿色的球状装饰。“刚才就在这儿捡的，肯定是她上船时掉的。”

“不就是个发夹嘛，”约翰说，“行了，苏珊会生气的，我们把装水这事儿给忘了。”

他们装满水壶，拿回去给了苏珊，并将刚才发生的事也一并告诉了她，还把发夹给她看了。

“他往哪边走了？”苏珊问道。

约翰指出了方向：“朝对岸去了，然后沿着悬崖行驶。他会经过那个位于岬角的港口，也就是昨晚人们放鞭炮的地方。”

“这样的话，”苏珊说，“他会告诉港口里的人，然后他们会派艘小船来。”她将水壶放在炉子上说，“约翰，你去打开三听沙丁鱼。”

“拿走书的另有其人。”罗杰一边说，一边看那个发夹，末端的绿色球状装饰颇为显眼。

“我们把它放在之前放书的桌子上，”提提说，“这样她再来的时候就能找到了。”

“你知道我们该怎么做吗？”约翰一边说，一边舔了舔粘在手指上的沙丁鱼油，然后吃起了牛肉糜压缩饼和枣子，“得有人留在这儿，以防有人来。”

“等那个渔夫将看见我们的事告诉他们，肯定会有人来的。”提提说。

“我知道，”约翰说，“但寻找亚马逊号的事该怎么办？还得有人看着岛的另一边。”

“这事让提提和罗杰去，”苏珊立刻说，“如果他们看到亚马逊号，或者发现有人从海上过来，能够从容地回到这里告诉我们。但如果有人来这里，我们还得解释我们为什么住在这里，为什么用炉子什么的。至少我会跟他们解释。如果港口那边有人来，约翰应该留在这里，告诉他们派船去哪里找其他人。”

“那我留在这里吧。”罗杰说。

“将提提一个人单独留在那里也不好，”约翰说，“那里应该安排两个人——一个人给亚马逊号发信号，另一人一发现情况赶紧回来找我们。”

“哦，好吧，”罗杰说，“一共三个人，吉博尔也算。”

“那我带走波利。”提提说着将一些新鲜的鸟食放在鹦鹉笼中的食槽里，还抓了一把放在口袋里，以备不时之需。

“看看燕子号有没有事！”约翰在后面喊道，几个人在斑驳的树荫下，沿着小路往前走去。

他们来到提提做标记的地方，成群的蝴蝶和飞蛾都被树中渗出的糖浆淹死了，全粘在树干上。他们留下的痕迹清晰可辨，从砍掉的藤蔓和灌木来看，谁都可以看出来这里曾有人路过。他们很快走下小湾，发现燕子号还藏在那儿，上面有一只绿色的大蜥蜴，长着一个蓝色的大脑袋，正躺在舷缘上晒太阳。

“是只蜥蜴，”罗杰说，“咱们抓住它。”

可罗杰哪有这本事。绿色的大蜥蜴闪身从船侧钻了进去，溜之大吉。

“走吧，”提提说，“这玩意儿多的是，我们几个小时前就应该到石椅那里去了。”

“再也看不到这么大的蜥蜴了。”罗杰说。一番折腾后，他们回到小路，匆匆赶到石椅那儿。

“我们不用这么快，”罗杰说，“现在什么也看不到。”

万籁俱寂，骄阳炙烤着苍茫的大海。左边是一片绿色的森林，后面连绵的山峦映在仿如明镜的水面上。他们靠在石椅上，直愣愣地看着海面。鹦鹉只管吃着早餐，之前登陆的时候罗杰发现了一棵香蕉树，这会儿吉博尔正吃着从上面摘下来的青香蕉。一个多小时过去了。突然，他们听到远处传来锣声，还隐隐约约听见有人在喊。

“不怎么像是从港口传来的声音。”提提说。

“没有升降架，”罗杰说，“没有挖泥船、打桩机的声音，也没人敲打船上的铁锈。”

“只是人发出的声音。”提提说，“我好想知道他们是什么人。”

“我们刚才不是见过一个？”罗杰说，“那个用鸬鹚捕鱼的人。唉！我从来没想过还真有人用这玩意儿捕鱼。你们还记得吗？有一次看见鸬鹚在湖里，我们还希望像它们一样呢。”

“那是猴年马月的事了，”提提说，“当时我们还没驾驶野猫号出航。”

“现在野猫号没了，真扫兴。”罗杰说。

“可不是。”提提回应道。

“到时候还得坐轮船回家，”罗杰说，“不过幸好我们还有燕子号，南希和佩吉还有亚马逊号。弗林特船长不是还有间老船屋吗？”

“这根本不是一码事。”提提说。

“我敢肯定他还会买一艘帆船的。”罗杰说。

提提不说话了。燕子号和它的船员都平安，无论如何，他们很快就会没事了。但其他人去哪儿了？要是他们没被救起，经过昨天的一天一夜，亚马逊号现在都还在火辣的太阳底下暴晒，看不到陆地，干粮也越来越少，水也快没了，那可怎么办？那首诗怎么说来着？“水哟，水哟，到处都有，可是一滴也不能喝。”约翰和苏珊从来没说过会有危险。但他们聊天时，她从他们的脸上看出了异样。她盯着海面，眼睛一阵模糊，于是她晃了晃脑袋。水面反射的光直晃眼睛，往绿油油的森林和棕色的山峦那边看倒还轻松……

“啊嘿！”她突然声嘶力竭地喊了一声。

“怎么回事？”罗杰吃惊地叫道。

“看，快看！”她几乎是在耳语，“那是不是亚马逊号？”她赶紧从口袋里拿出望远镜，“在那边……船上没有桅杆……正沿着海岸漂流……那儿……在那儿呢，在那边的林子和我们中间的水域里。”

她一阵手忙脚乱，好不容易才用望远镜瞄准那边。

“是她们！是她们！我看见佩吉和南希了……她们在用什么东西使劲划船，

但没看见弗林特船长。她们正疯狂地在那儿划船……不过她们并没有进小湾，倒是越划越远，而且是船尾先行。那里肯定有激流。快点儿，我们赶紧到燕子号那儿……不……罗杰……我来照看吉博尔，你快去喊约翰和苏珊，我得看着那艘船。”

“让我看看。”罗杰说。

她抓住吉博尔的链子，把望远镜给了罗杰。罗杰只看了一眼，就赶紧将望远镜塞给提提，甩动胳膊，拔腿往回跑，就像当年在学校赛跑一样。

提提将胳膊伸进系着鹦鹉笼的帆布吊兜里，将笼子背在后面，腾出两只手来。又用望远镜看了看。错不了，那就是亚马逊号，南希在那里疯了似的划桨，倒着往大海驶去。

“啊嘿！”可惜太远。佩吉背对着提提，提提能够看见南希划船时溅起的朵朵水花。约翰多快才能进小湾呢？把燕子号弄到水里得有帮手才行。当初是四个人费了很大的劲才将船拖上岸的。但不到最后一刻，她不能让亚马逊号从眼皮底下消失。她发现亚马逊号离远处的海岸越来越近。南希一定是使出浑身解数才逃出漩涡的。那船再也不会回来了，正离那边的小树林越来越近。然后，她听到约翰和罗杰一起喊，亚马逊号也恰好在她的视线内消失了。她之前看到亚马逊号还在树林后面，现在那里只剩下树和小溪了。然后，提提盯着亚马逊号消失的地方，她记得以前还用到过一个好办法——记住标记。“快来！快来！”她大声喊道。那边有一棵特别高的棕榈树，再远处是一个斜坡，在森林后面的山峦轮廓线那边。她又看了一眼那边，确保自己能够记住，然后，她背着鹦鹉笼，跑向她的伙伴。笼子在她后面颠儿颠儿的，波利尖叫着，吉博尔则在她旁边又蹦又跳。

“嘿，提提，”她一到小湾约翰便迫不及待地问道，“你肯定吗？不只是罗杰一个人看到她们了吧？”

“你也知道罗杰的为人。”苏珊说。

“我们两个都看到了！”罗杰说。

“就是她们，”提提说，“南希和佩吉在亚马逊号上。她们可能出什么事了，南希在拼命用什么东西划船，倒退着往前行驶，然后她们将船划进林中就不见了。”

“你做了标记以便寻找吗？”

“那里有棵树，林子的轮廓线那里还有个斜坡。”

“行，我们去找她们。你也知道悬崖上面有情况。上面有人，我们还看到他们下来了，估计他们会到对面去。”

“我们可以回去找他们。”苏珊说，“当务之急是找到弗林特船长他们。”

“可我们没看见弗林特船长。”提提说。

“如果你真的看见她们两个了，那弗林特船长肯定也在附近。估计他们当初跟我们一样，两艘船之间可能一直都没离得太远。总之，现在不会有事了。你和罗杰一人抓住一边舷缘，我和苏珊抬船尾。好了，起！”

他们一起抬起燕子号。“加油，”约翰说，“再加把劲儿，船就能下水了。”

燕子号的船尾终于浮到水面上，但船体仍在岸上。他们爬上船，提提拎着鹦鹉笼先上去，然后苏珊、吉博尔和罗杰也都上来了，最后约翰将船推下水，翻身上到船头，驾船离去。

“桨架！”约翰说，“哦，干得不错，罗杰。你到船头来，留意礁石。”

“哦，算了吧，”提提说，“要真有的话，水面也不会这么风平浪静了。”

“那也没办法。”约翰说。

“我来划一根桨。”苏珊说。

“等我先把船开出去。”约翰说着已经将船掉头，慢慢驶出小湾。“可不能把船撞坏了，”他自言自语道，“否则根本去不了那边。”

他沿着河岸，将船驶出小湾，让船往原来石椅所在的地方靠，这样提提能很容易找到她看到的那些标记。

“石椅在那儿呢。”罗杰说。

“现在给你一根桨。”约翰说。

“方向还是不对，”提提说，“轮廓线那边的斜坡离那棵树还有很远的距离。”

约翰继续往前划去。

“越来越近了，”提提说，“她们就是从那条轮廓线进去的——加油！”

“我们会找到那些标记的。”约翰说，“你注意看着那些标记，现在你的作用就像罗盘。苏珊，你来划一根桨，我们一直跟着标记往前划。我在船头划，罗杰，你去船尾，苏珊负责中间。可千万别让吉博尔捣乱。”

他们很快就准备好了。“开始吧，苏珊。”约翰说。

几分钟后，提提说：“嘿，我怎么感觉船和岸之间的水流很急。”

“你看着标记，”约翰说，“你得时刻留意我们会不会偏离航道。”

“悬崖上下来的都是些什么人呀？”罗杰问道。

“没看清楚。”约翰说，“望远镜不是在你那儿吗？”

“那有多少人呢？”

“不知道。”

“不止一个吧？”

“是的。”

“不止两个吧？”

“别说话了行不，”约翰说，“我们得使劲划船。”

“那到底有多少人呢？”

“反正很多人。”

“得有四五十个吧，”苏珊说，“他们都吹着奇怪的哨声。”

“是那个渔夫把他们叫来的，”罗杰说，“要么就是那个拿走书的人，发现苏珊用过他们的气化炉。”

“他们知道我们还会回去，”苏珊气喘吁吁地说，“我们将睡袋什么的都留在那儿了。”

“使劲儿，苏珊。”提提说，“峡谷是在那棵树后面不见的。”

“这儿有激流。”约翰看着提提的手说。那手就像永远指着一个方向的罗盘针，此刻正指着远处树林，亚马逊号消失的地方。

“使劲儿，苏珊。”提提再次催促道。

“别指了。”约翰说，“如果被卷入激流就糟糕了，我们得横着划船。你只管告诉我们，我们有没有正对着那些标记划。”

“现在没有。”提提说，“峡谷的开口在右边，还是往右边划……停一下……往左边划……方向对了。”

“这么划真吃力。”苏珊说。

“她们看到我们过去，会等我们的。”罗杰说。

“她们不会离亚马逊号很远的。”提提说。

“但时间不等人，”约翰说，“那些从悬崖上下来的人会在我们回去之前上岛。”

“没关系，”苏珊说，“只要我们再在一起就没什么要紧的了。”

“他们肯定认为我们淹死了。”罗杰说。

“我们离峡谷又远了，”提提说，“使劲儿，苏珊。”

“喂！”罗杰喊道，“我看见昨晚进入峡谷的那艘渔船了。里面有条河。”

“所以才会有激流。”约翰喘着气说。

“渔船上方一点儿有个四四方方的小塔，”罗杰说，“一边有一个……里面还有很多。但我觉得这根本不是什么港口。”

“苏珊，别看了，继续划。”约翰说。

“现在标记在哪儿？”几分钟后约翰问道，发现提提也不看标记了，只是盯着河口。

“没事的。”提提说，她又发现标记了，“我是说，我们的方向没错。”

“她们可能会挥动旗子什么的。”罗杰说。

“不过她们也许还没看到我们。”提提说。

“要是她们看到我们会说什么？”

“我知道南希一准会怎么说。”罗杰咧嘴笑道。

“说什么呀？”

“公山羊烧烤！”罗杰说。

“哦，少来。”约翰说。罗杰看着约翰脸上豆大的汗珠直往下滴，还真不说话了。他看着苏珊，她正闭着眼睛使劲在那儿划船。

“让我们来划会儿。”提提说。

“不用。”苏珊回答道。

“峡谷的开口在左边了。”提提说。

“很好，”约翰说，“我们的船肯定驶出了激流。慢点儿，苏珊，快到岸了。现在能看到她们是从哪里进去的吗？”

“还没看到。”

他们终于能够直接划向岸边了。很快，船离林子越来越近。

“现在看不到山峦中的斜坡了，”提提说，“那里全是树。但我知道她们往哪边去了。”

约翰回头看了一眼。“我把船划进去，”他说，“干得好，苏珊，老伙计。罗杰，你还是去船头。”

“好嘞。”罗杰说。

“那边有芒果树，”约翰说，“我们快上岸了，好不容易才驶出该死的激流。”

现在，约翰划着船，在长着奇怪的大树叶的树之间行驶着，虫子的叫声此起彼伏。

“啊嘿，亚马逊号！”罗杰喊道，“在那儿呢，但船上没人。”

“她们应该就在附近。”苏珊说。

“我们一起喊。”罗杰提议道。

“先等一下。”约翰说。

燕子号慢慢滑入亚马逊号停靠的小溪，他们将系船索牢牢地系在一棵树上，船头停靠在沼泽地上。

“我们就不能找个稍微干一点儿的地方靠岸吗？”苏珊说，“看看她们留下的深脚印。”

“她们一定走得很匆忙，”约翰说，“好点儿的地方不是没有。罗杰，把鞋子脱了。”

“早脱了。”罗杰没好气地说。他一看到亚马逊号绑在那里后就开始脱鞋了。

“准备，使劲儿。”约翰用力一拉。他们感觉到燕子号的龙骨在软泥地里滑行，最后停了下来。罗杰一下跳到一个大树桩上，抓住燕子号的船头。很快，约翰也上了岸，看了看亚马逊号。

“她们把桨拿走了，”他说，“可能藏起来了。”

“南希当初根本不是用桨在划船。”提提说。

“想必亚马逊号的桨一定丢了，”约翰说，“她们用的是底板。看看上面的泥巴，她一定是用底板将船撑到这儿来的。”

这时，苏珊和提提也上了岸。

“我们可以从脚印判断她们去哪儿了。”约翰说，“真是奇怪，并没有弗林特船长的脚印。但有很多其他人的脚印，都是光着脚丫的。”

“他没跟她们在一起，”提提说，“她们可能去找他了。”

“她们是往这边走的，”约翰说，“这些都是她们留下的脚印。她们是沿着岸边，往河口方向去的。”他想了想，然后拿定了主意，“听着，我和苏珊去追她们，一找到她们我们马上回来。提提和罗杰留在这里看着这两艘船。”

“哦，要我说——”罗杰说。

“反正得有人看着船。”

“这样更好。”苏珊说，“还有吉博尔和波利，你们两个也看着船，我们会把她们带回来的。之后反正我们还得去岛上拿东西，并向屋主解释我们借宿的事。”

“行吧，你说了算。”提提说。

“不过你们可得麻利着点儿，”罗杰说，“我们也想见到她们。”

接着，约翰和苏珊跟着脚印，快步走在软绵绵的地上，很快消失在林中。

## 第七章　猴子的影子

很长时间里，罗杰和提提都是按照约翰的吩咐做的。他们将亚马逊号系好，把那块用作船桨的底板上面的泥巴清理干净，后又将它跟其他的底板放回原处。罗杰穿上鞋，两人在附近逛了一会儿，在郁郁葱葱的树荫下听了听，等了等，可那里几乎什么也看不到，感觉像是在一个封闭的房子里。

“听着，”罗杰终于沉不住气了，“主要是吉博尔待不住了，它想去探险。只要我们别离船太远，到附近转转也无妨吧。”

“他们随时都会回来，”提提说，“这会儿他们一定找到南希和佩吉了。”

“他们回来时，我们会听见的。”罗杰说。

“我们千万不能走远了。”提提说。

“只要再找点儿香蕉给吉博尔吃就行了。”罗杰说。

“嗨，等等，”提提说，“我不能撇下波利，帮我把笼子系上。你两只手都是空的，方便着呢。”

罗杰拿着笼子，提提将胳膊挽过吊带，将笼子背在背后，腾出两只手来，拨开竹笋和缠在一起的藤蔓植物，跟着罗杰。两艘船严严实实地系在那里，在海岸附近逗留应该没什么事，也许这是唯一勘探这里的机会呢。苏珊说他们一找到那两个人，就回岛上。

“别再往前走了。”他们才刚刚离开那两艘被灌木遮住的船，提提便不无担心地说。

“我们找个地方坐下来。”罗杰说，“别闹了，吉博尔，跟上来！”他轻轻拽了拽拴猴子的链子，吉博尔似乎明白了，紧跟着它的主人。

他们在一棵像松树的树前停了下来，针叶满地，树的周围因此有一小块干净的地方。

“到此为止，”提提说，“别再往前走了。”她解开系鹦鹉笼的吊带，腾出一个肩膀，站在那儿，听了听。

“他们回来了。”罗杰说，然后将一只手放在嘴前喊道，“啊嘿！”

“嘘！”提提说，“别喊。他们走的不是这条道。我们最好回到船那儿。”

“反正是有人来了，”罗杰说，“离我们很近。我去侦查一番。”

提提重新背着鹦鹉笼，跟着罗杰和猴子。

“快点儿。”罗杰回头说，同时艰难地在灌木中跋涉。

“还是别去了。”提提说。

这时他们又听见了声音。

“不是他们，”提提说，“我们回去吧。”

“我非看看不可。”罗杰说。

“罗杰。”提提压低嗓门说。罗杰真是讨厌，她想，但还是追了上去，差点撞到他身上。最后，她只得和罗杰与吉博尔一起蹲在林子最边缘。

他们眼前是一片开阔地，满是石子，杂草丛生，几乎延伸至林子那头棕色的山峦脚下，那也是他们之前望过树梢看到过的那片山峦。一群中国人排着长长的队伍，人群错开二三十码的距离，正慢慢蹦跳着往前走，一直都没起身，只是弯着膝盖，跳一步，伏在地上寻找什么东西，然后又跳一步。他们都光着膀子，露出古铜色的身体。蓝色的短裤垂至脚踝上方，每跳一步，裤管晃荡，他们所戴的宽尖帽，就像麦秆色的灯罩。

“就像黄色的青蛙。”罗杰小声说。

“趴下。”提提耳语道。

“哎呀，那个人跳得真不赖。嘿，小心，他过来了。”

“别动。”

“我没动啊。他又跳了，看他的影子。”

有个穿着蓝裤子、戴着草帽、黄皮肤的中国人离潜伏在此的他们也就十来码的距离了。他跳了一步，然后蹲在地上，突然在草丛中捞了一把，把什么东西放进左手拿着的一个黄色小盒子里。他背对着太阳，每次一跳，奇怪的黑影就猛然落到地上。他继续重复着一系列动作，匍匐，跳跃，突然在草丛中抓一把。有时候，他似乎什么也没抓到。有时候，他抓一把后，突然将右手合在左手上，小盒子"咔嚓"一声，将什么东西放进里面。提提每次都觉得他会转过来，奔他们而来。但那人并没有转身，好像他还有方向约束似的。在那人稍远处，另一个中国人也做着完全相同的事，其他人莫不如是。

他离他们也就几码远。提提都不敢再看了，她屏住呼吸，低头看着她跪着的地上。等那人走远了，不管罗杰怎么说，他们都必须穿过林子回到海岸和两艘船那儿。突然，她听见罗杰倒吸了一口凉气，便抬头顺着罗杰所指的方向看去。

"吉博尔跑了，链子也脱手了。"罗杰小声说。

拴着吉博尔的链子拖在干草地上，猴子跑到那片开阔地上，跟着那群中国人。吉博尔发现了新东西可学。那个中国人蹲下，吉博尔也蹲下。他往前一跳，吉博尔也往前跳。他在草丛中寻找什么时，吉博尔同样在草里捞一把。现在那个中国人一跳，就有两个影子突然出现在前面的地上了。

提提和罗杰连大气都不敢出，他们又不能大声喊吉博尔回来，只能眼巴巴地看着它。猴子兴趣渐浓，模仿那人的一举一动，离他也越来越近，也许是想看看他在草里找什么。蹦，蹦。现在，两个跳跃的影子几乎并排了。蹦，蹦。两个影子几乎撞到了一起，那个做着一系列动作的中国人突然看到猴子的影子叠在他的影子上面。他回头一看，瞥见吉博尔的那张猴脸，尖叫着跳了起来，连手中的小盒子也扔掉了，等他回过神来，便生气地要去抓猴子。跟那人一样，吉博尔也吓了一跳，机灵地跳开了。那人一脚踢去，但没能踢中吉博尔，随即，他看到了草地上拖着的链子，一脚踩在上面，抓住它，猛地一拉，猴子往后一个趔趄。

"嘿！住手！那是我的猴子！"罗杰大叫，健步冲了出去，要去救吉博尔。

那人盯着罗杰，一把抓住他的胳膊，开始寻找他的小盒子，这时发现提提正怒气冲冲地看着他。"快放开他！"她说。其他蹦跳的中国人很快跑向他们，将两人围在中间，看着他们，一边嘀咕着什么，一边指着他们的衣服，又指了指提提背后笼子里的绿鹦鹉。

突然，其中一个中国人指着自己说："我，过去船上最好的服务生，过去，一艘大轮船上，做过大厨，英语说得顶呱呱。你，美国女孩？”

“英国人。”提提说。

“让他放了我的猴子。”罗杰说。

那个前厨师跟其他人说了一通话，并从那人的手里拿过吉博尔的链子，给了罗杰。

“你去跟张岛主说。”他说。

提提和罗杰什么都做不了，只得跟在人群中间，被他们催促着往前走。

“其他人呢？”罗杰说，“还有船呢？”

“我知道，先别问了。”提提说，“他们一准气坏了。不过，他们会知道我们沿哪条路来的，到时弗林特船长知道怎么做。”

“我要大声喊吗？”

“不用，”提提说，“如果他们是朋友，没有必要；如果他们是敌人，到时候他们把其他人也抓住就不好了。”

“他们身上的气味真怪。”罗杰说。

“外国人都这样。”提提说。

“但有些人笑起来倒是很友善。”罗杰说，“你猜他们的盒子里是什么？”

他摸了摸旁边一个中国人手中的小竹盒。

“是浆果吗？”他问。

那人看着他，好像明白他的意思似的。他将小盒子放到罗杰的耳朵边，轻轻地摇了摇。

“听着像是火柴。”罗杰说。

一群人押着他们急匆匆地往前走去，但他们不是去河口，而是往相反的方向，也就是当初他们在小岛的石椅上望见的那个岬角走去。一行人往开阔地那边走着，离沿岸的森林带越来越远，地势也越来越高。很快，从右边的树梢上望过去，波光粼粼的水面映入眼帘，这时，他们正前方突然出现了一个陡坡，下面又有一片森林，森林那边则是广阔的海域。他们前面的陡坡上零星分布着一些松树，树下有一群人，裸露的肩膀上挂着弹带，手中拿着步枪。

一看到那些人，那群抓着罗杰和提提的中国人带着他们赶紧跑起来。拿枪的人回头一看，做出愤怒的手势。过了一会儿，跟罗杰和提提在一起的中国人不跑了，踮着脚尖往前走，好像生怕弄出任何细小的声音似的。他们来到松树前，一群站在那里的卫兵盯着提提和罗杰。

“看那椅子。”罗杰指着一把上面放有深红色靠垫的木雕椅说，椅子每边分别有一根长长的竹扁担。

突然，他们看见下面有一个小山谷，大约有十来个中国人在里面。里面百灵鸟的叫声此起彼伏，像在比谁的嗓门大。接着，他们又看到许多竹鸟笼。等他们走近一点儿时，发现一群人站在那里，毕恭毕敬地看着一个男人。此人身穿浅蓝色长袍，头戴蓝色便帽，帽子顶端有颗猩红色纽扣。他猫着腰，对着他跟前的一个东西吹着口哨。

那个自称在大轮船上做过厨师的人踮着脚尖走近了罗杰，在他旁边耳语着什么。

“你说什么？”罗杰小声问道。

“他就是‘Taicoon[1]’。”那人悄悄说，“姓张，是个大人物。”

“什么叫‘Taicoon’？”罗杰小声问道。

“我想应该是酋长什么的吧。”提提耳语道。

除了前厨师和那个被吉博尔的影子吓坏的人，所有之前跳跃着找东西的人都连连退后，这会儿都不动了。另外两人踮着脚尖，带着提提和罗杰，走到鸟笼附近，他们挤到先前围成圈看着张岛主的人前面。

那个岛主背对着人群，毫不理会周遭发生的一切，心思全在那只几乎纯白色的金丝雀上。那只鸟停在一根插在地上的光秃秃的树枝上，另外还有两根类似的树枝，分开大约一码的距离，插在岛主和他的金丝雀中间。张岛主轻轻地吹了声口哨，伸出一根手指，指尖上似乎有什么东西。

突然，那只金丝雀振翅飞到另一根离张岛主大约一码远的树枝上。

观众发出啧啧的赞叹声。

张岛主突然将一只手放在背后，人群立即安静下来。他又吹了声口哨，金丝雀应声飞往另一根树枝。接着，张岛主的口哨声又起，金丝雀离开树枝，飞向他

---

[1] Taicoon：有“酋长”“太皇”之意，作者亚瑟·兰塞姆在原文中以“Taicoon Chang”和“Taicoon Wu”称呼虎岛和龟岛的主人，因此译者在本书中选用“岛主”一词来表其义。

的手指，停在上面，啄掉指间之物。

“啊！”人群赞叹道。张岛主看了看周围，神情颇为得意。但他看到提提和罗杰时，却沉下脸来。他吃力地站起来，有两人快步向前搀扶着他。张岛主瞪着他们，慢慢站了起来，眼睛仍然没离开那只停在他手指上的金丝雀。提提和罗杰这才发现他是这里最高的人。

他用中文问了一个问题，前厨师和抓吉博尔的人立即毕恭毕敬地回答了。他打断了两人的话，给前厨师做了个手势，前厨师则对着那群中国人说了一大通话，指着吉博尔，然后又指了指罗杰和提提。

过了一会儿，他不说话了，但另一个人开口了。他突然趴在地上，指着他的影子。

“他在说吉博尔如何模仿他——”罗杰说。

“别说话！”提提说。

她突然发现那个岛主面带不悦之色。

“留点儿神，罗杰！”她喊道，“吉博尔——”

就在这时，罗杰赶紧拉了一下吉博尔，拴着链子的吉博尔正朝一只关在鸟笼里唱歌的百灵鸟走去。这时，张岛主看到了提提背后的鹦鹉笼。也不知道他说了什么，两个中国人用力扯着她的鸟笼。不过，没那么容易扯下来，因为吊带像背包一样系在背上呢。她松开吊带，自己将笼子拿了下来，伸过去，让张岛主看清楚那只鹦鹉。

“让它说话。”罗杰说。

提提逗了逗那只鹦鹉，鹦鹉只是将头歪向一边。

“漂亮的波利。”提提说。

“八片币！”鹦鹉叫道。

“好鸟，”张岛主操着浓重的口音说，然后，他又认真地问道，“你们从哪来？之前，我的船长关的你们？”

提提正想着该怎么回答这话，岛主显然没在意刚才的问题，指着停在手指上的金丝雀，然后又指了指鹦鹉笼门。

提提将鸟笼打开，鹦鹉一路走走啄啄，来到笼门前，不时望着外面。提提伸出手，鹦鹉从门里走了出来，站在她的食指上。

张岛主笑逐颜开，指着金丝雀第一次停靠的树枝。提提让鹦鹉从食指飞到那根树枝上，她看了看周围。岛主招呼她过来，提提走过去站在他旁边。这个老大像之前对金丝雀那样吹了声口哨。鹦鹉张合翅膀两三次后，突然兴奋地尖叫着飞走了。

“真对不起，真对不起。”岛主说。他似乎非常伤心，罗杰觉得他甚至都要哭了。他逐一看着关百灵鸟的笼子，好像要下决心送提提一只鸟，以作赔偿。“真对不起。”他再次道歉。

提提看着鹦鹉在阳光下闪出一道绿光，越飞越高，在松树树梢上盘旋。突然，它一个俯冲，又停到提提的手上，尖叫一声“漂亮的波利”，然后将头歪向一旁，眯缝着一只眼睛，开始啄胸部的羽毛。

“啊！”岛主叹息道。

“啊！”站在旁边的中国人同样赞叹道。

提提也放心了，喜欢鸟的人也坏不到哪里去。“罗杰，”她说，“我想把其他人的遭遇也说给他听。”

“也行，他会说英语。”罗杰说。

“求您了，”提提说，“我们的兄弟姐妹还不知道在什么地方——”

“兄弟姐妹。”喜欢鸟的张岛主依旧用浓重的口音说，“兄弟。”他指着罗杰说，“姐妹。”他又指着提提说。

“不是的，”提提说，“是其他兄弟姐妹。”

“不是你的兄弟。”岛主说着将金丝雀放回笼中。

“都是我的兄弟。”提提绝望地说，“还有姐妹，另外还有两个女孩……姐妹……还有她们的舅舅……”

“还有姐妹和两个兄弟？”张岛主说。

“是的，”提提说，“还有两个别的姐妹——”

这时，那名前厨师插了一句话。

“你，美国人？”张岛主问道。

“英国人。”提提说，“也有美国人——我们的船出事了，被烧毁了。我们坐着两艘小船——”

“两艘船？”

“是两艘小船——小船，懂吗——我们在其中一艘小船上，弗林特船长和其他人——两个小女孩在另一艘船上。我们昨天上岸了，今天看见了她们……我们后来还找到了她们的船……”

一番解释后，岛主似乎明白了。“你说詹姆斯·弗林特船长？”他说，“那个很胖、很壮的家伙？脾气很大？他有两个妻子？他说他是旧金山的市长，我们在海上救起的那个？在我这儿。”

“他在哪儿？在哪儿呀？”提提焦急地问道。

“你们很快可以见到他，”张岛主说，“我把他们都关在了一起。我很高兴，现在我们先喂鸟，等下，带你们去——”他招呼一声，一个中国人走上前来，站在那里听岛主吩咐。那人一边听，一边拨弄着一个像两根竹笛连在一起的奇怪乐器。张岛主话音刚落，那人就将乐器放在嘴边吹起来。那个乐器响起两个音符，声音怪怪的，音调特别高。

“他在发信号。”罗杰说。

那人停下来后，山顶上传来了回音，声音尖锐，像麻鹬在很远的地方叫着。

张岛主转头看着那些鸟笼。前厨师咧嘴笑道：“张岛主是好人，”他说，“他要人找来‘donks[1]’。”为了表达清楚意思，他将一只手分别放在他的两只耳朵上，然后提了提耳朵，像是告诉他们，是两只长耳朵的动物。

“接下来将发生什么事？”罗杰问。

“我想弗林特船长、南希和佩吉都落在他手上了，”提提说，“我们现在还是不说话为妙。”

“他刚才还说什么旧金山，我想——”

“应该跟弗林特船长有关，”提提说，“你别说话了——别让吉博尔靠近那些鸟笼。”

“他们这里还有香蕉，”罗杰指着中国人正在吃的大串熟香蕉说，“吉博尔肯定饿坏了，我也是。”

岛主希望提提也能羡慕他的鸟，他转过身，看见罗杰所指的地方笑了。其中一个背着步枪的人递给罗杰几根香蕉，罗杰自己拿了一根，又掰了一根给吉博

[1] donks：即donkey，驴子，但前厨师发音不准。

尔。这时，张岛主发出命令，一个之前在草丛中寻找东西的人将他的小竹盒递给他。张岛主仔细打开盖子，盒子边缘有东西探出头来。张岛主用食指和大拇指夹住那东西，递给那只鹦鹉。

“是蚱蜢。”罗杰说，“当心，波利肯定会啄他的手指。”

但鹦鹉显然对蚱蜢更感兴趣。它歪着脑袋，一只脚稳稳地站在提提的手指上，伸嘴啄下蚱蜢，但很快吐了出来。

提提发现张岛主有些失望，便很快向他解释。“对不起，”她说，“波利不是故意这么无礼的，它只是不大习惯蚱蜢。它喜欢吃这个。”鹦鹉笼里的食槽空了，但提提从口袋里掏出一把鹦鹉食，给张岛主看了。

张岛主看了看，从里面拿出一颗给鹦鹉吃的种子，点点头。他指了指他的金丝雀和食槽里的小米，然后又指着蚱蜢，摇摇头。很显然，金丝雀跟鹦鹉一样都不喜欢吃蚱蜢。带着疑问，提提指了指那些百灵鸟。岛主从盒中拿出一只蚱蜢，一只百灵鸟狼吞虎咽地将它吃了下去。提提和岛主相视而笑。张岛主从提提手里拿了一颗葵瓜子，递向鹦鹉。提提的心都提到嗓子眼儿了，因为她不知道波利会做出怎样的反应。但鹦鹉吃了瓜子，甚至在张岛主抚摸它头后面的一小撮黑毛时也表现得很大方。这下张岛主高兴了，他说了一大通夹着中文的英语，提提只听懂了个别词，然后，提提也跟他说了一通英语，他估计更没听懂了。但这没关系，现在他们找到了共同语言，两人都喜欢鸟，提提在岛主眼里只是一个喜欢鸟的人。罗杰和吉博尔开心地吃着香蕉。张岛主和提提逐个笼子喂着百灵鸟，两人都没怎么说话，但态度甚是友好。

可就在这时，风云突变。

笛声突然响起，这次不是来自山上，而是来自河上游，声音很大，显得特别急促。

“是李小姐。”岛主说，他站了起来，看着那个手持奇怪乐器的人。他正一动不动地站在那里听着。

笛声停了，那人马上跟张岛主说了什么，好像是在重复什么信息。张岛主眉头紧锁，盯着罗杰和提提，像是第一次看见他们似的。那些卫兵和其他的中国人也是一脸焦虑，好像被人发现做了什么禁忌的事。

“你们去了李小姐的岛了？”张岛主问道。

“去过。”提提说。

“还去了李小姐的庙堂了？”

“那是庙堂啊？”提提说，“抱歉，我们真的不知道。”

“现在李小姐什么都知道了。”张岛主说，“明天，你们去见她。我所有的犯人明天都去见李小姐。你们为什么去李小姐的岛上？”

远处的笛声再度响起。张岛主跺着脚，跟他的信号员说着什么。笛声刚止，那人吹了一声短笛，回应了一声。

“李小姐知道的事情太多了。”岛主说，然后，他拍了拍手，像是不希望谈论这个话题了。他再次转身，又开始喂百灵鸟吃蚱蜢。

“发生什么事了？”罗杰不失时机地问道。

“我不知道，”提提说，“事情应该跟李小姐有关。我们去的是她的岛，还有那房子——”

“哎呀，糟糕，”罗杰说，“我还在她的书上画了一幅画！”

## 第八章 “十声锣的岛主”

时间慢慢流逝。岛主、提提和罗杰用连手柄都没有的小碗喝着没点儿甜味的茶，吃着放在竹篮中黏黏的怪味糖果。先前那些找蚱蜢的人又被派出去了，他们又找回一些昆虫。有好几次，提提都想求岛主帮忙寻找约翰和苏珊，但话到嘴边还是咽了回去。岛主已经说得很清楚，他抓了弗林特船长、南希和佩吉。然后这边收到了信息，岛主对李小姐要见他的犯人的事很生气。这是不是也意味着约翰和苏珊又回到了岛上？他们现在是不是已经落入了李小姐之手？李小姐到底是什么人？又是干什么的？那本《埃涅阿斯纪》和拉丁英语字典是她的吗？岛主也得听命于她吗？提提还是决定不问为妙。岛主不是说过，他们会去见弗林特船长吗？到时他会有办法的，提提决定等见到弗林特船长后再做打算。现在，做什么都是徒劳，想办法让岛主开心才是正道，她希望弗林特船长会很快出现。“马上了。”岛主倒是这么说了，不过现在离他说这话已经过了很长一段时间了。

这时，话音传来，同时传来一片“啪嗒啪嗒”的脚步声。提提正让金丝雀从她手上啄小米，她满怀希望地抬起头。“他们来了。”她说，但从山谷口望去，来的并非弗林特船长等人，而是一大群找昆虫的，还跟着两个牵着几头毛驴的人，毛驴上宽宽的木鞍被漆成红色、蓝色和金色，上面垂着皮质的流苏。

人群一阵骚动。岛主站了起来。抓蚱蜢的人拿起鸟笼。卫兵将步枪背在肩上。四个轿夫抬着一把上面放有红色靠垫的雕饰椅来到洞中。一人正忙着打开一张看起来像旗子一样的东西。

岛主礼貌地朝提提鞠了一躬，指着其中一头驴子；然后又朝罗杰鞠了一躬，指了指另外一头驴子。

“哎呀！”罗杰失声叫道，他对船倒是在行，但骑驴的话……

“硬着头皮也得上。”提提匆忙说，“我们必须想方设法骑在上面，一旦掉下来，会被他们笑掉大牙。”

她正想着将鹦鹉笼背在背上，那个前厨师把笼子拿了去。“我帮你拿鹦鹉。”他说。驴子就在她旁边。她感觉有人抓住了她的脚踝，接下来，她借力一跃，就坐在了驴鞍上。她回头看了一眼，罗杰也坐了上去，一副愁眉苦脸的样子，双腿僵硬地垂在两边。岛主坐在椅子上，将关有白色金丝雀的笼子放在膝盖上。那人张开的旗子是绿色的，上面印有一只腾空而起的黑斑橙虎。前厨师解释道：“这里，虎岛。”

“还会见到更多的鸟。”岛主说，然后发出命令。

那群跟班很快从洞中走了出去。首先出来的是那个拿虎旗的，然后是背着步枪的卫兵，再来就是抓蚱蜢的人，鸟笼也由他们拿着，这样，岛主也能亲自盯着那些鸟了。然后，四个抬轿子的人将岛主所坐的椅子抬到肩上，后面跟着提提，她紧紧抓住高高的鞍轿，前厨师拿着鹦鹉笼，挨着驴头走着。然后，罗杰坐的那头驴子也被人牵了出去。还有人牵着吉博尔的链子，它一路小跑，跟在旁边。但猴子折腾一番后又有了新主意，它抓着驴子的尾巴，在罗杰后面蹦跳着，不时生气地朝驴子嘀咕着什么，差点没被驴子的后腿蹬到。最后，余下的卫兵也出去了。虎岛的张岛主遛完鸟，这是要回家了。

他们走出山洞，穿过那块开阔地，朝满是岩石的山肩走去，很快便沿一条标记明显的小路往前走。一些中国人开始唱起了歌，但那调子怎么也不像是歌，估计跟助脚力的号子差不多。他们反复哼着：“嗨……呀……嘿……哟……”就是他们乘野猫号最后到达的那个港口的那些苦力吆喝的调子。虽然，这些吆喝声看上去倒是能帮人省力，但毛驴还是照样不停摇晃。提提发觉自己的思绪也跟着这调子了，但吆喝声的调子跟毛驴的颠簸总也合不上拍。她开始想还要多久才能从这个将她折腾得够呛的驴鞍上下来，不过，她还得僵硬地坐在上面。她回头看了看罗杰。他也一脸严肃地看着提提，哪里还笑得出来，一句话也没说。

小路一直延伸到草地边缘，然后沿山坡而上。提提咬紧牙关，痛苦地坐在一摇一晃的驴鞍上，生怕出点什么意外。她低头看着森林带那边一片光秃秃的地方，望向森林那头的大海，大海那边的悬崖，以及昨晚他们留宿过的小岛上零星分布的绿茵。她还看到一条大河，远处泊着几艘帆船，挨近河口的悬崖底下，像是有个要塞，河岸附近也有一栋建筑，不过部分被树木遮住了。约翰和苏珊应该在那下面。提提坐在不停颠簸的毛驴上，心中还牵挂着他们。要是他们回到小船那儿，发现她和罗杰不见了会怎么想？他们已经回到小岛上了吗？已经被李小姐发现了吗？是他们被李小姐抓住后那边才发出信号的吗？他们会怎么想？要是让他们知道弗林特船长和其他两人就在附近该多好啊。知道他们都没有葬身大海，弗林特船长肯定高兴坏了。她坐的驴子颠簸得非常厉害，她差点就掉下来了。要是约翰和苏珊也在那儿该多好啊。

然后，她竟然真看见他们了，两个白点在下面很远处烧焦的草地上移动。

“啊嘿！”她大声喊道，她本来想拖着长音喊，但驴子一个颠簸，牙关一打战，叫喊声也变短了。

坐在椅子上的岛主转过头，人群立马停了下来。

“那是约翰和苏珊！”提提大声叫道，“就在下面！”

“啊嘿！”罗杰也喊道。

其中一个白色的小人影挥了挥手。

“是我们的兄弟姐妹。”提提向岛主解释道。

岛主皱了皱眉头，下了声令，两个背着步枪的卫兵蹦跳着飞快跑下山坡，步枪在他们背上翻飞。四个轿夫也把椅子放了下来，直挺挺地躺在地上。其他人也停下来休息了，看着两个白色的小人影肩并肩朝卫兵走去。棕色和白色的人影越挨越近，约翰和苏珊跟卫兵会合了。四个人一起来到山脚下，开始沿着陡峭的山坡往上爬，上面的人群则待在原地等他们。

“别想跑。”岛主说。

“当然不会，”提提说，“他们看见我们了。”然后她脑海里突然出现一个可怕的念头，将他们暴露出来也许错了。不过转念一想，应该不会吧，无论发生什么事，只要伙伴们在一起就是好事。

约翰、苏珊，还有那两个卫兵，筋疲力尽地朝这条路爬过来，脸被汗渍染得黑一道白一道。

“哎呀，罗杰啊罗杰，”苏珊气喘吁吁地说，“提提……”

约翰径直走到岛主面前。“求您了。”他说，“我们需要马上救人。一名男子和两个女孩被海盗抓了——”

岛主一头雾水地盯着他。

“就是他抓住他们的。”提提说，“我们现在就去见他们。”

“但我们见过他们了。”约翰说，“他们将弗林特船长关在一个像鸡窝的笼子里，抬着他走，南希和佩吉的手被反绑着。我们的船也都不见了——”

“你们去过李小姐的小岛。”岛主说。

“字典和气化炉都是她的。”罗杰说。

“你们这些犯人明天去见李小姐。”岛主说得很干脆。然后，突然他又想到了什么。“还有很多……鸟吗？”他一边问道，一边想看看约翰和苏珊是不是也背着鹦鹉笼。“没有鸟。”他颇为失望地说，然后又问道，“你们，美国人？”

“我们是英国人。”约翰说。

“旧金山来的是美国人。”岛主皱着眉头说，然后发出命令，一行人再次上路。

“苏珊，你想坐我的毛驴吗？”罗杰问道。

“不要。”苏珊说，“我们一路找你们找得好苦，现在还是走着吧。你们之前为什么不待在原地？”

“现在看来不待在那里更好了。”约翰说，“要是他们待在原处，也会被劫走船的人掳走。”

现在，他们四个也不怎么说话了。提提和罗杰坐在不停颠簸的毛驴上，也不敢开口，约翰和苏珊也累得够呛，既然没人提问，他们也懒得说。不过，等上到山顶后，山那边又有一个陡坡，他们看见了那片森林，还有下面的水湾，路也没那么难走了，提提和罗杰也获悉了其他人的遭遇。约翰和苏珊跟他们讲了如何差点去到河边那个要塞，结果发现弗林特船长等人正被押解上山。他们还听说约翰和苏珊看到一小队舰船顺河而下，还听到许多奇怪的哨声，两人还看到他们离开的那座小岛附近有船，在回来的路上发现燕子号和亚马逊号不见了，他们不停地找啊找啊，一时想到提提和罗杰跟船一起被人劫走了，一时希望能找到他们，因为他们在森林带留下了足迹。最后，约翰决定干脆跟着弗林特船长就行了，但转念一想，还是算了。后来，他们看到提提和罗杰坐在驴子上，希望跟他们在一起的人是他们的朋友。

“虎镇到了。”走在提提那头驴子前面的前厨师说。那条路从岩石坡直下，下面是一片绿油油的稻田和竹林。他们还看到了一堵褐色的墙，镇子里的屋顶都是绿色的。

“不大像个小镇。”罗杰说。

人群开始一路小跑，约翰和苏珊有气无力地跟在后面，坐在驴鞍上的提提和罗杰真是遭罪。他们来到一条横穿稻田的小路上，小路往上直通高高的褐色城墙门。拿虎旗的人进去后，那群人也慢慢地往前走去，一个很大的锣还是钟什么的在头顶响起。“当……当……当……”四、五、六、七、八、九……一共响了十声，拿步枪的人开始敬礼。

“这一定是在行欢迎礼。”提提想。“是在向他们的老大行礼吗？”她指着岛主问，他正坐在她前面的椅子上晃荡，“他是国王还是将军？”前厨师愣是没明白。

但前厨师脸上掠过一丝惊恐的神情，摇摇头。“张岛主是个厉害角色，”他说，“响十声锣，但是——”他压低嗓门，“李小姐，老大，响二十二声锣。”

“她在这儿吗？”提提问道。

前厨师摇摇头。

“看！”罗杰喊道，“估计我们一辈子都没见过这么大的。”

提提转头朝罗杰所指的地方看去，也大吃一惊，几乎忘了驴子颠簸造成的痛。一条龙侧卧在门内，头大如斗。两个男人正就着一罐油漆桶，在上面刷上鲜艳的红漆；还有一个人在龙脖子上粘上银色的鳞片；一排女人正在那儿缝一张摊开在墙角下、像地毯一样的东西。

前厨师笑了。“他们，做龙，”他说，“为端午节做准备。”

“有点儿类似于嘉年华，”约翰说，“我看过照片。”

四个孩子倒是对那条龙很感兴趣，不过其他人显然对他们更感兴趣。除了一个人还在继续刷漆外，其他坐在那里干活的男男女女都起身跟着他们。在地上玩耍的小孩子也追了上去，他们挤到驴子旁边，还想摸这几个犯人。

“我们好像进了马戏团。”罗杰说。

他们穿过有着绿色屋顶的村子，又走向另一道门。

“这就是张岛主的衙门。”前厨师说。

这次，锣又响了十下。拿步枪的人跑出来迎接他们。他们走过一个布满尘埃的“四合院”，院中远端的角落里有一小群人正站在一间房子前面，张岛主的椅子被放在院子对面一间大房子前。这时，一个头戴黑色便帽、腰间别着左轮手枪的人从人群中走了出来，来到张岛主跟前跟他说了一通话，岛主从椅子上下来了。岛主听那人说着什么，指了指他的犯人。抓蚱蜢的把鸟笼拿进屋内，岛主带着他的金丝雀转身跟着他们。但他突然停了下来，跟提提说：

“他带你去……看那个旧金山来的。”一边朝那群人点点头，“等下，我们去听我的鸟唱歌，一直到太阳下山为止。”说完他转身走上台阶，进了屋。

那个别着左轮手枪的人招呼了一声，走过院子。约翰、苏珊、提提和罗杰跟着他。他大声命令了一句，那群人马上腾出地方，但还是有不少人伸出手来摸他们的衣服。他们看着一排铁栅栏，就像动物园笼子前面的那排栏杆。他们一时半会儿没看清栅栏后面有什么，但往黑漆漆的后面瞧去的时候，他们发现弗林特船长正背靠着墙，坐在地上睡觉。

“嘿！弗林特船长！”提提大声喊道。

弗林特船长睁开眼睛，腾地站了起来，很快来到栅栏边。

“太好了！”他说，“你们都上岸了。约翰、苏珊、提提，还有罗杰，你们全都没事。上帝保佑，我无时无刻不在想到时候我怎么跟你们的妈妈交代。是站在你们后面的那位好心人把我们救上来的，但他们不愿停船去找你们。那晚刮大风了。你们也是被他们的人救起来的吗？我们的处境有点尴尬，但现在谁在乎呢。”

“南希和佩吉呢？”约翰问道。

“被关着呢。”弗林特船长说。

“嗨，船长！”南希的声音在附近响起，然后她说，“真见鬼！公山羊烧烤！别动，佩吉！是燕子号的船员，在这儿呢！”

那个别着左轮手枪的男子抬头笑了笑。他们也抬起头，发现他们头顶一个小四方窗的窗条后面露出的正是南希的脸。

“佩吉呢？”罗杰问道。

“现在你们可看不到她，”南希说，“我正站在她的肩膀上。别动来动去的。”她看了看下面又说，“是燕子号的船员，他们全在这儿呢——哎呀！”

南希掉下去了。

“佩吉，你这笨蛋，我的腿都差点摔断了。”

“那让我看看。”这回是佩吉的声音。

不一会儿，他们看见佩吉在窗户边探出脑袋，但也就一眨眼的工夫。佩吉的脑袋忽上忽下，他们知道南希在下面站得不是很稳。

“我之前不是说过她会说‘公山羊烧烤’吗？”罗杰说。

“问他们是怎么到这儿来的。”他们听见南希在问。

“我们是在这座岛上登陆的。”罗杰说。

“那我们比你们幸运多了，”这次还是南希在说话，“我们被海盗救起来了，还打过仗。哦，听着，佩吉，我得当面跟他们说说这事……”

佩吉不见了，过了一会儿，南希的脸又在窗户那儿露了出来，继续讲道：“什么枪啊……打仗啊……弗林特船长还跟他们吵了一架，因为他们不愿停船去找你们，后来他们狠狠地揍了他一顿。这是我们的船长——我是说那艘大帆船的船长。他们将我们整晚留在船上，于是我们坐着亚马逊号逃了——之前倒也没想逃，可是……是因为那谁忘记给绞船索打结了，于是我们就漂走了。”

“我们之前看见你们了。”罗杰说。

“然后又被抓了，他们就把我们带到这里来了，还将弗林特船长关在笼子里。”

“他现在还在笼子里呢。”提提说。

“上次的笼子比这更受罪。”弗林特船长在栅栏后面说。

“现在我们该怎么办？”苏珊说。

“听着，”弗林特船长压低声音，语速很快，“如果那些海盗问你们什么，别透露太多。”他将脸凑近栅栏说，“嘴巴封严了。”

“他们说你是旧金山的市长。”罗杰说。

“如假包换。”弗林特船长再次小声说，“估计我们还没这么快脱身。他们发信出去索要赎金需要时间。我们不能让他们联系香港那边，骗领事发电报给我们家里人，不能让你们的妈妈担惊受怕。”

“我们总能回家的吧。”苏珊说。

“这个自然，”弗林特船长说，“我们在一起就不会有事的，就像现在这样。”

罗杰突然摇动关押弗林特船长的笼子。“你们干吗还不将他放出来？”他生气地对别着左轮手枪的船长说。

船长一脸严肃。“他是疯子，”他说，“太强壮，差点杀死我的一个水手。”

“了不起！”罗杰说，对弗林特船长的敬意又增加了几分。

“看看这几个该死的小野人，”南希在窗户边上说，“真见鬼！等下我会让他们吃不了兜着走的。”

三个中国小男孩远远地站在笼子外面，这样弗林特船长就够不着他们了。三人全在那儿咧着嘴笑，用手掌外侧做砍后颈的动作。这时，他们又想到一些更好的招数。一个人惟妙惟肖地模仿切自己手指的动作，另一个人弯下头，第三个人扬起胳膊，斜着往下一挥，像是要砍掉另外一个人的脑袋。

“小混蛋！”南希怒吼道，“我们到这儿之后他们就没消停过。”

“他们这么做只是在给我们找乐子。”弗林特船长说。然后，他像老虎一样大吼一声，三个小孩吓得连连退后，确保弗林特船长够不着他们，然后继续他们的“表演”。

“听着，船长，”弗林特船长看着那个带左轮手枪的，也就是南希称为“我们的船长”的人说，“你打算什么时候放我们出去？”

那人严肃地笑了笑，将一只手放在耳朵边。

“听着，船长，真见鬼，如果你喜欢，我叫你海军上将也行，你打算什么时候放我们出去？”

“英语说慢点儿。”船长说。

“他只会这句。”南希说。

“我跟那个喜欢鸟的老大也说不上几句话，”弗林特船长说，“真希望我前几年在爪哇岛瞎折腾的时候多学点中文。这些人也挺有意思的，昨晚船长带我们来时，那个老大似乎并不高兴。在我告诉他我的真实身份之前，他好像迫不及待地想让我们消失。”

“市长。”提提喃喃道。

“确切地说是旧金山市长。”弗林特船长说。

“他其实也不是老大，”提提说，“李小姐才是。”

“我也是这么想的。”弗林特船长说。

“我们明天去见她。”罗杰说。

“那很好啊！”弗林特船长说，“打起精神来，约翰，老伙计。还有你，苏珊。只要我们跟真正会讲英语的人见面，应该会没事的。”

就在这时，人群一阵骚动，他们回头一看，发现比那群卫兵高出一个头的岛主从屋里走了出来，穿过院子，朝他们走来。他径直走到提提面前，拍拍她的肩膀。“快走，”他说，“我这里有很多很会唱歌的小鸟。”

“你就不能放我们走吗？”南希说。

岛主抬头看了看上面的四方小窗。

“不能让我们都在一起吗？”提提说。

“他们会跑。”岛主说。

“之前我们也没真想跑。”南希解释说。

“他们现在不会跑了，”提提说，“我们都不会跑了。你没看到苏珊都累得不行了吗？”

岛主好像有点儿明白了，要么就是他急着想让提提看他的鸟。于是，他给船长做了个手势，船长顺从地打开南希窗户下的门。很快，燕子号和亚马逊号上的六个人紧紧地将手握在了一起。

“可是弗林特船长怎么办？”罗杰问道。

“他，太强壮，”岛主说，“要把他关起来。明天见李小姐。”他笑着对提提说，“现在，你来看漂亮的鸟。”

岛主戴着那顶上面有猩红色纽扣的蓝帽，在人群中尤显突兀，他们一起穿过庭院，提提怀疑地回头望了一眼，跟着岛主走过院子。另一扇门开了，约翰、苏珊、南希、佩吉和罗杰被人跟着朝那扇门走去。前厨师提着鹦鹉笼，也跟他们去了。似乎有人因吉博尔争吵着什么。提提看到弗林特船长在栅栏后向她挥手，神情乐观。

“他们会怎样？”她问道。

“会睡在一个屋里。”岛主说，“明天，所有犯人，去见李小姐。跟我一起吃……晚饭。明天兴许就吃不上了，砍头，吃不上。”

这么严重的事，岛主似乎一点都不关心，提提想。

“美国，很多漂亮的鸟？”他问。

“多着呢。”提提说。

## 第九章　海盗的晚餐

张岛主带头经台阶走进自己的房间。提提环顾四周的墙，上面挂着各种奇怪的枪、剑和丝绣的鸟。岛主拍了拍手，有个人跑了进来，毕恭毕敬地听张岛主吩咐着什么，又跑出去了。他们继续走进一个更大的房间，里面有张长长的桌子，外面宽宽的走廊上一群鸟儿唱得正欢。花园内夕阳斜照，一排排竹笼闪着光，鸟叫声此起彼伏。

岛主笑呵呵地逐个鸟笼走过，邀请提提听鸟儿歌唱。他似乎能够在所有的鸟叫声中听出某只鸟的声音，对其他的鸟叫声可以充耳不闻。提提听的时候，却好像它们在大合唱似的。岛主有时会在一个鸟笼旁驻足，指着一只鸟，将手握成杯状放在一只耳朵上听着。他依旧戴着那顶有猩红色纽扣的蓝帽子，慢慢点头，有时，他会看着提提，想听她赞扬几句。然后他又会走到另一个鸟笼旁，做着相同的举动。“美国，有这样的鸟？旧金山，有这样的鸟？”这时候，提提多么希望弗林特船长撒谎说是别的地方的市长，兴许她对那地方还能多了解点。

那里得有几百只鸟，大多数是百灵鸟和画眉，但还有许多鸟她根本就不认识。岛主不时停下脚步。“真漂亮！”提提不断称赞，希望自己能想点别的词出来。当她觉得岛主希望她表现得异常开心的时候，就鼓鼓掌，这么做似乎更容易。在一片叽叽喳喳声中，她几乎连自己的话都听不见，就算说出溢美之词又有什么意义呢?

奇怪的是，岛主在显摆他的鸟时似乎很开心，但她知道他有心事。刚走过一半的鸟笼时，他们听着一只鸟叫，他站住了，看着远处的夕阳，又低头看着提提。

“詹姆斯·弗林特船长，”他慢慢说，“旧金山来的……是个美国佬。你，为什么不是美国人？”

“我是英国人。”提提说。

“你要是美国人就好了，”他说，然后又补充道，“李小姐明天见犯人，砍掉你们的头。”

“如果她懂英语就不会了。”提提兴奋地说。

这时岛主有了新的主意。

“美国鹦鹉。”他说，“波利。”他似乎在安慰自己，“如果李小姐砍你们的头……我在这里养这只美国鸟，我照顾它。”然后，没等提提回答，他耸了耸肩，好像不愿再去想什么了，再次转头看着他的鸟笼。

西沉的太阳藏身在山峦后面，鸟的合唱声渐弱。“没太阳，不唱歌咯。”岛主说。外面很快拉下长长的影子，他沿露台往回走去，但有时还会在一些鸟笼前停下来，里面的白金丝雀跟他白天带在身边的那只有几分相像。他打开笼门，将鸟一只只拿出来，希望获得提提的称赞。提提早就想好了，希望不要再一味地说“漂亮”。但她的确喜欢那些金丝雀，结果“漂亮”一词还是从她嘴里脱口而出，不过这次她说得似乎挺有诚意。岛主将最后一只金丝雀关在笼里，转身领着提提走进屋里，他使出浑身解数，眉飞色舞地说着什么，但提提几乎不明白他在说什么，只得每次都以“嗯”迎合他的话。

房子里点着很大的纸灯笼。走进那个放有长桌子的房间时，提提看见南希、佩吉、约翰和苏珊也在那儿，现在他们似乎没那么疲惫了，看上去也更像他们本人了。几个人挨着站在那里，六个别着大左轮手枪皮套的中国人低头看着罗杰，而罗杰正在跟南希口中的“我们的船长”交流。罗杰一看见她，赶紧迎了上去。

“真是太好了，”他说，“一个身穿长裤的女人端来一个盆子，用热毛巾给我们擦了脸。”

提提希望岛主也能想着安排她去洗脸。

这时岛主朝其他几位中国人挥了挥手。

“我的船长，”他说，然后又解释说，“船……船长，明白？”

他坐在长桌子旁一把居中摆放的雕饰椅上，椅子上还放有软垫。然后让提提坐在他的右边，约翰坐在左边。罗杰自己找了把椅子，坐在一直和他说话的“我们的船长”旁边。作为老熟人的南希坐在船长的另一边。犯人和海盗坐在一起吃晚饭，看他们的神情，没人想到刚才还有人说过砍头的话题。海盗面带微笑，看着坐在他们旁边的人，然后解开皮带，将手枪套放在桌上。每条椅子的对面都有一个盘子，盘中印有鸟的图案，旁边放着一双筷子。罗杰和提提倒也没闲着，忙着让“我们的船长”告诉他们如何握筷子。

“大拇指和另一个手指夹住一根，”他对提提说，“两根手指夹住另一根。用同一只手，就跟螃蟹使用爪子一样。”

提提看着苏珊的眼睛。“弗林特船长呢？”她问道。

“他们送饭给他吃。”苏珊说。

岛主听懂了这句话。他吩咐了其中一个下人，然后面带微笑，看着提提。“旧金山来的……没事，”他说，“跟我吃的一样。”

他们前面摆着绿色和金色的碗。提提谨慎地看着她的饭菜，一碗清汤，底下尽是些白米饭，可是连勺子都没有。她环顾了一下四周，希望其他人已经开始了，她到时照着做就行。她看到岛主端起碗，喝了一口汤，她也依葫芦画瓢。然后，她发现那些船长似乎并不像岛主那样喝汤，他们喝汤时发出很大的声音，还咂巴着嘴。他们是客人，当然也得这么吃，肯定是正确的，也是礼貌的做法，表示他们认为汤的味道很好。于是，提提也尽量在喝汤时发出很大的声音，还舔着嘴唇。她看见苏珊用恐惧的眼神看着她，但约翰也模仿起船长的吃法来，南希的动作还要夸张些。罗杰呛着了，有人礼貌地替他拍拍后背。喝汤倒还顺利，可是那些米饭呢？这时岛主给出了示范，他手握两根筷子，握紧两头，将碗送到嘴边，这么一捞，米饭就进了嘴。但她发现这动作实在有点复杂，不过，她发现其中一名船长头往后一仰，脑袋一歪，碗里剩下的米饭全进了嘴。看到这样的吃法，她倒乐了。

现在桌子上呈上来的碗更大了，客人们倒也不客气，不停地从碗里夹菜。

“这是鱼翅。”岛主说着夹了一点儿在提提的盘子里。

碗里的食物还真不少。有面条，有小块炒肉，还有些小块食物，看着像鱼，在酱汁里蘸着吃，让提提的眼泪都出来了。罗杰趁人不注意用舌尖舔了舔，他可不想烫到嘴。

突然，提提发现对面的罗杰正盯着她和岛主。岛主这会儿正用筷子将什么东西送进嘴里，又从盘子里夹了点东西，礼貌地朝提提笑了笑，然后夹着那东西就往提提的嘴里送。提提看着那玩意儿，又看看他。她也没辙了，只得张开嘴，岛主将东西塞进提提的嘴里。她嚼碎了，真希望能够吐出来，但是，她看着岛主的脸，勉强笑了笑，咂巴着嘴说："谢谢。"

刚才的举动就像信号。提提环顾左右，发现所有的船长也正为坐在他们旁边的朋友夹菜。

"嘿，别忙。"罗杰说，不过，等他看到就连苏珊都受到了这样的"礼遇"，只得张开嘴，跟其他人一样咂巴着嘴。

桌上的碗越呈越多，还不时有人将一堆盘子拿出去，岛主向提提解释了："给旧金山佬吃。"提提回之以微笑："多谢。"

最后，海盗船长们开始狼吞虎咽起来。酒足饭饱之后，一小杯一小杯的清茶端了上来。南希称之为"我们的船长"的人将一碗肉丸子推到罗杰面前，但即使是罗杰这会儿也吃不下了，他先是敲了敲桌子，然后敲了敲肚子，告诉他，现在他的肚子绷得像鼓一样了。船长笑着模仿起了罗杰的动作，其余的海盗船长也敲敲桌子，再敲敲肚子。而他们的主人，坐在椅子上的张岛主笑得前仰后翻。

然后，提提发现自己竟然疲惫得头不时往前倾。她很快坐直了，尴尬地笑了笑，但头又不由自主地往前倾。坐在她旁边的岛主笑了，喝掉杯中的茶，从椅子上站了起来。那些船长也站了起来。岛主跟一个下人说了几句，两个背着步枪的卫兵进来了，站在门边等着。很显然，晚宴结束了。

他们逐个跟岛主握手，还不停道谢。岛主也说："非常开心。"海盗船长们微笑着鞠了一躬。孩子们走向门外时，他们又坐在桌旁，下人端来一些茶，还呈上了烟枪——细长的竹烟杆配有金属烟斗。这时岛主突然叫住了那群孩子。

"那个旧金山市长……大把钱？"他问道。

没人知道该怎么回答。弗林特船长压根儿就不是什么市长，他们到底应该说他是有钱人还是穷光蛋呢？

"他很厉害吗？"这时岛主问了另外一个问题。

"很厉害。"南希说。

然后岛主靠在桌子上，开始跟他的船长商量着什么。

他们跟着卫兵来到凉爽的院中。

“该死的，”南希说，“我们刚刚还跟海盗头子吃饭了呢。”

“是吗？”黄昏中响起一个声音，卫兵还没来得及阻止他们，孩子们就都跑去跟弗林特船长说话了。

“唉，”弗林特船长说，“他们送来的饭菜这么好吃，我倒觉得明天早上我就得上绞刑架了。”

“你今晚要睡在这里吗？”苏珊问道。

“我没事，”弗林特船长说，“后面有个很舒服的洞，我以前睡过比这还糟糕的地方。你们怎么样？”

“比我们之前好多了。”南希说。

“他们还关着吉博尔呢，”罗杰说，“不过他们又送了些香蕉给它吃。”

“对了，提提，”弗林特船长说，“你跟那个海盗头子的关系怎么这么好？”

“因为鸟的原因，”提提说，“其实是波利的功劳。”

“他跟你聊天时没跟你透露点儿什么？”

“也没说什么。”提提犹豫道，“他说如果李小姐把我们的头都砍掉，他会照顾波利的。”

“我们不可能被砍头。”弗林特船长说。

这时一个卫兵说了一通中文。

“我们最好离开这儿。”约翰说。

“你们不要担心，”弗林特船长说，“明天早上，我们会找人将这事弄清楚的。”

一扇开着的门里亮着灯，卫兵催促他们朝那间屋子走去。“走吧，提提，”罗杰说，“这事谁也说不准。”

他们走进屋里，卫兵则站在门外等。房子里空荡荡的，里面挂着竹席，一个中国女人站在一大堆丝绸垫子旁边。

“岛主。”她说，他们知道肯定是岛主将他们安排到这里来的。

“波利在后面的房子里。”罗杰说。

那个中国女人鞠了一躬就出去了，将门关了。他们听见卫兵也走了。

罗杰跑向那扇门，发现已经上了锁。

“关着也没事。”南希说，“不过这段经历真有意思。对了，约翰，跟我们说说燕子号发生什么事了吧。”

“明天吧。”苏珊说，“现在就别浪费时间聊天了，提提和罗杰都快虚脱了。”

“好吧，大副先生，”南希说，“我们都一样。只能在这垫子上将就着睡一晚了。”

# 第十章　再次上路

灯笼早在晚上就灭了。斑驳的阳光透过百叶窗的缝隙射入六个孩子的房间。这一觉睡得可真长。他们刚刚醒来就坐在垫子上，七嘴八舌地讲着各自的故事。罗杰跟他们说了吉博尔和那些抓蚱蜢者的趣事。南希则跟他们说了自登上海盗船后发生的事。虽然不时被罗杰打断，但约翰和苏珊跟他们讲了岛上那栋房子的事，还跟她们说那些书竟然不翼而飞了，他们去追提提时发现了亚马逊号，后来还看到一群人从悬崖上下来。

“不知道那两艘船怎么样了。”南希说。

“我不知道，”约翰说，“我们寻找你们的时候，看到一队舢板顺河而下。我们岛上附近还多些。估计是他们把我们的东西拿走了——弗林特船长的六分仪，还有我的气压计。”

“还有睡袋，”苏珊说，“我的急救箱——除了我们随身携带的东西外，他们把所有的东西都拿走了。”

“我们的也都没了。”佩吉说。

“如果他们想砍掉我们的脑袋，也没什么要紧的。”罗杰说，“我是说，没了脑袋，即使有那些还有什么用。”说着他摸了摸自己的脖子，确保脑袋还长在上面。“不过呢，”他补充道，“弗林特船长不会让他们得逞的。但我相信他们或许还会让我们吃早餐。”

“当！”

是他们昨晚听到的锣声。这次又敲了十下。他们听到院子里的人一早就在那儿走来走去，叽叽喳喳地说个不停。现在他们又听到整齐的脚步声走过，突然，他们听到弗林特船长的声音就在耳边响起，他唱道：

再见了，美丽动人的西班牙女郎，
再见了，我心爱的西班牙女郎。
我们奉命要向古老的英格兰返航，
或许我们将永远只能隔海相望。

他们飞快冲到百叶窗那儿，想透过缝隙往外看，发现有人经过。不过只有约翰看到了弗林特船长。

“糟糕，”他说，“他们又把他关进那个鸡窝了。”

“他在向我们道别，”南希说，“也不知道他们要把他带到哪里去。”

“他把最后一句歌词改了。”提提说。

“他不是在说他们要把他送到英格兰去，而把我们留在这儿吧？”佩吉说。

“笨蛋，”南希说，“他是说我们一起走，很快就能见到我们。”

弗林特船长还在唱歌，不过声音越来越远，但唱的还是那几句。

“快，快，”提提说，“我们跟他对歌，告诉他我们没事。我们要咆哮，我们要怒吼……”

“还磨蹭什么。”南希说，这下他们全都唱起来：

我们放声唱，就像真正的英国水手那样，
我们要跨越这咸涩的海洋，
从桑岛到锡利群岛，跨过百里海疆，
再回到古老的英吉利海峡身旁。

可那边没有回应。关在鸡窝里的弗林特船长被人抬出大门，走远了。

“嘿，”提提说，“刚才歌词里唱的是英国……我们应该唱美国歌，因为他骗他们说他是旧金山来的。”

“哦，得了吧，”南希说，“他自己唱的‘英国’。而且这不就是一首歌嘛，那些中国人才不会明白呢。最后一行的桑岛和锡利群岛就会把他们给整糊涂了。”

这时外面突然响起了脚步声，随即传来吱吱嘎嘎的开门声。门打开后，他们在张岛主的宴会上看到的两个佣人端着盘子进来了，盘子上放着一碗碗的米饭和鸡肉，一把筷子，还有一把小竹条。两人将盘子放在地板上就走了。两个拿着步枪的卫兵站在门外，南希装作要出门，立即被他们制止了。

“哦，好吧，看来这就是我们的早餐了，”她说，“我们最好吃饭。”他们把垫子挪到盘子边上，开始狼吞虎咽地吃起来。

“这些筷子真麻烦。”罗杰说，他顾不了那么多了，他干脆用手抓起了鸡肉。

“看来我们还有得学。”苏珊说，“昨晚真是够呛……怎么拿稳这玩意儿呢？哦，还是算了吧……”

这时他们听见有人在笑，一个影子出现在他们面前。原来是那个前厨师站在门口，他身后的两个卫兵正咧嘴笑他们。

“快吃，快快地，”前厨师说，“张岛主……”他做了个手势，告诉他们岛主走了，“那个旧金山来的……”他又挥了挥手，“他们很快都会去李小姐的衙门。”他将两只手放在耳朵旁，大声学了声驴叫。

“不得了，”罗杰说，“又要骑驴了。我现在身上还酸痛着呢。”

“昨天我们可都是走路。”南希说。

“我们也是。”苏珊说。

“你是不知道那些驴子，”罗杰说，“我倒希望今天能够走路。”

“快点。”前厨师蹲在他们旁边说。

他们飞快地扒着米饭，也顾不上筷子了，只管将鸡肉什么的往嘴里送。没等他们吃完，前厨师做着提耳朵的动作，再次离开了。

“他去牵驴子了。”罗杰郁闷地说。

“打起精神来。”苏珊说，“别提这事了成吗？没什么事比迟到更让人生气。”

他们还喝了茶。苏珊和佩吉把所有的空碗叠起来，他们还将六个垫子整齐地叠起来，之后，他们甚至还从内室里找来一个乘满冷水的大陶瓷盆，简单地洗了把脸。

“连牙刷都没有。”罗杰说。

“这些小竹条就是用来剔牙的。”苏珊看着连同早餐一起被带过来的那把小竹条说。

“是牙签。”南希笑着说，“还是凑合着用吧，罗杰。除非我们上了英国人的船，或是到达一个像样一点儿的小镇才会有牙刷。”

“这样的话，”罗杰说，“就算他们要砍掉我的脑袋我也不觉得有什么了。”他焦虑地看着苏珊说。

“即使这样，我也不愿意脑袋搬家。”约翰说。

“我也是。”南希说，“如果他们真要对我们怎么样，那我也要把牙刷干净了，再咬牙切齿地看着他们。”

他们一边用牙签剔牙，一边嘲笑彼此用了牙签。这时，昨晚给他们送来垫子的女人拿了一碗葵花子进来。她将瓜子放进鹦鹉笼，然后依次看着南希、苏珊、提提和佩吉。

提提快步向前，接过碗，向她道了谢。“岛主，吩咐的，”她说，“他要我给波利送吃的。”

“噢，我说，”罗杰说，“吉博尔吃了早餐才能走。”

院子外面响起了驴蹄声，他们看到了亮色的驴鞍。

“准备好了？”站在门口的前厨师问道。

“走吧。”约翰说。

“别绷着脸，佩吉。”南希提醒道。

提提很快将瓜子倒进鹦鹉的食槽中。

罗杰逐个打量一番他的伙伴，很快冲出门，闪身走过两个拿步枪的卫兵之间，然后从那群牵着驴子等待的人的面前走了过去，再跑向院子那头，来到昨天关押南希和佩吉的房子前。他们就是在那个小窗户里看到南希的脸的，当时吉博尔也爬了上来，一直往外瞄来着。

“快点儿，吉博尔，”罗杰说，“你也跟着来。不过你也得先吃点儿早餐。”说着，他开始想办法，看怎么把门打开。

“猴子必须待在这儿，”前厨师很快追着罗杰过来了，“你等下……见它。”

“它可是一点东西都没吃。”罗杰一边说，一边张合着嘴想将自己的意思表达出来。

“它吃了很多。”前厨师说完，带着罗杰向围在驴子旁边的那群人走去。提提拿着鹦鹉出来了。前厨师摇摇头。“波利，不能带走，”他说，“你等下……再见它。”

“没事的，提提，”约翰说，“这不正意味着我们还会回来吗。”

“波利不会有事的。”前厨师说着从提提手里接过鹦鹉笼，放回屋中。

“八片币！”鹦鹉尖叫道。

“它为什么这样说？”

“八片币是钱的意思。”提提说。

前厨师搓了搓手。“那个旧金山来的，很多很多钱。”他说。

两分钟后，他们出发了。六个孩子坐在看起来虽然漂亮但却让他们痛苦不堪的驴鞍上，每头驴子的前面都有一个人牵着，十几个拿着步枪的卫兵跟在他们旁边，一群人互相推搡着，想好好看看热闹。他们坐着驴子离开院子，一心只想着该怎么坐才能不那么痛。来到外墙时，他们又看到一条龙，就像一副蜕在地上的蛇皮，一群男女正蹲在地上为其着色。先前的那群人大多不再往前走了，而是停下来想看看那条龙完成得怎么样了。只有一小群男孩跟着他们走到门外，并跟着他们从右转过围墙，一边不停地笑话他们，一边模仿用刀砍手指、用剑砍头的动作。

“别搭理他们。”苏珊说。

“该死的小屁孩！”南希说。

“我真想揍他们个屁滚尿流。”罗杰说。

“有什么关系，”约翰说，“如果他们想砍自己的脑袋，就随他们去吧。”

他们离开了那面墙，上到一条磨得光光的大路上，朝他们昨天来的山脊走去。现在只有两个小男孩跟在他们后面了，而那两个小孩也是这群人中闹得最凶的，他们跟在卫兵旁边往前走，一边叫，一边嘲笑他们，还指着他们做着各种砍头的动作。突然，那个前厨师一句话也没说，放开提提那头驴子的缰绳，一把抓住两个男孩，将两个小脑袋重重地撞在一起，然后又回到驴子旁边。不消说，那两个男孩正各自抱怨另外一个的脑袋太硬，竟然开始打起来，很快他们跌倒在地上，但是仍未罢手，继续在灰地里扭成一团。

“乡下的景色很美，”前厨师自豪地挥手说，“美国，一样？”

“也很漂亮。”提提说，因为驴子不停颠簸，她一直抿着嘴。

“哎呀，”她听见南希说，“我的脊椎都要从脑袋顶戳出来了。”

“好戏在后头，”罗杰说，“它们还没跑呢。”

他正说着，有人吆喝一声，再也没人说话了。卫兵开始跑起来，步枪在他们背上翻飞。驴子也撒开蹄子跑起来。他们六个双手紧紧抓住驴鞍，双腿摆动的幅度很大，甚至像是飞了起来。现在他们哪里还顾得上会不会被砍头，只想什么时候驴子会慢下来就烧高香了。

驴子终于慢了下来，六个人面面相觑，一脸严峻，都想给小屁股找个舒服点儿的地方。不过幸亏没人掉下来。这时，前厨师又叫提提欣赏路边的美景。

一行人沿着山脊往前走，看到右边远处有一片竹林，顶端的竹叶宛如羽毛，那边水波荡漾，远处还有郁郁葱葱的森林。远处，还有更多的水。更远处，重峦叠嶂，一片蔚蓝。

“是座小岛。”南希回头对众人说。

前厨师用中文说了一个名字，然后翻译道：“那是虎岛，很漂亮。”

“难怪张岛主的旗子上有只老虎。”提提说。

他们又快步往前走了一阵儿，那条路拐向山肩的左边。突然，他们看到下方有一条河，而那河口正是他们昨天看到的。对面是一大片岩石滩，河岸的悬崖高高耸立。河的上游，远端的悬崖并没有那么高，那块巨石开始缓缓往下，下面是一片绿油油的田野，林子看上去几乎跟水面齐平。白墙绿瓦映入眼帘。他们还看到一座形状奇怪的高塔和一根旗杆，河也变宽了，里面泊着不少帆船，一眼望过去，林子远侧的水域更加广阔。

前厨师指了指。

“那是龙岛。”他说，然后压低声音说，“李小姐……二十二声锣的岛主。”

“哎呀，”南希说，“又一座岛！”

前厨师这回听明白她说的话了。

“三座岛。”他一边说，一边指着河的下游。

他们望过去，龙岛似乎连在了一起。

“也许他说的是我们到过的那座小岛，”约翰说，“藏在悬崖后面的拐角处。”

但前厨师指的方向几乎是河的正对岸。“他肯定是说有路过去，”约翰说，“但从这里看不到。”

“三座岛。”前厨师又说了一遍。他用中文说了一个名字，想了好一阵儿，最后还是将名字用英文说了出来。“龟……龟岛，吴岛主。虎岛，张岛主，十声锣……”然后，他直了直腰身，又骄傲地挺了挺肩膀，“我们……有三座岛。”他拍了拍胸脯说。“三个岛主，李小姐大岛主，二十二声锣。”他补充道，像是在掰着手指数。

“对了，”南希说，“你们也知道那个姓张的岛主，其他人看见他就像老鼠见到猫似的。如果李小姐是他们的老大，那她肯定是海盗无疑了。”然后，她看着前面的路，发现一个陡坡，往下走正好是个码头，她突然想起了另一件事。“不好，”她说，“如果那些驴子现在跑起来，我们死定了。”

但驴子一直没跑，牵驴子的人倒也没赶它们，接着，他们穿过树林和稻田。然后，有人一声令下，驴子拼命往前跑，似乎想告诉人家它们就是这样一路跑到这儿的。人也在跑，驴子撒开蹄子，尘土飞扬。最后，他们来到河边一个简陋的码头上。

“快，快！”前厨师气喘吁吁地催促道。

孩子们被人从驴背上拖了下来，他们这会儿还在不停摇晃，就跟他们以前在大海上颠簸一样，可以前也没这么摇晃啊！他们很快被人催促着走到码头上，来到一条船尾方方正正的大船上。船夫已经在那儿恭候多时，这群人一上船，他们马上将船开离了码头。

“驴子不上来了吗？”罗杰问道。

“看来不会上了。”约翰说。

“谢天谢地！”罗杰说。

# 第十一章 龙 镇

渡船往前行驶。一个船夫走到船尾的平台，那里还有另一个摆渡者，两人面对面，大幅度地用长桨摇船。但那桨并不是直的，中间有个结。

“着力点就在中心点上，”约翰说，“可中间为什么有个弯弯的扶手呢？”

“可以斜着划船，”南希说，“先是往一侧划，然后划向另一侧。”

“就像双桨划艇比赛。”约翰说，看着桨片自如地在左舷与右舷间摇动。

看着两人的划桨姿势，他们想起了他们远在北方的家，想起了他们划着那两艘船尾装有单桨的小船在狭窄的湖面上划进划出的情形。

“唉，真希望他们没有偷走燕子号。”约翰说。

“还有亚马逊号。”南希说。

即使坐在宽宽的中国平底船上，而且船也只是在河面航行，但所有人都感觉好些了。他们又都在水上航行了，那真是一种如鱼得水的感觉。他们已然忘记自己身陷囹圄，忘记骑在驴背上的惨状了。他们或是看着岸边柱子上系着的小船，或是看着停靠在码头边大战舰船尾上的小船。他们六个也算见多识广的水手了，但仍然对那两个船夫的划桨技术好生羡慕。

“我们为什么沿着河岸走而不是笔直过河？”罗杰指着河远端的码头问道。还有一群人在那里等着，林中白墙青瓦若隐若现。

“因为激流的缘故。”约翰说，“他们在过河之前得向河的上游划。哪能笔直过河，这么做会被冲到下游去。看大船下面的漩涡多湍急啊。”

“该死的激流，”南希说，“要是你也试过只用一块船底板划水就知道了。”

“那些帆船都长着眼睛呢。”提提看着船头说，上面的确画有黑白分明的大“眼睛”。

“看看那些船的旁边。”罗杰说。

“哎呀，那是我们的大船，看，那些枪都露出来了！肯定是他们昨天把船开到上游来的，是想把主帆晾干。看，约翰，我说什么来着，每张帆上有十二根帆脚索，十二块支帆板。”

“船上怎么没有用于狭窄河道的渡船？”苏珊问道。

“狭窄的河道水流更急，”约翰说，“不过这个地方两边的水流还算平缓。”

渡船慢慢往上划行，距离岸边大约二十码远。但现在，船已将码头远远地甩在身后。他们发现对面有一堵墙延伸至水边。小镇被树林遮住了，除了一座塔楼和一根旗杆外，里面什么也看不到。

“嘿，那边有条漂亮的小湾。”罗杰说。

“里面还有艘小帆船呢！”提提大声说，“除了小一号，跟那些大船还真像。”

“也许那就是我们要登陆的地方。”罗杰说。

约翰看着河中央倾流而下的漩涡。“我们才不会在那里登陆，”他说，“他们正将船划出去。我们登陆的地方恰好是出发点的正对岸。”

现在船夫更卖力了。他们面对面，喊着号子，一个拉，另一个推，大幅度地摇桨。渡船往河流的上游划去，但由于驶入了激流的中心地带，往下旋转的速度也越来越快。

突然，南希大声喊道：“天啊，看！快看！亚马逊号在那儿呢，正停在河的上游，燕子号在它前面！”

“望远镜呢？”约翰问道。

提提开始在口袋里掏。“还是别找了，”约翰一边说着，一边暗暗记下了它们的位置。“可能被他们拿走了。”提提掏出一块手帕，擤了擤鼻子。

他们看着溪流中的小帆船，舷墙的底色为亮丽的红蓝色，上面有一道绿色的条纹，三根桅杆的顶部也是绿色的。那两艘小船刚才还在，当渡船从开阔的水域漂进小溪时，就这一会儿的工夫，他们已经看不到小船了，失落感油然而生。过了一会儿，小帆船绿色的桅顶也被树林遮住了。他们回过头来，渡船正飞快地沿下游方向，朝停靠在那儿的大船驶去。

“嘿……哟……嘿……哟……”船夫喊起了号子。

“我们肯定会撞上第一艘大船，”佩吉说，“肯定！”

“干得漂亮！”南希大声喊道，看着船夫拼命将船划到安全水域。他们刚才差点就撞上锚缆，与那艘大船擦身而过。那些头戴尖帽的人低头看着他们，嘲笑起来，那神情就跟他们平时在港口嘲笑其他水手差点碰掉新刷的油漆一样。

“嘿……哟……嘿……哟……”船夫还在喊着号子，豆大的汗珠顺着他们古铜色的背汩汩而下，脸上的汗珠也啪嗒啪嗒地滴在木平台上。但这会儿，小船已经划过最后一艘停靠在那儿的大船，飞快地往前驶去，离对岸越来越近。一艘舢板上站着一群穿长袍的中国人和一些背着步枪的人，看起来像是押送他们的人。小舢板离开其中一艘大船，飞快地朝码头，也就是他们这边而来。

“那些也是犯人。”南希说，那语气听起来倒像是她将自己当成了海盗。

舢板和渡船一起抵达码头。舢板上的人押着犯人上了岸，催促他们离开码头，朝镇中一面褐色墙中的一道门走去。而押送孩子们的卫兵则跟在他们后面，催促他们赶上其他人。

“为什么吉姆舅舅没来这里跟我们会合？”佩吉说。

“也许他正在跟海盗们谈判呢。”南希说。

“要是李小姐像姑奶奶那就白忙活了。”罗杰说。

“才不会呢。”南希说，“她可是海盗，你这个榆木脑袋。”

“如果弗林特船长找到个真正会说英语的人，”苏珊说，“他可能会发电报回家报平安。”

“可问题是我们真的平安吗？”

“我们很快就会没事了。”南希说。

进了门，他们走进一个更像城镇的地方，而不是像张岛主的虎岛那样的村落。这里房子更多，不过，人似乎很少。矮矮的房子，绿色的瓦，中间的街道没有铺地砖，但是泥土地面被踏得溜光，甚至还有猪在上面闲庭信步。树上的蚱蜢“啾啾”地叫个不停。他们走在街上，扬起一片尘土。一只蓝色的大蝴蝶振动翅膀，飞过头顶。到处都有女人坐在开着的门廊里。一个小男孩坐在地上，正用一根长长的竹笛胡乱吹奏着，看到犯人走过身旁，他也不吹了，只是直愣愣地盯着他们。可是，要说这是个小镇的话，总给人一种空落落的感觉。

“肯定有很多人的，”罗杰说，“你们没听见吗？”他突然手一指，“这里也有一条龙。”

跟虎镇的情形差不多，女人们正蹲在地上缝制展开的那部分龙身。放在地上的巨大龙头咧着嘴，部分龙身像地毯一样铺在地上，一群女人正在紧锣密鼓地干活。龙的其余部分则像毯子一样被卷起来，以方便放置。

“要我说，如果展开，肯定得有一英里长。”罗杰说，“这条龙还是新的，龙头还没刷漆呢。真希望他们能让我们停在这里，好好瞧瞧。”

可他们哪有这样的机会。卫兵催促着他们一路前行，期间，似乎也没看到什么人，但人群的嘈杂声越来越大。突然，他们拐向一条短路，这条路的尽头是一个三层的塔楼，塔下有道门。一行人在这里停了下来，有人问了卫兵问题，他们立马答了上来。

“应该是口令，”南希说，“绝对错不了。”

“乱糟糟的。”罗杰从拱门里看过去说。

“我觉得吉姆舅舅肯定会出来迎接我们，”佩吉说，“听，这啪嗒啪嗒的声音是什么？”

叽叽喳喳的说话声中还传出奇怪的啪嗒声，不过，时断时续的，好像有人在硬地上扔鹅卵石。

“我们等下就能弄明白。”苏珊说。

“现在就去瞧瞧。”提提细声说。

一名卫兵拽了一下她的袖子。她很快记起来了，得保持微笑。他们被卫兵簇拥着进了门，来到一群大声嚷嚷的中国人面前，喧闹声犹如集市上的噪音。他们进入的院子跟张岛主的那个差不多，只是比那个大很多，稍显陡峭的台阶通往一幢大尖顶建筑，建筑物前面有一个宽宽的露台。站在人群中往上一看，头顶有两面旗子。绿色的那面印有张岛主的黑斑橙虎；另一面则印有一只巨大的灰色乌龟，底色鲜红。院子两边还有更多建筑物，有些建筑物也有开放的露台，只需走三四级台阶就能上去。人群上面，一群光头男坐在地上，正来回拨打着木框中间的珠串。

“快看，佩吉，”罗杰说，“原来是那玩意儿发出的声音。”

“那是算盘，”提提说，“拉多鲁斯百科词典上有它的图片。”

“我知道，”罗杰说，“用来算数的。”

“喂！”南希叫道，“那是‘我们的船长’。”

在一群陌生人中看到一个熟悉的面孔让他们都很高兴，尽管这人只不过是个海盗船长。南希假装要去跟他打招呼，但立即被卫兵制止了。

“我们的船长”正跟其中一个从舢板上带来的犯人聊天。那人从袖子里拿出一个袋子给他。船长没有接，只是指示站在他旁边的一个人接过袋子，然后此人将袋子往上递给另一个坐在露台上的人，他将袋子翻转过来，银圆撒在一个蹲在地上的人前面。其中一枚银圆滚落下来，恰好落到罗杰脚下。他捡了起来，看了看，给了卫兵，卫兵则将它递给了露台上的人。坐在地板上的人很快将那些银币分成了一小堆一小堆的。他用一架黄铜天平一堆堆地称银币，再将银币倒在一堆。每次做完这个，他都会在算盘上敲打。完成后，他点点头，对船长说着什么。船长和带钱来的那人相互鞠了一躬。船长跟卫兵吩咐了几句，然后卫兵带着那人朝院子上方走去。

“他这是在干什么？”罗杰说。

“肯定是在付赎金。”南希说。

船长似乎有点儿沾沾自喜，一转头看见了他们。

“英语说慢点儿。”他说。

“弗林特船长呢？”南希问道，“我是说那个旧金山来的。”她解释道，记得昨晚岛主是这么称呼他的。

船长指着院子上头，领着六个孩子穿过人群，卫兵依然在后面跟着。中间围了一圈人，他们发现一个像动物园中狮笼一样的围栏，里面还分了一些小格。外面围着一群人，其中有一个是他们之前见到的那个付赎金的老人，他正言辞激烈地跟栅栏后面的另一个上了年纪的人说话。笼子内外的两个人长得十分相像。

“他们，兄弟。”船长回过头来笑着说。他挤了进去，前面的人群分开了，突然，他们看到了弗林特船长。他正坐在竹笼内一根细细的棍子上，里面的空间也就刚能容下他吧。那个笼子的确像鸡窝，插着几根长长的扁担，就像张岛主的椅子一样。一个小孩拿着留有竹叶的绿色竹条，将竹条从栅栏里伸进去挠弗林特船长的痒痒。船长在小孩的头上狠狠敲了一下。

“他们为什么还不放他出来？”南希生气地说。

“喂，我说。”提提想提醒他们。

苏珊和约翰互相看着对方，他们希望弗林特船长能将事情搞定的愿望一下子落空了。

“你们好，”弗林特船长说，“四、五、六。除了鹦鹉和那只该死的猴子之外，大家都在。昨晚过得好吗？到目前为止看起来还不错。”他在那根棍子上挪了挪，揉揉酸痛的身体，“我希望他们快点把我放出去。这玩意儿哪是人坐的，要是鹦鹉或秃鹫坐在里面倒也舒服。”

南希口中的“我们的船长”好像在听什么奇怪的音乐。

“英语说慢点儿，”他说，“等会儿说英语，讲‘美国话’，李小姐什么都会说。”

“没问题，老伙计，”弗林特船长说，“但我想站起来。”他摇了摇笼子上的一根竹条。

“你，太强壮。”船长说。

“接下来会怎样？”约翰问道。

“我要是知道就好了。”弗林特船长说，“保持微笑。现在也只能这样。”

“你吃什么东西了吗？”苏珊问道。她从口袋里找了半天，掏出一点巧克力。“有点黏黏的了，”她说，“我昨天本想给罗杰吃的。”她将巧克力伸了过去，弗林特船长从栅栏中接了过来，朝罗杰眨了眨眼，打开巧克力，坐在棍子上细嚼慢咽着。围观的人群一阵哄笑。

“噢，岂有此理！”弗林特船长咆哮着，“你们以为喂猩猩呢，想看‘明猩’的表演吗？”

“不是的，”提提赶紧说，“你这样只会让他们生气的。到目前为止他们都还好——除了将你关在笼子里之外。”她很快又补充道。

“要是他们能让我跟真正会讲英语的人说句话该多好啊。”弗林特船长说。

这时，巨大的锣声震天响。院子里叽叽喳喳的人群突然安静下来，等着锣的颤音慢慢消逝。过了一阵儿，锣声又起，跟之前一样，感觉就像整个世界都在随之跳动。

“不得了。”罗杰回过头惊诧地看着苏珊说。

锣声不停响起。每次都会等到前一声完全消失后第二声才会敲响，但巨大的声响一波接一波地冲击着人的耳膜。

“八……九……十……”提提一边数一边说，“十声是欢迎张岛主的。”

但隆隆的锣声仍没有停，巨大的锣声一次又一次打破刚有的沉寂。就像有人正朝池子里扔卵石，等到上一阵涟漪消逝后，再将一颗石子扔进池中。十八……十九……二十……二十一……

“李小姐……二十二声锣。”船长说，然后走过人群，往上走进院子前面那栋大房子里。

最后一声锣停止后，也就是锣响了二十二声之后，他们发现所有人都朝一个方向看，看着高出屋顶和树梢的旗杆。一面黑色的旗子升到旗杆顶端，不停飞舞，上面有一个金色的怪兽，微风吹过，旗子上的动物像在空中翩翩起舞。

“是龙。”提提说。

“可那并不是有骷髅头和交叉腿骨的海盗旗。”南希说。

## 第十二章 “二十二声锣的岛主”

最后一声锣响完全消失时，人群中发出一阵啧啧声，听起来好像是说什么“李小姐”。所有人都看着院子前面的那栋尖顶建筑。背着步枪的人上露台等着，枪托砸在木地板上铿铿作响。这时，一位老者也来到露台，站在最上面的台阶上，手里拿着一卷纸。人群中没有人说话。他将纸打开，看了看，喊出一个名字，人群一阵骚动。一个卫兵打开其中一个笼门，那两个兄弟，也就是笼中关着的一个犯人和那个付银圆的人走上台阶，经露台进入屋中。

人群又开始叽叽喳喳地说开了，期间，除了说话声之外，还有算盘噼里啪啦的声音。

“估计他们在盘底。”弗林特船长说。

“我们刚才看见他们在称银圆。”南希说。

“可他们为什么这么做？”罗杰问道。

“看是否有人偷工减料。”弗林特船长说，“以前常有人这么干。”

“你觉得接下来会轮到我们了吗？”提提问，“我希望我们不会有什么事……”

“可我们有什么本钱呢？”弗林特船长说，“我们又没有银圆。这似乎是生意上的事。不过我会尽力的。”

“你就告诉他们我们只想去香港或别的什么地方。”苏珊说。

“急什么，”南希说，“这样的机会真是千载难逢。”

“我也喜欢，”弗林特船长说，“只管坐在笼子里，静观其变就可以了。”

人群再次安静下来，站在台阶顶端的老人又念到一个人的名字。过了一会儿，两兄弟笑呵呵地出来了，对着四面八方的人群鞠躬，甚至还对押送他们的卫兵鞠着躬。另一个犯人被带进去了。他出来后，又有人的名字被念到。

“就像等着见校长一样。”罗杰说。

“我们不会有事的，”弗林特船长说，“现在没必要杞人忧天。对了，约翰，跟我讲讲那晚到底发生什么事了，你们怎么上岸的。那群该死的海盗把我们弄上船，又不愿意来找你们，当时你们在附近吗？”

在众人你一言我一语的提醒下，约翰将起风那晚的事跟弗林特船长说了，说他如何将海锚拉了上来，还得确保不能将绳子磨坏，他睡着后被浪花打醒，就觉得事情不对，然后他将绳子拉了上来。（他是这么说的：“我们斜着拉上来的，我当时就知道有点儿不对劲，于是我又把海锚扔进海里，后来船上的水很快干了。”）他还说，第二天早上风变小时，他又将绳子拉上来，发现海锚的末端只挂着一些破布了。“幸亏我将系船索从船头扔下去了，”弗林特船长说，“这样，即使刮大风，那艘小船也没事。”罗杰还说用单宁膏帮吉博尔擦拭了烧伤的胳膊，苏珊一心只想将桅灯再次点燃的事。就连提提也将那晚为什么漂流到海上的故事跟他说了，也忘记眼前的担忧了。只不过，人群安静时，台阶上的人突然喊出一个人的名字，才让他们又回到现实中。有时候，从台阶上下来的犯人和卫兵会到蹲在地上打算盘的人面前。有时候，犯人会直接走出大院。孩子们仍在讲故事。“你们看见的第一样东西是什么？”弗林特船长问道。他们说是身后的那抹曙光，从海上升起，慢慢照到山上、大悬崖上和小岛上。

“我们上岸时就发现我拿了你的六分仪和航海天文历，将它们放到燕子号上了，我本来想放到亚马逊号的，但忙中出错——”约翰遗憾地说。

弗林特船长腾地半跳起来，结果头撞到了鸡窝顶上。

“是你拿了我的六分仪啊！做得好！我以为掉了呢。现在在哪里？”

“在李小姐的庙堂里。”提提说。

接着，约翰又跟他们说起了在岛上找到石椅的事，还有他们留宿一晚的那间小屋。这时，露台上的人又喊到一个名字。

“我们的船长来了！”南希大声喊道，“看，他从台阶上下来了！”

大帆船的船长匆匆朝他们走来。他拍拍手，大声喊道，两个身材魁梧、光着膀子的中国人从日渐稀疏的人群中走了过来，来到弗林特船长的鸡窝旁，站在大船船长面前。

大船船长转头看着南希。“他，太强壮。”他说。

站在笼外的两个大个子中国人，看着弗林特船长，弯起胳膊秀出肌肉，拍拍膝盖，然后又像大猩猩一样拍着胸脯。

“他们为什么做着怪异的动作？”罗杰问道。

“他们在装腔作势。”弗林特船长开心地说，也做出怪异的动作，先是从坐着的棍子上起身，蹲下来，弯了弯膝盖，一只手握着一根栅栏，一边摇一边怒吼着。“这才是猩猩的动作。”他说。观看的中国人不禁倒吸了一口凉气。

两个大个子跳上跳下，弗林特船长咆哮着做着同样的动作。

“别惹他们生气。”提提说。

“他们在那儿算钱可真有意思。”弗林特船长说。

“他们要打开笼子了。”罗杰说。

笼子打开后，弗林特船长走了出来，刚想伸懒腰，那两个彪形大汉就一人抓住了他的一条胳膊。大船船长再次瞥了一眼南希，从背后拿出一个手铐，“咔嚓”套在弗林特船长的手腕上。

“哎呀！”提提失声叫道。

但弗林特船长只是摇了摇手铐，好像那手铐只不过是个装饰品而已，并冲中国人笑了笑。

“这两个粗壮的家伙实在太强壮了。”弗林特船长说，“看看他们，正在那儿得意呢，正好也让大家乐和乐和。至于你这个坏家伙，”他转头看着大船船长说，“如果你哪天也遭遇船难，我会还你的情——”

大船船长礼貌地鞠了一躬。“英语说慢点儿。”他说。

弗林特船长将手铐摇得叮当作响，从两个大个子中国人中间走了过去。大船船长则跟在他们旁边。他们从台阶走到露台，不见了。

“马上就会没事了。”约翰说。

“可他们还给他戴上了手铐。”提提说。

“他们这不是没法子吗？”南希说，“他太强壮了，但凡看到他模仿猩猩的人都会觉得放他出来很冒险。”

“可他一点儿也不介意，”佩吉说，“你们没见他还在向我们使眼色吗？”

“只要碰上个真正会说英语的，”南希说，“而不是这样含糊不清地讲着谁也听不懂的话的人就好。如果真的有人会说英语——我确定会有这么个人，我们的船长不是一直都这么说的吗？”

“李小姐的英语应该不错。”提提说，“哦，对了，我们还没机会跟他解释书的事呢——”

“也没解释用过气化炉的事。”罗杰焦急地说。

苏珊瞥了他一眼，但没说话。这会儿，孩子们什么也不说了，只是跟卫兵在空荡荡的笼子旁边等着，希望弗林特船长再次出现在台阶顶端的露台上。他们一心只想他马上出来。只需一个字就能解释清楚，他会冲出来叫他们进去。接下来，就会有人安排他们到一个像样的港口，登上一艘英国船。可时间一分一秒地过去了，现在没人再从台阶上喊别人的名字了，也没有人进进出出了。

半个小时过去了。提提看到约翰和苏珊在那里面面相觑，好像他们总觉得会出事一样，就连南希看上去也没那么自信了。“我说，”罗杰小声说，“她不会因为书的事生气吧。我要不要冲进去告诉他们这事是我干的？”“别叽叽歪歪了，”约翰说，“笑一笑。”

良久，他们终于看到弗林特船长出来了。

“他们把手铐去掉了！”罗杰大声说。

但是弗林特船长的表情看上去不像事情已圆满解决。他阴沉着脸走下台阶，脸上的表情着实令人捉摸不定，大船船长跟在他旁边，那两个大个子卫兵则走在后面。

“至少他现在自由了。”提提说。

但这时候，一小群人径直走过庭院，来到那个竹笼旁。大船船长站在笼门边鞠了一躬。弗林特船长同样朝他鞠了一躬，弯腰进入笼中，坐在棍子上。笼门再次被锁上了。

“搞什么鬼？这是为什么呀？”南希连连问道。

“他们为什么又把你关起来了？”罗杰问道。

“他们给我们家里发电报了吗？”苏珊问道。

“‘Missee Lee’到底是男是女啊？”南希问道。

“难道她根本不会说英语？”提提问道。

“真是怪事，怪事啊！”弗林特船长说，“要是我知道怎么回事就好了，要是我会点儿拉丁语……要是我会西班牙语也好，要是……唉！我好久没上学了……你们保持镇静就会没事的。我们都去过哪些地方？都干了什么？没事的。‘坎布里奇[1]，坎布里奇’，‘坎布里奇’是什么意思？一定是说马萨诸塞州的坎布里奇吧……好怪耶。到底什么意思呢？她会说英语吗？到底会不会呀？应该会吧。她的英文似乎比我的还好……”

他还在那儿不停嘀咕，这时，台阶上传来一声尖叫。大船船长命令了卫兵一声，约翰、苏珊、南希、佩吉、提提和罗杰被押走了，往院子最里头绿色屋顶的大建筑走去。

“现在我们算是骑虎难下了。”南希说，不过她很快再度恢复了信心，“听着，约翰，既然她是个女海盗，那就让我去跟她谈判。”

他们走上台阶，经过露台，从那群靠在步枪上的卫兵中间走了过去，进入一个凉爽的大房间。因为背对着院中的阳光，这个时辰，里面似乎有点儿黑。在房间的最远端，一小群人站在高出地面一级台阶的平台上。他们一眼就看到了李小姐，这个中国女人看上去很娇小，她坐在一把高背椅上，穿着一件黑色丝绸外套和一条黑色丝绸裤子，那双金色的鞋子搁在脚凳上。她背着弹带，手指轻敲着放在膝盖上的一把大左轮手枪。一名上了年纪的中国女人站在她后面，不时地用苍蝇拍在她头顶上挥动两下。李小姐的右肘边坐着一个身穿深绿色绣金长袍的人，那人用他那似鸟爪一样的手捋着稀松的胡子。而在他旁边坐定之人，他们一看便知是喜欢鸟的张岛主。身处李小姐另一边的人比张矮很多，五短身材，身体结实，黑黝黝的脸上爬满了皱纹，他眯缝着眼睛，就像一位饱经风霜的水手。他们昨晚在宴会上见过的一些船长也站在旁边，不过还有一些人是他们从未见过的。六个孩子踩过地板上的影子时，所有人都看着他们，人群似乎安静了些许，外面的算盘还在噼里啪啦响个不停。真奇怪耶，除了那个脚穿金鞋、挎着左轮手枪、坐在椅子上、身材娇小的年轻女子外，房间里所有人似乎对这事都是一副漠不关心的

[1] 坎布里奇：美国的马萨诸塞州有个叫坎布里奇的城市，跟剑桥是同一个词“Cambridge”。

态度。尽管那名女子似乎半睁着眼睛，但他们感觉，她甚至能猜透他们的心思。

他们被带到平台边缘，并排站在李小姐正前方。南希口中的“我们的船长”走上平台，站在张岛主后面。

他们突然发现李小姐正对着他们笑，孩子们也不由自主地回之一笑。但她转瞬间便收起了笑容，正悄悄地跟坐在她旁边的老者说话，张和其他人在一旁听着。接着，老人也说话了，仍然捋着那一小撮胡子。然后，坐在李小姐左边的那个小个子皱脸男也开口了，不过张岛主似乎不同意他说的。这种感觉就像站在窗外，却听不清他们在说什么。对孩子们来说，更糟糕的是，他们只能眼巴巴地看着那些人在争执，而且争执之事跟他们有关。最后，决定做出来了，而他们却搭不上一句话，不管什么样的决定他们都帮不上忙。

这时李小姐又说话了，她朝孩子们站立的方向看了看。老人也不捋胡子了，认真地说了几句话。满脸褶子的小个子男人同意地点点头，姓张的眉头紧锁。李小姐又发话了，小个子男人摇了摇头，而那位老者揪着自己的两三根长胡须，直视着前方。这时，张的脸色都变了。突然，他起身走过平台，朝孩子们走来，他的笑容显得十分友善，就像当初提提喂蚱蜢给他的鸟吃时表现的那样，但现在提提也是一头雾水，只想拉住苏珊的手。李小姐又吐出一个词。张突然举起双手，然后又放了下来。他走回座椅处，跟他的其中一位船长说了什么，那人对着李小姐鞠了一躬，很快走了出去。

“我们的岛主达成一致意见了。”罗杰小声说。

不管他们讨论过什么，现在都说完了，至少这部分讨论结束了。站在台子上的所有人又都看着犯人。李小姐突然说起了英语。

“你们是谁？”她轻轻问道。

约翰看着南希，南希看着约翰，然后南希直视着李小姐，她正眯缝着眼睛看着自己。

“我是南希·布莱凯特船长，”她说，“亚马逊号在出发港时也是海盗船……”她停顿了一下，希望李小姐能听懂她的话。

“海盗？”李小姐说，“你还是船长？”

“当然！”南希说，“她叫佩吉·布莱凯特，我的大副。”

“其他人呢？”

“这是约翰·沃克船长、苏珊·沃克大副、一等水手提提·沃克和罗杰·沃克。”

“他们也是海盗？”李小姐问道，脸庞不经意间掠过一丝笑容。

“倒也不是，”南希说，“我们是探险家。”

“你们怎么会来到这里？”

“我们驾驶野猫号环游世界。那艘帆船是弗林特船长的。”

“弗林特船长又是什么人？”李小姐问道。

“是我们的吉姆舅舅。”南希说。

“他很粗鲁。”李小姐说，然后转头用中文跟其他人说着什么。“继续。”她很快又说。

“野猫号着火了，”南希说，“是罗杰的猴子——”

“才不是它的错。”罗杰说。

“猴子？”李小姐问道。

“吉博尔将弗林特船长的雪茄扔进油箱了。”罗杰说，但很快被约翰推了一把，他不说了。

南希则继续讲述他们的经历。

“野猫号很快烧光了，沉入海底，”南希说，“然后我们坐着两艘小船——对了，你们把那两艘船弄到这儿来了，在小溪里呢——我们也想一起在海上漂流，但那天风有点儿大，他们的桅灯灭了，然后一艘大船救起了我、佩吉还有弗林特船长。当时弗林特船长的确有点沉不住气，因为他只是想让船长别把船开走，希望找到其他人，但船长执意不肯。”

李小姐跟张岛主说了什么，张又跟“我们的船长”说了几句，船长走了过来，先是指着南希，然后又指着佩吉。李小姐点点头。

“其他人呢？”她问道。

南希看着约翰。

“我们的船漂到岸上了，”约翰说，“因为海锚的帆布坏了。”

这时外面的院子里又是一阵喧哗。是弗林特船长，他又在那儿高声唱歌，但他唱的并不是他们以前经常在野猫号上唱的，而是完全不同的歌：

哥伦比亚，大海上的明珠，

勇敢和自由之地，
每个爱国者的献身之所，
全世界向你表达敬意。

几乎没人听得懂他在唱什么，但约翰和南希十分清楚，也知道弗林特船长想跟他们说什么。詹姆斯·弗林特船长，这位假冒的旧金山市长，还在竭力装自己是美国人。

歌声听起来似乎表明他马上就要去远方了。

罗杰转身冲向露台，但很快被一名卫兵抓住，带了回来。

“那可是弗林特船长。”他说。

“他们要把他带走了。”佩吉说。

歌声渐逝。

“没事，罗杰。”约翰说，“他不是要我们保持镇静吗？别激动，没什么好担心的。”

“没事的，罗杰。”提提说，“我们很快就会回去了，所以他们才不让我们将波利和吉博尔带来。”

张正要从椅子上起身，但李小姐轻轻说了一声，他立马又坐下了。

最后，歌声彻底消失了。

坐在李小姐右手边的老者似乎向她提了问题，正等她回答。

李小姐看着约翰：“你的船丢了后你来过这里吗？”

“没有。”约翰说。

“如果我们知道有这么个地方，肯定会来。”南希回答说。

“为什么？”李小姐问道。

“这里有海盗呢，谁不想来啊。”南希说。

“你知道你这是在哪儿吗？”李小姐问。

“我们怎么会知道？”南希说。“我们上岸之前，一直被关在一艘大帆船里，而且以前也从未到过中国海，当然迫切想知道啦。”她又补充道。

李小姐仔细看了看她，又看了看约翰。

“我们也不知道，”他说，“那晚，我们被风吹着漂流了好长一段距离，第二天，太阳再次升起时才靠岸，然后我们就来到了这座岛上。也就这座岛离我们最近了。”

李小姐跟那位老者说着什么，张和其他人都仔细地听着。老人又说话了。李小姐则用英语问道：

“船着火时，你们看到陆地了吗？”

“没有。”约翰回答说。

之后，台子上的人又说了一大通话，孩子们站在那儿没出声，卫兵就站在他们旁边。

这时，苏珊突然大声说：“求求你们了，我们就不能发封电报回去报平安吗？”

李小姐等人看着她，然后继续讲他们的，似乎没将她的话当回事。

“现在提这事不是时候。”约翰小声说。

突然，孩子们发现那些人不再交谈了，人们齐齐朝李小姐鞠了一躬。那个手持苍蝇拍的老妇人从房子后面的一扇小门走出去，他们从门那边瞥见了一片绿色的树林和鲜红色的藤蔓花。张快步经房间来到露台，他的船长跟在后面。那个留着小撮胡子的老人和矮个子褶脸男慢慢往外走去，边走边聊。其他的船长也跟在他们后面。李小姐对卫兵做出手势，六个孩子被安排并排站在墙侧。

“当！”门外响亮的锣声再次响起，“当……当……当！”

“二十二声，我敢用性命担保。”罗杰小声说。

二十声锣响后，李小姐从椅子上起身，慢慢走过议事厅。二十一声锣响时，她快到露台了。二十二声响亮的锣声消失时，他们看见身材娇小的李小姐正站在台阶顶上，看着下面的院子。人群中爆发出热烈的欢呼声。李小姐慢慢走回议事厅，自顾自地笑了笑。她只说了一个词，卫兵很快列步出去了。李小姐单独跟她的犯人待在了一起。

她说：“现在，你们跟我来，我们好好喝杯茶。”

她领着他们朝屋后那个老妇人走过的那扇小门而去。现在，孩子们几乎惊讶得说不出话来，他们一声不吭地跟在她后面。

# 第十三章　李小姐的解释

他们跟着她从议事厅后面的那扇小门走了进去，来到一座花园。李小姐转向右边，沿一条铺着石子的小道往前走去，领着他们走上台阶，来到一个房间。里面的摆设和张岛主的很像，只不过挂有武器的墙上没有贴鸟的图片，黑色台座上放着一个蓝绿色花瓶，里面一束观赏灌木正开着鲜艳的花。但李小姐并没有在此驻足，而是继续经一条通道走进另一个房间。他们跟着走了进去，最后目瞪口呆地站在那里。

这个房间的布局可谓中西合璧。内有几张舒服的安乐椅，到处都有垫子。房间里还有张桌子，旁边有一张书桌和一盏书灯。墙上满是书架，还有个英国式的壁炉，旁边还有烤箱和火钩，壁炉架上贴着一些照片。还有一张彩图：绿草茵茵，大树参天，古老建筑旁的水似乎在潺潺流动。壁炉架上还有个喷漆的橡木匾，上面的护板上印着一幅画，一头狮子张开爪子立于四角。壁炉架上放着几张年轻女子的照片，上面有几款龙飞凤舞的签名，还有装饰物、火柴架、花瓶等物，多为白瓷，全都装饰着同样款式的盾徽。一个角落里摆放着一张小桌子，上面放有一张签名照，这张照片比其他的大得多，饰以黑金色相框，照片中的中年妇女，双唇中透着坚毅，有着一双睿智的眼睛，白花花的头发从脑门梳向后面。房间的另一个角落里有一根曲棍球棒。书桌旁的桌子上有一个烟灰缸，里面放着三支竹烟斗。除了李小姐本人外，恐怕这是该房间里唯一具有中国元素的东西了。身穿黑色丝绸外套和裤子、脚穿金色鞋子的李小姐站在那里，平静地微笑着，开心地看着惊魂未定的来客。她解开弹带和左轮手枪套，将它们挂在门后衣架上，那情形就像她刚从外面溜达回来，将雨衣挂在上面一样。

“不要客气，就当在自己家里一样。”李小姐说。

罗杰入神地盯着一张学校曲棍球队的大照片。后面站着一排女孩。“真结实。”罗杰喃喃道。前面还坐着一排手握曲棍球棒的女子。罗杰看着李小姐，然后再次看了看那张照片，右边第三个。他又看了看李小姐，轻轻地碰了碰提提的胳膊肘，指着照片中坐着的一个人。

“是我，”李小姐说，“我打前卫的。”

“她们看上去挺厉害的。”南希说，“你在英国上的学吗？”

“是在格利马罗。”李小姐说。

这时门开了，议事厅中站在李小姐椅子后面，身材矮小的老妇人走了进来，后面还跟着一个提着茶壶的男子，放在盘子上的水壶腾腾地冒着热气。另一名男子也端着一个盘子进来了，上面放着不少杯子和一碟小点心。

“她是我阿妈，”李小姐说，“也就是我奶奶。当年我父亲让她陪我去的英国，她也会说英语。”

“你们好！”小个子老妇人说，“今天的天气很好。”

“你好！”五个小孩齐声说。只有罗杰没说，他几乎没听其他人在说什么。他从端盘子的两名男子中间走过，就在这时，他看到李小姐的倾斜书桌上放着本合着的书，那是一本拉丁英语字典。

李小姐点点头，奶奶和两名男子走了出去。

“我们喝英国茶，”李小姐说，“味道浓……放牛奶……还放很多糖。你们感到意外吧？”

“相当意外，”约翰说，“我们真没料到——”

“我会解释给你们听的。”李小姐坐在桌旁说，她将书桌往旁边推了一点，开始倒茶。“请坐，就坐在垫子上吧。怎么舒服怎么坐，坐在地板上也行，就像在剑桥时歌里唱的那样，‘对不起，椅子不够，明天再说’。现在，再将你们的名字告诉我吧。”每人喝了一口茶后李小姐问道，“请问你们都叫什么名字？”他们坐在那里喝着茶，吃着点心，佩吉坐在一张安乐椅上，南希和苏珊各坐在一个扶手上，约翰则挨着罗杰坐在地板上。而罗杰很难高兴，因为无论是站着还是坐在椅子上，他都没办法不往字典那边看。李小姐逐个指着他们，用带点口音的英语说：“约翰……苏珊……佩吉……南希……提提……罗杰……”只字未提字典的事，罗杰想，也许她还没打开过呢。不过，他等会儿反正要告诉她。

有张安乐椅上没有坐人。李小姐从桌上拿起茶杯，向他们微微鞠了一躬，然后坐下来，跟他们聊上了。

“我父亲，”她说，“是一个非常了不起的人。我会告诉你们他有多了不起。这里有三座岛，龙岛、龟岛和虎岛。这就是龙岛。你们所谓的海盗，很多很多年前就住在这里了。他们以前会抢劫帆船、货物，将人关起来，而船主会出很多钱把船、货物和一些犯人赎回去——”

“其他人呢？”罗杰问，他这会儿又开心了，因为李小姐的话题显然跟书没关系。

约翰瞟了他一眼，但李小姐只是手稍微动了动，感觉像有支剑戳了一下她的后颈，她继续说道：“以前龙岛的老岛主从一艘福州船上救起我的父亲。那艘船经过枪战后沉了，老岛主从水中救起我父亲。当时父亲年幼，对着岛主一阵乱打，有人抓起我父亲要将他扔下船，但岛主说‘住手，这个小孩还不错，先留着他看看’。老岛主当时以为会有人来赎他，但沉船后，父亲的家人全都死了。父亲也不记得他父亲是什么人了，只记得他是清朝的官吏，衣服上饰有孔雀毛和金色的纽扣。岛主并无子嗣，于是就将父亲带在身边，后来，父亲成了一名非常厉害的海盗。但当时也有不少麻烦，经常会有炮舰来剿灭海盗。这还不算太糟糕，即使有炮舰前来，但他们最终还是会离去的。最糟糕的情况是三座海岛之间的内战。虎岛和龟岛会开战。龙岛的舰船带回犯人时，龟岛的人会拼命阻止他们进入河里。当年的情况简直糟糕透顶。

“后来，老岛主死了，龙岛的人让我父亲做了岛主。父亲派人去虎岛和龟岛，叫他们的岛主来见他，那两个岛主都说‘乐意之至’。但每个人都想在自己的岛上开会，谁都不信任对方。最后父亲说‘我们最好在船上见面’。他们说‘也行，可在谁的船上呢？’。最后，他们同意在你们的小船登陆的那个小岛见面，见面后，我父亲说他想改变现状，但龟岛岛主不愿意。不消说，又是开打，龙岛和虎岛的人打败了龟岛。于是，三位岛主再次坐到谈判桌前，最终同意选我父亲做三岛之主，三座岛不再独自为战，后来，他们就再也没打了。还不止这些，父亲还颁布了一道法令，永远禁止将英国犯人带上岛。从此以后，炮舰也没来剿匪了。

“这是很久很久以前的事了，那时慈禧还在北京住着。当时在中国海岸到处都是海盗，而我父亲也成了一个非常了不起的人。他说：‘收税的比做海盗的有钱，我们最好不要做海盗了，收收税就可以了。我们不仅不做海盗了，还要保护过往商人免受海盗的骚扰。’父亲的生意做得风生水起，这对大家都好，现在，所有人都乐意付点小钱给三座岛，就当保护费了。于是，没人再敢动向三座岛上交了保护费的商人了。岛上的居民交点钱给官僚，这样就平安无事了。当然，他们会把没交钱的商船击沉，把人抓了，打劫那些有钱人，但绝不会抢穷人的，有点跟你们的罗宾汉[1]一样。这当然是笔好买卖，因为有钱人一心只想回他们的安乐窝，早点给钱了事。之后，他们也就了解这里的规矩了，会交钱给岛上的人。父亲最好的‘客户’其实都是以前他们抓的犯人。也没谁会要求调炮舰来了，因为他们知道如果炮舰把三座岛踏平了，就没人再保护他们了。但英国人就不同，所以父亲才制定了法令。他赚了不少钱，三座岛上的居民也心满意足。接下来，大革命爆发，中国实行了共和政权，袁世凯夺权了……这些通通没事。清朝官吏走了，其他人又来了。我们跟以前一样付点佣金就可以了，一切照旧。

“父亲永远也忘不了爷爷官帽上曾插着孔雀翎，知道他是个学识渊博的人。而他自己却没时间学习。母亲死时我还年幼。父亲位居高位，却没有儿子，于是说自己的女儿必须接受英国教育。他在香港有个朋友，是他的老客户了，于是父亲将我送到他朋友那儿去上学。我非常高兴，学得也特别快。我第一次放假回家时，父亲问我：‘现在你称自己为什么？’我说：‘Miss Lee。’之后，所有人都叫我李小姐了。即使我很小的时候，响二十二声锣议事时，他也会让我坐在他旁边，有时候他甚至不会亲自做出裁决，而是问我的意见。三座岛上的人都知道我父亲的女儿叫‘Missee Lee’（此处应该是‘Miss Lee’，但这些岛民发音不标准）。后来，他送我去了英国，还让奶妈作陪，我是在格利马罗上的学。‘用心学，’他说，‘但永远不要忘记你是我的女儿，你的家在这里。’

“英国太远了，放假时我也回不来，在父亲给我的信中，他从来没跟我说过三座岛的事。他只会说‘我们的船很好’，或者说‘今年的收成很好’，信里也

[1] 罗宾汉：是英国民间传说中一位侠盗式英雄人物。

就说些这样的话了，然后他还会说‘领导者必须要有学问’。但其实不用他说，我也会努力学习，我喜欢书，上学很积极。那里有个女老师很有学问，我也想成为她那样的人。她什么语言都会，而且还会自己写书，她说我学得很好，应该会考上剑桥。父亲同意了。我也不再记挂家里了，通过了所有考试……以优异的成绩毕了业……老师说我应该去剑桥上学，做个知识渊博的人，我很高兴。我想我应该继续考试，也许我会像她一样一辈子教书育人，做学问。我去了剑桥，在那儿听课，广交朋友（那儿很多人都希望将来去教书）。然后，在剑桥的第一年，父亲寄信来了，信中只有两个字：回家。于是我就乘坐到香港的大轮船回来了，在回来的路上，我还会在船舱里读书，不会浪费时间，想着自己的考试。岛上的一艘帆船到香港把我接了回来。等我回到龙岛时，发现父亲已白发苍苍。

“我不能撇下他，独自回剑桥。于是我留了下来，他教我打理他所有的生意，让我坐船出海，这样，他的手下知道了我是他的女儿，也知道我胆子大。那时，父亲已经病重。他说我没必要再回剑桥了，说我已经学得差不多了。”

“天哪！”南希大叫，“丢下课本，做了海盗——我是说收保护费。”她补充道。

李小姐伤感地看着她。“再也不能去剑桥了，”她说，“我再也无法继续参加考试，成为一名文学学士了。”

她停顿了一下，然后继续说道：“最后，父亲召开了三岛会议，响锣时，他已经虚弱到无法走到他的椅子那儿去了，有人背着他去到设在庭院中的椅子上。这样，三座岛的喽啰都能在那儿集合。我当时也在，我父亲的老朋友，也就是他的谋士也在，他就是今天你们看到的那位。（罗杰下意识地摸了摸下巴。）当时，虎岛和龟岛有了新岛主，你们今天也看到了。父亲都跟他们交代了，他死后叫他们怎么做。龙岛的人看着父亲，虎岛的人看着张，而龟岛的人则看着吴，父亲知道将来他们有可能走过去的老路，重新开战。于是，他笑着对他们说，张是很好的人，吴也是。但他认为选张为岛主，龟岛的人怕是不服，他认为张的手下也不会听命于吴。然后他就跟他们讲了我跟你们说的这个故事，讲三岛之前是如何团结起来的，他说，最好还是保持这种状况。然后他指着坐在他旁边的我说，他已经将他所知道的都教给了我。父亲跟他们说，我去过外国，学到很多东西。他还提醒他们说我曾给他们出过好主意。然后他说他不能再领导他们了。父亲叫手下将他扶起来，让我坐在他的椅子上。他们为我响了二十二声锣，但我的心还在剑桥。最后一声锣结束时，父亲朝我鞠躬，然后那个老谋士，吴、张两位岛主，所有人都发誓效忠李小姐，就跟他们当初效忠我父亲一样。

“那晚，父亲说他将他毕生的心血交到我手上了，还说，三岛归一则万事大吉，要是我令他们失望，就会再起争执，那他以前的努力都白费了。第二天早上，他就去世了。他之前已经为自己选好了墓地，就是许多年前他跟其他岛主举行会议的那个小岛。我们将他葬在那里。而你们在岛上找到的那个庙堂就建在他的坟墓之上。有时我会去那里祭奠他，去时只带着我的书。所以，你们也知道我一生再跟剑桥无缘了。”

大家一阵沉默。最后约翰还是没能忍住，用颤抖的声音说：“我希望你原谅我们那晚在庙堂中留宿。我们当时并不知道，你也知道，我们遇到船难了，当时也没别的地方可去。”

“这个没事，”李小姐说，“我想我父亲一定很高兴。”

“我用了你的水壶，”苏珊说，“还有汽化炉。我之前想到我们肯定还能回去，我们的东西全留在那儿了。”

“下次我去先父墓地时，我们再去拿那些东西。”李小姐说，“没我的命令谁都不能去那里，庙堂里的东西谁都不能动。”

“我们还用了一些你的茶叶。”苏珊说。

“波利还在地板上留下了羽毛。”提提说。

但李小姐并没有听。她从扶手椅上起身，走到桌旁。罗杰也爬了起来。

“这书上的东西是谁写的？”李小姐坐在桌旁，打开放在倾斜书桌上的字典问道。

“是我。”罗杰脸涨得通红回答道，“真对不起，当时我一时头脑发热就画了。”

“虽然最后一排不是用拉丁文写的，”她说，“但非常不错。”

“我们那边的朋友也会经常这么写，”罗杰说，这时他的脸已经阴转晴了，“我想你应该只是忘记写最后一排了。”

“你还知道什么？”李小姐问道。

“我不会用拉丁文写这句。”罗杰回答道，“当然，不懂拉丁文的人有时干脆就用英语替代了。”

“他们都写些什么呢？”李小姐问道。

“特没意思，”罗杰说，“他们通常只是写道：谁拿走不属于自己的书，谁就会被抓去蹲监狱。”

“his’n，”李小姐说，“我知道这种表达方式表示所有格强调，也就是‘他自己的’的意思。”

“我们一般都懒得写拉丁文，”南希说，“我们会将这样的韵律诗写在书的开头处：如果书逮着机会，就会到处乱逛，那就给它个耳光，让它老实回家。”

“为什么惩罚的是书而不是偷书的人？”李小姐问道，“字典里的那个就不错，罗杰最后写的那排字和画的那幅画甚至还可以警告那些没读过书的人。”

她想了想，继续说道：“我跟你们说，你们去过我父亲的墓地，而且罗杰在我书上写了东西，真的算你们走运。我叫奶妈去那里拿书，她说有人去过先父的墓地，我就派人去杀你们。一个渔夫看见了你们，报告给了龟岛的人，他们也要来杀你们。当时我正坐在那里翻译，看见罗杰写在我字典里的东西了，感觉就像父亲在天有灵，说‘这些人不是小偷，而是学生’。我赶紧命令他们不要派杀手。龟岛姓吴的手下看见你们去了虎岛，我就命令张今天将所有犯人都带到衙门来。张以为我什么都知道了，于是，把所有人都带来了，甚至把那个市长也带来了——我对那人一无所知。张本来想关着他，不想告诉我，因为我父亲颁布过相关法令。”

“天哪！”罗杰说，“难怪信号发来时，他脸色那么难看！那些口哨声是信号，对吗？”

李小姐自豪地笑了笑。“我在英国做过女童子军。”她说，然后她用手指在桌子上敲了敲，敲出的正是莫尔斯电码，“中国没有电报，于是我为三座岛的人制作了密码，我父亲特别高兴。我们可以在龙岛给虎岛或龟岛的人发出信号，但除了吹哨的人外，没人知道我们表达的意思。又因为汉语非常难，我教了十二个人英文字母，这样他们就能用哨声发出信号了——”

“你是怎么教他们的？”罗杰问道。

“用竹子，”李小姐说，“他们都是一群大老粗。”

“我们能发出报平安的信息吗？”苏珊问道。

“不行，”李小姐皱着眉头，“会招来炮舰的。”她说，然后她又摇了摇头。“你们是英国人，”她说，“除了你们的詹姆斯·弗林特船长，也就是那个旧金山市长外，你们全是英国人——”她一本正经地看着南希。

“但我们是在海上被人救起来的，”南希说，“我们根本不算犯人。”

“救你们的船长是张的手下，虎岛的。他知道我父亲颁布的法令，他非常清楚，当初根本就不该救你们。”

“那他应该怎么做呢？”南希说。

“让你们淹死在海里，”李小姐说，“但张是个非常贪婪的人，他想发笔横财。当弗林特船长自称是美国人，而且是旧金山的市长时，张就打起了小算盘，‘美国人可不是英国人。’他知道我不允许他这么做，但他觉得留着他绝对没事，或许还能从美国搞来一大笔钱。”

李小姐的六位客人惴惴不安地互相看了看。

“张想在我面前瞒天过海。”李小姐继续说，“他会让这个旧金山的市长写信回美国，索要很多钱，然后让虎岛的人独吞这笔钱。”

“但现在你知道了不是吗？”南希问道。

“听着，”李小姐说，“我们都违反了我父亲的法令，但我父亲肯定会为我感到高兴。我现在回不了剑桥，所以我要把这里当剑桥。只有我父亲的老谋士不高兴。对了，还有吴。他们说英国人和美国人都是一路货色。张则说扣留美国犯人而不是英国犯人肯定没事。我告诉他们张可以扣押那个旧金山人，其余的人交给我，没人会知道，也没人会来找你们。张同意了，但他还想要提提。我说不行。其他人都想杀了你们，这样就不会违反我父亲的法令，也不会招来炮舰了。我不同意。最终，你们留在了我的衙门，张则扣着那个旧金山人。”

“但如果吉姆舅舅写信回美国，”南希眼里像是闪着光，说，“那岂不是跟我们发电报到香港一样糟糕？”

“不是这样的，”李小姐说，“美国很远，张想派使者送信过去。这样就没有人知道信来自哪里，或者该去哪里找人了。”

“但他什么时候放弗林特船长走呢？”苏珊问道。

“张说不会放他走的。首先是拿到钱，然后——要想人不说话，将头咔嚓掉就行。”

“那这也太不厚道了。”罗杰说。

“钱还不一定什么时候到呢。”南希咧嘴笑道。

李小姐眯缝着眼睛看了看她。“我也是这么想的。”她说。

“我是说从美国打个转回来路可不短。”南希赶紧说道。

“我的鹦鹉还在张岛主手里呢。”提提说。

“我的猴子也在他那儿，”罗杰说，“我的猴子挨着弗林特船长的笼子被关在监狱里。”

“鹦鹉？”李小姐说，“还有什么猴子？”

“是我们的。”提提和罗杰同时说道。

“我会给他发个信息，”李小姐说，“今天太晚了，它们不会来了，但明天鹦鹉和猴子就会回到你们手上。你们是我的客人，在这里会很开心的。看到罗杰写在我书中的那些东西也算幸运。我想我父亲看到我有一班学生会很开心。虽然这里跟剑桥不一样，但我们可以在这里学习。我们每天都学习，将来把维吉尔的那本书翻译出来，还要看恺撒的书——”

“可我和佩吉根本不懂拉丁文。”南希说。

“我也不懂。”苏珊说。

“罗杰学习那阵儿，我就学了点儿皮毛，”提提说，“我从没正式学过。”

“我会从头开始教你们。”李小姐说。

“可我们必须回家。”苏珊说。

“你们要留在这儿。”李小姐说，“现在我的奶妈带你们去睡觉。”

李小姐拍了拍手，那个老妇人匆忙走进屋里，她肯定一直在外面等着呢。李小姐用中文简单地吩咐了她几句。

“我英语说得顶好。”老奶妈说，“你们，跟我走，我带你们去。”

约翰带头，他们逐一跟李小姐握手，好像之前只是一场普通的聚会，等他们听了她的话后几乎都惊呆了。一行人跟着老奶妈走出李小姐的房间，沿着那条通往议事厅远端小平房的路往前走去。除了一个可以看到外面花园的大房间外，房子里面还有三四个小房间。老奶妈指着放有床垫和被子的木板床，她似乎觉得苏珊会介意这些事情。于是，她拉着苏珊的手，带她来到一个中国式的浴室，里面有一个陶瓷大水缸，还有一个用来从里面舀水的长柄勺。“李小姐什么都考虑到了。”她说，然后指了指一个印有“莱特炭油皂”标签的盒子，竹架上还有三四个大海绵，下面挂着一排毛巾。

“太谢谢了。”苏珊说。

“你们，住这里……我找人……送‘man fan’（晚饭）……吃的。”老奶妈说，“如果你们需要什么，拍手……”

她朝孩子们鞠了一躬就出去了。

“她不会是想一直都将我们留在这里吧？”苏珊说。

“可不就是，”提提说，“她刚才已经说了。”

“其实她算是把我们买下了，”约翰说，“你们也听见了，她说由她看守我们，弗林特船长则交由张处置。”

“听，”罗杰说，“哨声又响起来了，她勒令张把波利和吉博尔还回来。”

“该死的！”南希说，“如果她真想教我们学拉丁文，我们倒会没事了。可弗林特船长怎么办？她知道他不是美国人，我能看得出来。一旦张也发现了这个秘密，他会气急败坏的，他们会马上砍掉他的脑袋——”

“我在她字典里写下那些东西还真是走运。”罗杰说。

“我们也会有麻烦。”苏珊说，“爸爸怎么办？远在贝克福德的妈妈和布莱凯特太太怎么办？布莱基特怎么办？他们会担心的。”

“布莱基特才不会担心呢。”罗杰说。

“可妈妈会担心的。”苏珊说。

“听着，”约翰说，“他们十几天没收到我们的消息根本不会担心。只要我们及时逃走了就会没事。”

“怎么逃？”苏珊问道。

“我们跟吉姆舅舅一样都被关起来了。”佩吉说。

“我们到时看看不就知道了。”南希说，“我们想办法去花园，后面还有一扇门。”

他们试了试门把，发现门可以打开。孩子们看了看大院子，现在已经空无一人，只有门口卫兵发出的声音。他们将步枪靠在墙上，盘腿坐在那儿打牌。孩子们转身，关上门，小心翼翼地走进花园。他们绕过李小姐的房子，藏进一片橘林，发现下面是一排排陡峭的梯田，小路蜿蜒。一个小池子旁，杨柳临池而垂，池子里的鱼儿闪着金光。紫色和鲜红色的花儿铺满凉亭，还有像松树和橡树一样的低矮乔木。他们看到了远处花园下的河水，更远处则是一排重峦叠嶂的蓝色山峦。

“看。”罗杰小声说。

一条小路的下面，两个人正在激烈地交谈着什么。一个是老谋士，另一个正是李小姐本人。

“我们最好还是回去。”苏珊说。

他们走回屋内，选好房间过夜。约翰和罗杰一间，提提和苏珊一间，南希和佩吉一间。

“三个小房间，”罗杰说，“感觉像是回到了野猫号。”

没人对他的话做出回应，罗杰抿着嘴巴，也不说话了。要不是吉博尔放火烧了野猫号，他们现在也不会成为阶下囚。

“我们肯定会没事的，”南希终于开口道，“吉姆舅舅也会没事的。吉人自有天相。”

老奶妈领着一个人给他们送来了晚餐，一大碗米饭，鸽蛋，还有几碗清汤。她在李小姐很小时就照顾她，现在留在屋里看他们吃饭，也把他们当成了小孩，甚至约翰在她眼里也是小孩。她一下阻止这个，一下喊停另一个，因为他们都不怎么会用筷子。“你们……住李小姐衙门，”她说，“吃中国菜。”

晚饭过后很久，空碗才放在盘子上被人端走，后来李小姐来看他们了，但只进来了一小会儿。她没让他们有机会问问题，只是看着他们，心满意足地笑着。“你们明天去我那儿，”她说，“我们吃剑桥式早餐……火腿加鸡蛋……然后开始学习……晚安。好好睡一觉。”她鞠了一躬就走了。

“她看我们的眼神简直就把我们当成宠物兔了。”罗杰说。

“哦，是吗？那我们应该感到高兴才对，”南希说，“没人会砍宠物兔的脑袋。”

# 第十四章　剑桥式早餐 & 紧急求救信号

孩子们已经越来越习惯在陌生的地方睡觉了，距上次在野猫号舒适的船舱里睡觉已经四天了。他们发现中国人的床比看上去简单得多。美美睡上一觉后，他们起得很早，无论发生什么事，他们都做好了准备。这次，罗杰破天荒地第一个起床了，不过，他想爬进大水缸洗澡时遇上了一点小麻烦。幸亏约翰眼疾手快，一把抓住他，并解释说，这些水是供大伙儿洗澡的，要用长柄勺从里面将水舀出来，从头和肩膀往下淋。棕色的地板砖朝中间的水槽倾斜，看得出来，水会流进水槽，再从墙上的一个洞排出去。奶妈进来时，他们差不多穿戴整齐了。苏珊做了一个刷牙的手势，奶妈走了，回来时拿了一把竹牙签，然后在那儿等着，看他们怎么使用。

钟声敲响，奶妈赶紧催促他们出去。她说："你们，跟李小姐一起'chiu fan'（吃饭）……吃早餐。"

她领着他们走过花园，来到李小姐的房子，再走进李小姐的剑桥式书房。

"早上好。"李小姐说。房间一侧摆着张隔板桌，她正往桌上的杯子里倒咖啡。他们盯着桌子，齐齐问候道："早上好。"

"天哪！"罗杰咕哝了一声。

"请坐。"李小姐说，他们随即坐了下来，每边坐三个人。桌子中间有一大坛库伯牌的牛津橘子果酱[1]，每个人的前面摆着一碗燕麦粥。房间里不知什么地方传出一股煎火腿的味道，罗杰不停嗅来嗅去。

“有刀叉。”罗杰说。

“还有勺子。”提提说。

“都是剑桥那边的早餐样式。”李小姐骄傲地说，“要加糖吗？请喝牛奶。”

“这燕麦粥的味道真是顶呱呱，”南希尝了一口说，“要是吉姆舅舅能喝上——”

这时，他们都想起了坐在笼子里的弗林特船长，他顶多能用筷子对付点儿米饭。想到这个，美味的燕麦粥也索然无味了。

“中餐很有营养，”李小姐说，“你们不用担心弗林特船长，张岛主在收到美国那边的消息之前会好生照顾他的。”

“可他还被关押着。”提提说。

“他太野蛮了，”李小姐说，“关着没什么不对。”

“那吉博尔和波利呢？”罗杰问。

“罗杰的猴子和提提的鹦鹉。”约翰解释说。

“张岛主今天会送它们过来。”李小姐说。

“哦，太好了！”罗杰说，想到吉博尔和波利要过来了，他也没心思去想弗林特船长了。这对弗林特船长来说可不公平，但现在他们不是也没法子吗？况且让这么好的燕麦粥冷了也怪可惜的。

煎火腿的香味突然更浓了，几个人走了进来，拿走了之前盛有燕麦粥的空碗，在每个人面前放了一个盘子，然后将煎火腿放在煎好的吐司上，上面还配有两个很小的煎蛋。

李小姐说蛋太小了，她很过意不去。“剑桥的蛋大一些，这里的蛋很小，因为母鸡很小。”

“我敢肯定这是矮脚鸡生的蛋。”罗杰说。

吃完火腿和鸡蛋后，李小姐邀请他们吃土司和橘子果酱。“我们在剑桥的时候就常吃牛津橘子果酱，”她说，“剑桥的学者和教授比牛津的好，但牛津的橘

[1] 库伯牌的牛津橘子果酱：弗兰克·库伯的妻子莎拉·库伯于1874年生产出第一批著名的牛津橘子果酱。

子果酱更好吃。”

大家都看得出李小姐很开心。挂在门后的弹带和左轮手枪是唯一能够表明招呼她的学生吃早餐的李小姐和三座岛的海盗头子“Missee Lee”是同一个人，她可是中国海岸令人闻风丧胆的人物。她不停回忆以前在剑桥划船的日子，说自己曾跟导师一起吃早餐，说到了校长，说到了以前还想着拿奖学金呢。真是很难相信，就在附近的院子里，他们还看到有犯人关在囚笼里等着被人赎走，忙碌的会计在那儿称银子，用算盘算帆船船长、船员和李小姐所赚的利润。他们刚吃完早餐，李小姐已经迫不及待地开始测试他们的拉丁文水平了，只有外面风筝发出的呼啸声和橘树上的蝉叫声提醒着他们，这可不是在他们家乡——英格兰的学校上学。

李小姐开始教他们拉丁语法，教的是词尾变化方面的知识。苏珊、南希和佩吉很快发现“Mensa”“mensa”“mnesam”[1]这些词对她们来说太难了，虽然提提在老师的提醒下，勉强还能对付过去。而这样的词尾变化对约翰和罗杰来说却是小菜一碟。“现在学习词性。”李小姐说。

“‘Artifex’（艺术家）和‘opifex’（制造者）是通性名词。”

“还有哪些是通性名词呢？”

罗杰看着约翰，约翰的表情看上去像是在努力回忆自己做过的梦。

“我以前知道。”他说。

“罗杰，你知道吗？”李小姐问。

“Conviva（客人），vates（先知），advena（外国人），Testis（殉道者），civis（市民），incola（居民）.”罗杰很快说道，然后犹豫了一阵，继续说，“Parens（父母），sacerdos（牧师），custos（卫兵），vindex（复仇者），Adolescens（年轻人），infans（婴儿），index（食指）……”

他停顿了一下：“infans，index……um……index……”

“Judex（法官），heres（继承者），comes（伙伴），dux（公爵）……”他再次停顿。李小姐提示他：“Plinceps（元首），municeps（中产者），conjux（妻子），Obses（人质），ales（鸟），interples……”

---

[1] “Mensa”“mensa”“mnesam”分别是“桌子”的词干、单数主格、单数宾格。

“我知道，我知道。”罗杰说。

“还有 Auctor（作者），exul（放逐），Bos（牛），dama（鹿），talpa（鼹鼠），tigris（虎），grus（鹤），Canis（狗），还有 anguis（蛇），serpens（蟒）和 sus（猪）。”

“狗、两种蛇和老猪我向来都记得。”他补充道。

“约翰一定也学过。”李小姐说，“你对动词了解吗？”

但没必要继续讲述这种冗长、尴尬的测试了。随着问题的继续，李小姐的表情越来越失望。没错，要不是罗杰——他自己也没想到拉丁文会如此有用，李小姐可能当时就不会请他们过来了，他们的故事也就就此结束了，没人会知道野猫号的船员遭遇了什么事。也许，那艘小帆船和船员也会跟许多别的船和水手一样消失在遥远的大海上。但是，虽然苏珊、佩吉和南希必须从头开始学习，虽然南希和佩吉也在无意间透露说即使从头开始学也是浪费时间，虽然提提也只记得几个单词，虽然拉丁文一直是约翰最差的功课，但罗杰生动地描述恺撒的《高卢之战》，及时救了场。李小姐决定尽量好好教这几个水平参差不齐的学生。

“我觉得罗杰将会学得最好，”她说，“他坐这儿。然后是约翰，约翰最好先读读拉丁语法，先记住了再说。然后是提提，虽然她的拉丁语动词第二变格全错了，但她对第一变格还是懂的。然后——”她颇为失望地看着其余三个人，“苏珊、南希和佩吉——不要担心。她们要用心学语法，将来我们一起翻译。她们很快就会学会的。”

“试试罗杰的法语。”南希心有不甘地说。以前她可是班上成绩最好的，现在却成了最差的学生了。

“法语？”李小姐说。

“学校里没有哪个男生法语学得好。”南希说。

“法语可算不上古典语言。”李小姐说，“希腊语怎么样？罗杰和约翰学希腊语吗？”

但除了约翰外，谁都不懂希腊语，而且他只认识字母表，那也是学数学必须掌握的。

“先学拉丁文吧，”李小姐说，“也许明年或者后年再学希腊语——”

“可我们不能——”苏珊恐惧地说。她瞥见李小姐的眼神，不敢出声了。

“今天就到这儿吧。”李小姐说，“明天，我们读维吉尔的《埃涅阿斯纪》第二册。罗杰和约翰拿走书和字典，尽量好好预习。那本拉丁语法书归提提、苏珊、佩吉和南希所有，我明天要检查，看看如果她们努力学习能学到什么程度。我们现在可以去花园玩儿了，下课。”

“你觉得吉博尔和波利多快能到这里？”罗杰问道。

“它们很快就会来。”李小姐说，然后冲这唯一或许还有点前途的学生笑了笑。

“简直太糟糕了！”他们回自己屋里的时候南希抱怨道，“我不管别人怎么说，傍晚前我才不会预习功课呢。再说了，学拉丁文有什么好的？风头都被罗杰抢去了。”

“既然现在有机会，我们就在花园里到处转转。”约翰建议道。

他们走出屋子，来到凉亭下，看着小池子中的金鱼，然后继续往前走去，发现整座花园被一堵墙包围着。墙很高，也很滑，就连约翰也甭想爬出去。墙上唯一的一扇门也是锁着的。唯一的出路应该是李小姐的房间、议事厅，或许还有他们自己的屋子。他们可以从那里走进大院子，不过门口总有荷枪实弹的卫兵把守。李小姐的屋前倒有一扇门通往院子，可是，跟花园尽头的那扇门一样，也是锁着的。

“还真不乐观。”约翰说，“除非她放我们走，否则我们出不去。”

“即使我们出去，我们还得回虎岛救弗林特船长。”提提说。

“我们会想个好办法的，”南希说，“我们只要坚持一下下。张得到美国的回音还早着呢。”

他们只得回屋，这时提提听见鹦鹉的尖叫声，然后又听到它欢快地喊着“八片币”。他们冲过屋子，进入大院里，看见前厨师正一只手拿着鹦鹉笼，另一只手牵着吉博尔的链子，走进大门。之前他牵着猴子走过街道时，一群人围拢了过来，都在那儿看热闹呢，那群卫兵也一个劲儿地朝叽叽歪歪说个不停的猴子做鬼脸。

“猴子，坏透了，”前厨师笑着说，“咬人，还跑，拉驴子的耳朵和尾巴，真是坏透了。”他松开链子，猴子很快跑向罗杰，挂在他的脖子上。

提提早就跟鹦鹉说上了。前厨师将之前挂在他肩膀上的一个小麻布袋给了她。“给波利吃，”他说，“张岛主给的。”

“弗林特船长没事吧？”南希问道，“那个大个子——”

前厨师笑了。“他本该是第一个被砍头的，”他说，“但是他现在没事。他给我一张纸条，我放在巴洛的食物里了。”

“什么？你说什么？”南希说，但前厨师已经转过身，走向他的那班朋友——那群在门口放哨的卫兵。

“巴洛的食物？”南希说。

“波利的食物，”提提说，“张岛主给的，他喜欢波利，可能送来了很多瓜子。”

“可吉姆舅舅跟这事有什么关系呢？”南希问道。

回到屋里，罗杰一边给吉博尔挠痒痒，一边跟它聊着天，好像一年没见着它似的。提提打开小袋子，倒出一些瓜子和一些看起来像大白豆一样的东西。

“跟它以前吃的东西不大一样，”她说，“但那个张岛主还是变着法找来了。以前我们在那里的时候，我给他看过波利的食物。”

“把袋子里的东西全倒出来。”南希说。

“为什么？到时会弄得乱七八糟的。”苏珊说。

“我来打扫。”南希说，她拿出袋子，将里面的东西全倒在地板上，那些瓜子什么的堆成小山似的，地上扬起一小片尘土。她把瓜子在地上抹开了，突然，她将袋子整个翻了过来，一张折好的纸条掉在地上。南希赶紧将它拾起。

“这就对了。”她说。

“什么？”约翰说。

“当然是弗林特船长的信，他只想告诉我们他没事。”

她拿出一张画，那画的风格跟她自己的倒有几分相像，但画中的人全戴着中国人的帽子。里面画了很多中国人，正排着队往一条山间小路上爬，但不知为什么还有一些中国帆船也停在山路中间。

“大声读出来，”约翰说，“上面写了什么？”

“R–E–B–B–I–G–F–O–T–S–A——这些词没头没尾的。他一定巧妙地设计了什么东西在里面。”

“给我们看看。”提提说。

“给我笔。”南希说。罗杰将那支字迹不易擦去的铅笔递给她，上次他就是用这支笔在李小姐的字典上写了那些东西。

“不是这个，”南希说，“如果里面真藏有什么，我们等会儿还要擦掉。”

提提从口袋里找出半截铅笔，南希很快在列队的小人下面写出一个个字母。

“船代表什么？”罗杰说。

“先不管。”南希说。

REBBIG FO TSAL EHT EES OT YRROS EB DLUOW I THGUOHT REVEN SP REH FO EDIS THGIR NO PEEK SNEPPAH REVETAHW HTURT ELOHW EEL SSIM LLET RETTEB GNIWERB ELBUORT DNA DNUOR LLA SKOOL KRAD EKATSIM YM OCSIRF NI SROYAMDROL SA SLAMINA HCUS ON SSOB SIH DLOT NOTGNIHSAW EGROEG SIHT AINROFILAC NI STNAP HSAW OT DESU OHW SHGUOT SIH FO ENO NI DELLAC EH NACIREMA DAER

TONNAC FEIHC GIB RETRONS A ETORW I NIAGA ROYAM DROL RIEHT

EES OT DETNAW YEHT FI KCIUQ PU YAP DNA EMOSDNAH PU YAP OT NEMREDLA YM ETIRW EM EDAM FEIHC GIB SSERP POTS

SWEN YLIAD

DNALSI REGIT[1]

“第一个单词就没什么含义，方向不对。”提提说。

“我看出来了，”南希说，“是从下往上看，而不是从上往下看。”

有时候两个单词搅在一起，她必须停下来，然后立马发现船是间隔符号，不管“爬山者”的方向如何，每句话都是从右向左看。于是，她将这段信息大声读了出来：

“虎岛每日新闻，最新消息。岛主要我写信给我的市参议员，如果他们想再次看到市长，就得尽快付一大笔赎金。我写了一封措辞严厉的信。岛主不认识美

[1] 这段话不仅要从后面看起，而且每个单词都是倒过来的（从右往左读）。

国人的字，于是叫来一个曾在加州洗过裤子的手下。这位仁兄告诉他的老大，旧金山根本没有这号市长。这是我的错。这下麻烦大了。最好把全部真相告诉李小姐。不管发生什么情况，一定要跟她搞好关系。千万别以为我会为最后一次看到吉博尔而难过。”

“天哪，”南希说，“这是一封紧急求救信！”

“他现在的情况非常糟糕，”约翰说，“他们发现真相了。”

“也许他们已经把事儿办了。”罗杰说，但他并没有解释他这话的意思。

“听着，”南希说，“吉姆舅舅的脑袋都要搬家了，我们可不能再坐在这儿学拉丁文了。”

“那我们要怎么做？”苏珊问道。

“只有一个办法，”南希说，“我们得让李小姐去救他。”

“怎么做？”

“给她下最后通牒，”南希说，“把秘密告诉她。这事能救吉姆舅舅，而且在她身上也能奏效。她不是一门心思只想给我们上该死的拉丁课吗？我们就罢课，不让她上课了。没了学生她还算哪门子老师。我们告诉她‘弗林特船长要是死了，我们就不上课’。”

“我们得要点纸来。”提提说。

“罗杰，你快去！”南希说，“你是班上成绩最好的，快去找她要纸。”

罗杰抱着猴子，跑到花园里。不到五分钟，他就回来了，脸涨得通红，表情非常严肃。他拿着一张宣纸，还端着一个碟子，里面好像有什么东西。

“我说，”他说，“她不喜欢吉博尔，说它很脏，还说它身上有跳蚤。可它哪有什么跳蚤，上次给它洗了后就没有了。她的性格跟姑奶奶倒很像，叫我再也不要带吉博尔进她房间。它也不能睡在屋里，每天晚上得进笼子。”

“不过，反正你弄到纸了。”南希说。

“我找她要纸的时候她高兴坏了。”罗杰说，“她可高兴了，说用纸抄下那些押韵的名词，如‘Aetifex’和‘Opifex’以及一些要学的简单东西，是最好不过了。她当时正跟那个长胡子的老头说话。对了，你们知道他的手指为什么看起来那么长吗？因为他的指甲跟他的手指一样长。但我没告诉她纸是用来干什么的。”

“这没关系，”南希说，“我们把最后通牒交到她手上她不就知道了。嘿，她就没钢笔什么的吗？”她看到了托盘里的墨汁和一支笔尖极好的毛笔。

“她自己倒有支自来水笔。”罗杰说。

“哦，好吧，”南希说，“我们将就着写吧。”

他们在选择用什么词的时候倒是有过争执。南希希望措辞强硬些，苏珊建议温和一些，提提说弗林特船长也要他们跟李小姐搞好关系，南希则说最重要的是让李小姐将弗林特船长从张那儿救出来。

草稿是由南希用铅笔完成的，大家都做了改正。终稿则由提提完成，因为她的毛笔字写得“最好”，用李小姐的墨汁只是出于礼貌考虑。

终稿是这样的：

李小姐：

兹证明，弗林特船长跟我们是一伙的，将我们和他分开羁押根本就是错误的。

他并不习惯被关在笼子里。我们的舅舅像动物一样被关在动物园里，我们怎么能有心思学拉丁文呢？如果弗林特船长也来这儿，我们会尽最大的努力学习拉丁语（南希的原句是“我们会坚持学习这些课程”）。但要是我们还记挂别的，肯定对学习没有丁点儿好处（这是提提的建议）。要是救下弗林特船长，我们肯定会努力学习。否则的话，休想！（除了南希外没人喜欢最后一句，但大伙最终同意这么写，她真的很开心。）

亚马逊号船长：南希·布莱凯特

大副：佩吉

燕子号船长：约翰·沃克

大副：苏珊

一等水手：提提

一等水手：罗杰

野猫号（此船被烧毁并非我们的错）全体船员

“快点儿，提提。”南希说。

“用毛笔写字真的很难耶。”提提说，她正跪在地板上，在她面前展开的纸上一个字母一个字母地写着。

“你真得加快点儿速度。”南希说。

“我已经很快了。”提提说，她伸出舌尖，努力地在那儿写着。

终于写完了，南希一把拿了过来。

“小心点儿，”提提说，“还是湿的。”

“知道了，”南希说，“把笔给我们。天哪，这玩意儿能写字吗？”她在上面签上自己的名字，把她那艘小船的名字也写上去了，然后将纸交给佩吉。他们一个个全都签好了名，提提拿着纸，放在太阳底下，将墨汁晒干了。

“谁拿去给她呢？”罗杰问，“我可不去，我之前去她那里拿了纸。”

“我们一起去。”南希说，“快点儿，猴子就别去了。”

他们穿过花园，遇见了从李小姐房间里出来的老谋士。他看了一眼他们，好像当他们不存在似的，然后转身走进议事厅后面的那扇小门。孩子们继续往前走去，却被奶妈叫住了。

“你们想见李小姐？”她问道。

他们在那儿等了等，奶妈出来后将他们领到李小姐的书房门口。

“请进。”李小姐说，“你们想要我帮你们温习语法吗？如果有什么不明白的，可以随时来问。”

“不是的。”南希说。

“那是什么事？”

“跟弗林特船长有关。”南希将最后通牒给了李小姐。

“这是大伙儿写的。”约翰说。

李小姐将那张纸放在桌子上，仔细看了一遍，然后又眯缝着眼睛看着他们。

“这事办不了，”她说，“吴和我的谋士不想违反我父亲的法令。我已经违反了，因为我想要留着我的学生。你们是英国人，但我告诉他们因为你们反正逃不掉，所以留着你们也没事，因为没人知道你们在这儿，而且，即使你们可以逃脱，也不知道如何领着炮舰回来。但他们觉得砍掉你们的脑袋就一了百了了。张觉得留着弗林特船长是安全的，那也是因为他是美国人而不是英国人……”

她的眼睛眯缝得更厉害了。“这是交易，‘Quid plo quo’[1]，我留着我的学生，张扣留那位美国人。”

“可他不是美国人。”南希说。

“我也觉得他不是，”李小姐说，“但张觉得他是。无论怎样，都不用这么急，那人在监狱里好着呢。他太野蛮，让他坐在里面好好想想对他没什么坏处。在信使从美国回来前，张会保证他的安全。”

“但事情全搞砸了，”南希说，“张已经怀疑了。”

“你怎么知道？”

大家迟疑了一阵。弗林特船长要他们将真相告诉李小姐，但他可没让他们把他的密信交给她。

“你们怎么知道？”李小姐再次问道。

“最好给她看看。”提提说，“她是海盗没错，但如果是个正人君子就没事。”

“如果我们告诉你，你不会把他交给张处置吧？”南希说。

“他已经属于张了。”李小姐说。

“我是说你不会——听着，我们必须得冒这个险，你将信拿来了吗，约翰？”

约翰将弗林特船长写有信息的纸递了过去。

“是幅画？”李小姐说，“画得并不怎么样。”

“这是旗语。”南希解释说，“你不是说过你曾经做过女童子军吗？这是信号，得从后面读起。”

“这也是中国人的习惯。”李小姐说，然后她反方向看着那些小人，盯着山脚，从下往上面看去，很快就将里面的信息破解了。

“帆船是停顿符号。”南希说。

“我看你把字母也写出来了。”李小姐说。

“是的，”南希说，“我忘了，但这些信号你反正也能读懂，对吧？”

“没错。”李小姐说。她又看了一遍上面的信息，然后还给了约翰。她想了想，说：“这是他自己的错。他在我和张面前都没讲真话。”

“但要是他当初没撒谎的话，我们的人头早都已经落地了，我、佩吉还有弗

[1] Quid plo quo：在拉丁语里是公平交易的意思。

林特船长。”

“那又怎样？”李小姐说，“你们都是差生。”

“但他们会成为好学生的。”提提说。

李小姐笑了。“跟李小姐搞好关系。”她慢慢重复道。

“我们会尽力的。”苏珊说。

“你们就是用这种方式尽力跟我搞好关系的？”李小姐说着举起那张最后通牒，“不行，我什么也做不了。那人骗了张，如果我现在把他带走，那我也骗了张。你们是我的学生，但那人归张了。如果他撒了谎，张就会砍掉他的脑袋，那也是他自找的。”

“他可是我们的舅舅。”南希说。

“还是我们的朋友。”约翰说。

然后提提也说了，可是话刚从她嘴边说出，她就后悔死了。

“他就像我们的爸爸。”她脱口而出道，“想想看，如果知道自己的父亲被关押着，哪里还有什么心思学拉丁文——”

李小姐的小手指一下绷得紧紧的。她看着提提，突然，她的态度发生了改变。

“也许不行，”她轻轻地说，“但我会去跟张谈谈，你们现在可以走了。”

五分钟后，他们听见李小姐吹出尖锐的哨声，发出信号。

“成功了，成功了！”南希叫道。他们听了听，回应的哨声重复了几遍，声音逐渐消失了。

“就是因为提提说了什么像爸爸的话才让李小姐动了恻隐之心。”罗杰说。

“提提，你这点子还真不赖。”南希说。

但提提正用瓜子喂鹦鹉，甚至都没转身。

## 第十五章　李小姐赎回弗林特船长

第二天不用上课。“张要来了。”早餐结束时李小姐说。几个人吃早饭的时候几乎都没说话。“我必须跟我的谋士谈谈。约翰和罗杰准备继续翻译，如果南希、苏珊和佩吉弄懂了第一变格，她们也可以和提提一起学习第二和第三变格。”

“他会把弗林特船长带来吗？”提提问。

“不会。”李小姐说得很干脆。

“别去理会什么变格了。”他们回到自己那间屋子时南希说，“我们为什么要学这些该死的东西？我们还得坚持之前的说法，见不到弗林特船长就不学拉丁文。”

“她当初发信息倒挺快。”约翰说。

“弗林特船长要我们跟她搞好关系。”苏珊提醒道。

“南希，”罗杰模仿李小姐的语气说，“快点儿……跟我说说看‘mensa’的复数是什么……”

他说完就溜了。但提提同意约翰说的，苏珊也是。提提喂过鹦鹉，罗杰带猴子在院子里转了一小圈回来后，发现猴笼里有很多吃的（罗杰跟大伙儿说，吉博尔和卫兵正互相说着什么，有点鸡同鸭讲的味道）。李小姐的这些学生很想在靠花园那侧的大房间里学习，因为那里凉爽。但是，每次他们一听到别的动静，就很难集中精力思考什么“dominus，domine，dominum”[1]这些变格。

上午眼看就要过去了，谁都没学到什么，这时，响亮的锣声传来，他们心里一阵激动。

“是张！”南希大声说。

“是张岛主来了！”提提说。

“快！”罗杰说。

他们穿过房子，走到院中，恰好看到坐在椅子上的张岛主被人抬进大门，膝盖上还放着一只喷漆鸟笼。

他很快看见了那些孩子，刚从轿子上下来，他就朝提提做了一下手势。

“很好的鸟，”这次他指着一只百灵鸟而不是金丝雀说，“一路唱个不停。”

“这只鸟真漂亮。”提提说。

“波利，好吗？”岛主问道。

“很好，”提提说，“谢谢你给它吃的。弗林特船长在哪儿呢？”

岛主皱了皱眉头。“你说詹姆斯·弗林特船长，”他说，“那个旧金山人？他，头号大坏蛋。”

张不再说话了。老谋士从议事厅的台阶上下来，两人相互问候后一起走进屋里。老谋士在说话，岛主手里提着鸟笼，在那儿听着，频频点头，他还是戴着那顶上面有猩红纽扣的深蓝色帽子。

“这是个好消息。”南希说，“我们知道张岛主本想从吉姆舅舅那儿搞钱，然后再砍掉他的头，他现在说弗林特船长是头号大坏蛋，只因为他知道有可能弄不到钱了。”

“李小姐会跟他怎么说呢？”佩吉问道。

“如果她想给我们上课，肯定会想办法的。”罗杰说。

“张看上去十分生气。”约翰说。

“我们再去抓些蚱蜢给他的鸟吃行不行？”提提说。

“好像花园里就有这玩意儿在叫。”罗杰说。

“也不知道他会在里面聊多久。”苏珊说。

---

[1] dominus，domine，dominum 分别是“主人”的单数主格、属格与宾格。

“肯定会很久。”南希指着门口说。轿夫将岛主的椅子放在院中，已经坐在那儿打牌了。“要是他们认为他会很快出来就不会打牌了。快点儿，我们去抓蚱蜢，总比坐在这里干等强。”

他们穿过屋子，走进花园，来到橘树的另一边，他们突然停了下来。李小姐、老谋士和张岛主正坐在露台顶层的椅子上，旁边摆着小桌子，每个桌子上都摆着一小碗茶和一碟糖果。

“糟糕！”罗杰小声说，“我还以为他们都在大房间里呢。”

“走吧，”南希说，“反正他们已经看见我们了。”六个孩子经露台走到下面的花园。

“他看上去气坏了。”提提说。

“提提，赶紧回去把波利带来。他会看见的，也许鹦鹉会让他有好心情。”

“我要把吉博尔也带来吗？”罗杰满怀期望地说。

“不行。”约翰说，“吉博尔很可能会把他惹恼了，波利倒是值得一试。”

看到那三个人坐在露台顶上，一个人走上去的感觉真是糟透了，但约翰同意南希的建议，提提也只得同意，就是在船上，她肯定也会服从命令的。提提在屋子里等了等，又在食槽里放了一把鹦鹉食。“走吧，波利，”她说，“你必须帮帮我们。”然后，她提起笼子，来到橘树下。走过露台时，她一只眼睛瞄了一下李小姐、张岛主和老谋士。张岛主正生气地说着话，并没有看见她。那只鹦鹉突然发现自己出来了，一下子兴奋起来，扯着嗓子喊：“八片币！”张岛主突然转身，脸上突露喜色，然后继续跟李小姐谈话。

“怎么样？”提提来到众人身边时南希问道，“他看见了吗？”

“他听见了，”提提说，“还笑了。”

“这就成了。”约翰说。

“我们都听见了。”罗杰说，“我们的老伙计波利这么一叫，我肯定他会笑，因为波利说的恰恰是钱。不过这也可能让情况更加恶化，要是我把吉博尔带来了该多好——”

“你会将李小姐、张岛主和老谋士都激怒。”苏珊说。

罗杰咯咯地笑起来：“它可能会模仿老谋士捋胡须。”说到这个，他自己假装捋了捋胡子。

“当心点儿，”南希小声说，“那个老谋士会觉得你跟吉博尔是一路货色。”

“我抓到一只蚱蜢，”约翰说，“用什么东西将它装起来吧。就用那个火柴盒，苏珊。”

“用完最后一根火柴时我把盒子扔了，”苏珊说，“其他的都跟应急干粮一起放在岛上了。”

“要我做个纸盒吗？”佩吉说。

“你还有这本事？”

“这个是她的强项。”南希说。

“所有的纸都在屋子里。”苏珊说，“算了，还是待在这里，罗杰——”

但罗杰“噌噌”上了平台，有这么个借口他高兴还来不及，因为他想走近点看看张岛主。很快，他们看见他慢腾腾地出来了。

“他们在吵嘴。”他一边说，一边把一张宣纸交给佩吉。

“看来李小姐还真在给咱们争取。”约翰说。

佩吉折好纸，用多功能小刀裁成四四方方的。然后将角折好，这样，纸变成了更小的四方形，然后她又折了一次，四方形变成了帽子，之后是艘双头船，最后成了盐罐的模样。

“该死的！”佩吉说，“我忘记怎么折了。”

“不，是这样的。”南希说，“继续，再折两下，然后打开，将边角剪掉。”

“折得不是很好。”几分钟后佩吉说。

“但还行。”南希说，“天哪，这些蚱蜢可真能跳。”

“我抓到一只，”罗杰说，“个头不是很大。”

“那天他选出来的都是小的，”提提说，“这才是他的鸟最喜欢吃的。”

他们在纸盒里装了六只小蚱蜢，这时听见李小姐叫了一句：“南希！”

“来了！”南希大声回应了一句，看了看其他人。

“我们都去。”约翰说。

“难不成他们还会吃了我们？”南希说。但他们都知道，不用一个人上去了，南希乐着呢。

“最好带上波利。”罗杰说。

他们并排站在那三个中国人前面。张岛主皱着眉头，虽然他的目光落在鹦鹉上时，眼神没那么犀利了。而那名老谋士则越过他们，一边看着远处的山峦，一边用指甲捋着稀松的胡须，正如罗杰之前说的那样，老者的指甲跟他的手指一样长。李小姐盯着南希，一字一顿地说话，正因为如此，尽管她说的是英语，张也应该知道她想表达的意思。

“我要张岛主把他的犯人交给我。张岛主则说他要留着，因为要是他没有撒谎，的确是旧金山的市长，他们会拿很多钱赎回他……”

张听她说话的时候频频点头，并拿出一张纸递给李小姐，说了几句中文。

李小姐拿过纸，把它交给南希。“这是张岛主的犯人写的。”她说，“读出来。”

“我们一起读吗？”南希问道。

“是的。”李小姐说。

他们读的时候，张岛主和李小姐在一旁看着，老谋士似乎只对远处的山峦感兴趣。

那张纸上写着一封信，是弗林特船长的笔迹：

忠诚的旧金山人民：

你们好！

我，也就是你们的市长，跟一只该死的猿猴脸贴屁股地锁在一起，关在笼中。（“吉博尔可不是该死的猿猴，它有尾巴。”读到这句时，罗杰嘀咕了一句。）现在我将重获自由的唯一希望寄托在你们身上，你们会尊重你们的市长吗？如果你们觉得我一文不值，那就什么也不用寄来。但要是你们觉得我，詹姆斯·弗林特船长，也就是旧金山市的市长值五十万美元，那就赶紧让这个值得信任的信使送五十万美元来。不要告诉警察或美国海军，否则你们就得找一个新市长了，因为我的脑袋会搬家。

詹姆斯·弗林特市长

他们不安地看着对方。在给他们的信息中，他曾经说过要写一封措辞严厉的信。现在看来，他当初显然是在吹牛。

李小姐又说话了：“张岛主问我这个犯人是不是在愚弄他。现在由南希来说明真相。张岛主的犯人到底是美国人还是英国人？是不是市长？富可敌国的旧金山市会不会愿意不惜一切代价赎回他？”

南希吞了一口唾沫，慌乱地看了看四周，什么也没说。弗林特船长倒是要她将真相告诉李小姐，可是她要将这事告诉张吗？

“把真相说出来，”李小姐说，“反正将来张岛主也会知道的。”

南希决定相信李小姐。“他是英国人，不是美国人，也不是什么市长。我想旧金山市不会付一个子儿赎他。”她说得很慢，也很坚决，几乎是一字一顿地说。

“我杀了他！”张岛主站起来说。

他们倒吸了一口凉气。孩子们本想救弗林特船长，没想到反而帮了倒忙。

“你不能杀他！”提提说。

这时李小姐又说话了，声音很小，她那娇小的手摸着那杯尚未喝过的茶碗边缘。高大的张岛主铁塔般地立在她旁边，再次坐下，似乎蛮不情愿。李小姐之前好像并没有意识到他站起来了。不过她并没有看他，而是跟那名谋士一样，远远地看着前面。她似乎不知道她的那些犯人正站在她面前等待，她说话的语气像是在张述某些她不是特别感兴趣的事实。

张岛主一直等到她说完，然后也以同样奇怪的方式说话，听起来似乎并不是在争论什么，倒像是在张述某些事实。

“南希，”李小姐说，“你们的船长在英国是有钱人吗？”

“不是，”南希说，“他的钱全花在买野猫号及船上的装备上了。吉博尔一把火把船给烧了，现在那艘船已经葬身海底。”

李小姐又开始说起中文，也许是在翻译刚才的话，怕张岛主听不懂。张则在一旁生气地咕哝着什么。

一段时间过后，提提拿定了主意，她将鹦鹉笼放在张岛主的椅子前面。毕竟，她曾经跟自己说过，要不是弗林特船长，她哪儿来的鹦鹉。

“如果你放了他，我就把波利给你。”她说。

张岛主一时半会儿没回过神来。然后他突然眉头舒展，笑了。“你，很好的人，”他说，“这么好的鸟应该跟主人待在一起。我，不要。”

之后，他们一直都在用中文交谈，孩子们也不知道他们在说什么。李小姐示意他们走开。

“哼，”罗杰说，“我们绝不会把蚱蜢给他。”

“现在我们不能回去。”手持纸盒的苏珊说，“是我的错，他离开时，我们还是把盒子给他吧。”

“你真想把鹦鹉给他？”罗杰问道。

“你难道不明白吗？”提提几乎生气地说，“波利是弗林特船长送我的礼物。”

他们可怜兮兮地在露台下面逛着，绞尽脑汁地想着办法。最后，他们听见李小姐拍了拍手。他们抬头一看，发现老奶妈不知什么时候站在了李小姐的椅子旁。然后，他们看见一个信号员，拿着一根奇怪的竹笛，李小姐正在跟他说话。几分钟后，他们听见两种音调尖锐的哨声吹响，就像一种非常简单的音乐不停重复着。回应的哨声来自很远的地方。然后，他们附近的哨声再次吹响，发出不均衡的颤音，音调很长。而远方的哨声则细如蝙蝠的声音，夹杂着回音。一个拿着小袋子的男人出现了，他将袋子给了李小姐，走回到橘树下。然后他们看到李小姐做着手势。

“我将他买下了。”他们匆匆跑上去时她说。

“做得好，李小姐！”南希说。

“现在没事了。”约翰说。

“你没给他多少钱吧？”罗杰问道。

“肯定没有。”佩吉生气地说。

苏珊和提提一句话也没说。

张岛主正将什么东西放进他那宽宽的衣袖里。

“他是骗子，”他对孩子们说，“他愚弄我，我，本来打算砍掉他的脑袋，但我现在以非常便宜的价格卖了他。”他将茶一饮而尽，狡黠地笑着，起身要离开。李小姐一言不发地看着她自己的茶碗，并没有伸手。张尽管不情愿，但出于礼貌，他还是再次坐了下来。很快，有人又端来一碗茶，放在他旁边的小桌子上。

苏珊手持纸盒。张岛主看了看。苏珊拿起盒子在耳旁摇了摇。张岛主接过盒子，听了听。他立刻知道里面是什么东西了，然后他小心翼翼地打开上面的盖子，抓起一只正往外爬的蚱蜢，抽开他身旁的笼盖，把昆虫塞给他的百灵鸟。那只鸟一口吞掉蚱蜢，高声唱起歌来。张岛主很快开心地笑起来，早将弗林特船长忘到九霄云外了，一心只想得到众人的称赞。老谋士表情严肃地点点头，李小姐则笑了笑，然后他又看着孩子们。

“这鸟真是顶呱呱。”他说。

时间慢慢过去了。有人端来一碟不错的点心给张岛主吃。他倒是不含糊，而老谋士和李小姐只是象征性地吃了一点点，算是陪客。过了一会儿，又有一碟东西端过来，上面放着给孩子们喝的茶、吃的糖果。“我以为他们把我们给忘了呢。”罗杰小声说。然后，张岛主要提提把鹦鹉从笼子里放出来，让李小姐看看，提提是怎样一叫它，鹦鹉就乖乖地来到她身边的。他又给百灵鸟喂了蚱蜢。然后孩子们又抓来些，还抓了毛毛虫，那只百灵鸟似乎对这玩意儿更感兴趣。张岛主看了一眼影子，想看看什么时辰了。他不停地看，好像随时准备要走，但他每次看着李小姐时，她连一口茶都没喝。

最后，传来一阵吵闹声，他们听到弗林特船长在喧闹声中高声歌唱：

我们放声唱，就像真正的英国水手那样，
我们要跨越这咸涩的海洋，
从桑岛到锡利群岛，跨过百里海疆，
再回到古老的英吉利海峡身旁。

李小姐抬头看了看，冲张岛主笑笑，终于喝了一口凉了半晌的茶。张再次皱了皱眉头，起身要走。李小姐朝孩子们点了点头，他们跑过屋子，来到院中，恰好发现轿夫抬着关着弗林特船长的鸡窝过来了，而弗林特船长则在他们头顶高声歌唱着。

“太好了！”南希大声叫道。笼子一放到地上，孩子们疯了似的将手伸过栅栏，跟弗林特船长握着手。

张岛主的轿夫在他的椅子旁等着。他早就跟李小姐说过“再见”了，正跟老谋士一起走下台阶来到院子。他直接走到弗林特船长跟前。

“头号大骗子，”他说，“头号大坏蛋，头号老千！老子把你卖了，价格太便宜，但比砍掉你的脑袋划算。”

他快步走到他的椅子那儿。弗林特船长也从鸡窝里被放了出来，但老谋士仍紧紧盯着他。弗林特船长很快又被关入院中一个带栅栏的笼子里，跟吉博尔成了邻居。

“总比砍掉他的脑袋划算。”轿夫抬起张岛主时他又大声说了一遍。门口的塔楼处传来了十声响亮的锣声，一行人抬着张岛主走了，后面还有一群人抬走了之前关押弗林特船长的笼子。

“难怪李小姐一直都不喝茶。”提提说。

“怎么回事？”弗林特船长在新关押的笼子里打听道。

孩子们把刚才发生的事跟他说了。“多亏了李小姐。”他说，“提提说得对，主人没喝茶张岛主就不能走，中国都是这个风俗。她没给出信号，那个嗜鸟如命的张岛主就是再急也只能在那儿等着，不能离开。我想我还真算走运。要是他离开了，在他回自己岛上的路上撞见了我，他也许会把李小姐的钱还给她，然后说：‘对不起，这个犯人被我大卸八块了。’不过，我这么被买来买去也够惨的。”

“可他们为什么又把你关起来了呢？”罗杰问道。

“你无须担心，孩子。和你们在一起，我比以前有信心多了。”

之前南希看见弗林特船长再次被关，就赶紧跑了出去，这会儿已经回来了。

“我问她能不能把你放出来，她说不行。但你明天可以和我们一起享受剑桥式早餐。”

“她的早餐可真不赖。”罗杰说，“牛津橘子果酱，褐色的，汁多着呢。”

“幸亏不全是剑桥式的。”弗林特船长说，“你们不要担心我被关在这儿。如果张的手下在附近，我想我被关着反而更好。”

“吉博尔就在附近。”罗杰说。

“那还好。”弗林特船长说，“告诉我，你们到底怎么说服她帮忙的。”

他们一起将上拉丁文课和最后通牒的事告诉了弗林特船长。

“拉丁文课？”弗林特船长说，“她叽里呱啦说的就是这些东西，我从来没遇到过这么荒诞的事。她什么时候放我们走？”

“她才不会呢。”提提说。

“我们必须让她改变主意。”弗林特船长说，“真见鬼，不知道她到底花了多少钱赎我。”

老奶妈进来叫他们吃晚饭，有个人给弗林特船长带来了一大碗米饭。他们离开后这些人还是将他关在笼子里吃饭。

“反正，我们也算救了他，”南希说，“至少暂时保住了脑袋。”

# 第十六章 差生弗林特船长

他们走到院中，隔着栅栏跟弗林特船长和吉博尔说着话，突然他们听到铃声响起，吃剑桥式早餐的时间到了。他们来到李小姐的房间，发现桌旁还特意留了一个位置。

“我们跟他说过他可以过来吃早餐。”罗杰说。

“不过他正为刮胡子的事伤透了脑筋。”苏珊说。

李小姐将一个钥匙给了奶妈，她走出房间。奶妈将弗林特船长带回来时，他们已经全都围坐在桌旁，准备吃早餐了。弗林特船长摸了摸满是胡须的下巴，似乎有点儿腼腆。

“他不记得被奶妈跟进跟出的感觉了。”罗杰说。

“早上好。”李小姐说。

“早上好，小姐。”弗林特船长回答道，“我真不愿意来，张岛主那儿还有个理发师——”

“不要紧，”李小姐说，“吃完早餐后就可以刮胡子了。”她指着留给他的位子说，“希望你昨晚睡得还好。”

“那是我被囚禁时睡得最舒服的地方。”弗林特船长说。

“你经常被羁押在监狱中吗？”李小姐冷冷地问道。

“仅被治安法庭关过。”弗林特船长说，“上次赛船的时候，高兴坏了，瞄上了警察的头盔。”

“啊，”李小姐说，“我知道，剑桥赢了，大伙儿都很高兴吧。”

“不是那年，小姐，那年高兴的是我们。”

“不过，这种事后来也不常碰到。”李小姐说。

其他人一边吃着燕麦粥，一边不安地听着。他们可不想听到这样的谈话，弗林特船长还要多久才会言归正传？他之前不是说过“我们要让她改变主意”，他要等多久才敢提出来呢？可弗林特船长正开心地吃着早餐，现在，他没坐在笼中的木棍上，而是坐在椅子上，似乎也不急了。

“你喜欢划船吗，小姐？”他礼貌地问道。

“我曾是纽纳姆学院的舵手，我们曾获得过亚军。”李小姐问道，“你为牛津大学划过船吗？”

“没有，”弗林特船长说，“牛津想开除我之前我把他们给开了，后来我就去周游世界了。”

“也许这就是你不懂拉丁文的原因。”李小姐说。

“呃，”弗林特船长过了一阵儿才回答道，“火腿和鸡蛋的味道真不错，小姐，我离开英国后就没吃过这么好的火腿了。我见你这里还有牛津橘子果酱。”

“没错。”李小姐说，“牛津的奖学金太少，但橘子果酱倒是不赖。”

“哦，太对了，小姐。”弗林特船长说。

“你既是牛津的学生，竟然不懂拉丁文。”李小姐严肃地说。

“我忘了。”弗林特船长说。

李小姐扫了一眼桌子。“罗杰就是个不错的学生，”她说，“约翰还算一般，提提正在努力，苏珊、佩吉和南希根本不懂拉丁文，她们得从头开始学。”

“可怜的孩子。”弗林特船长说。

“哪里可怜了，”李小姐说，“他们会很快学会，赶上罗杰的。我们应该一起阅读维吉尔的《埃涅阿斯纪》……明年学习他的《农事诗》……接下来还要阅读贺拉斯的作品……”

弗林特船长看到机会来了。

“我们可待不了这么久，小姐。”他说，“我必须把我的船员带回家，我正要问你——”

李小姐眯缝着眼睛，嘴抿成一条直线。

“你们必须留下。”她平静地说。

“可是你不觉得难做吗，小姐？”弗林特船长提醒道，“南希跟我说了有关你父亲法令的事，说这里不能留英国犯人。”

“听着，”李小姐说，“我父亲的法令是不能俘虏英国犯人。张岛主已经违反了法令，因为他认为你是美国人，现在他知道你是英国人了。我们这里有三个岛主，我、张岛主和吴岛主，还有我父亲的谋士，除了我之外都想遵守先父的法令，他们不愿意跟英国犯人扯上关系。”

“那你何不放了我们，这岂不是皆大欢喜的局面？”弗林特船长建议道。

“如若放了你们，所有人都不会乐意的，”李小姐说，“我的谋士、吴、张，甚至包括你们。他们不愿意羁押英国犯人，想砍掉你们的脑袋，以免夜长梦多。他们三个都支持这种做法，只有我一个人反对。但我还是做出了自己的判断，要是父亲知道我有了一班学生，我知道他会为我感到高兴的。”

“可是——”弗林特船长说。

“现在已经说好了。”李小姐说，“Hoc volo. Sic jubeo. Dixi？”

弗林特船长不说话了。其他人面面相觑。罗杰在那儿咧嘴笑了。

“罗杰，”李小姐说，“告诉他什么意思。”

“她说要做自己喜欢的事情了，她很开心。”罗杰说。

大家一时半会儿都没说话。过了一阵儿，弗林特船长想再试一试。

“可是，小姐，”他说，“你不会让我在这里干吃饭，什么都不干吧？现在，能不能让我发封电报回去向他们的家人报平安？”

“你也留在这里学拉丁文。”李小姐说。

弗林特船长倒吸了一口凉气。

“可是……可是……”

“我教你拉丁文，”李小姐说，“但是算术、三角学由你来教……我还会开历史课……”

“我知道所有国王和王后的生卒年份。”罗杰说。

“罗马历史。”李小姐说，“我们读维吉尔的书，这对了解罗马历史也有好处。Annus urbis conditae？”她环视一周，然后看着弗林特船长。

罗杰看到弗林特船长目光闪烁。

“呃……”弗林特船长说。

“罗杰？”李小姐说。

“是罗马建城的日期，”罗杰说，“公元前735年。”

“很好，罗杰。”李小姐说。

“真刻苦啊。”南希压低嗓门说。

“什么？”李小姐说，“我没听见。”

南希脸都红了：“我是说他浪费……是说他读书很用功。”

“这才是顶呱呱的学生。”李小姐说。

这次轮到罗杰脸红了。他非常清楚其他人是如何看他的，他真希望自己忘记了罗马建城的日期。他抓了一把橘子果酱，塞得满嘴都是，吃完早餐之前，他都不说话了。

早餐后，他们经花园来到自己的屋里，罗杰跟南希说了声“对不起”。

“没事。”南希说。

“真不害臊。”约翰说。

弗林特船长获准可以跟他们一起去看他们的住所，无意中听到了他们的对话。“胡说！”他说，“罗杰，你知道什么只管说出来就行了，也算解了我们的围。我们中有谁懂点什么也不是坏事。将来教算术时，我就不会让罗杰出风头了。”

“你现在了解她的为人了，”苏珊说，“她绝不会放我们走的。”

“她习惯了我行我素。”弗林特船长说，“在李小姐面前，我们不能太让步了，但也不能操之过急。给我点儿时间，我们会找到逃出去的办法——啊！怎么回事？”

李小姐的老奶妈正匆忙追赶他们。她说了一大串话，似乎想让弗林特船长跟她走。

“好吧，好吧，”弗林特船长说，他终于明白老奶妈要干什么了，“马上来——”他轻轻地摸了摸下巴，“哦，好吧，”他说，“他不可能比张岛主的理发师还糟糕吧。”

半小时后，他们看着一个光着脚、戴着草帽的中国人在笼子里帮弗林特船长刮胡子，隔壁的吉博尔假装将一块肥皂放在它那皱巴巴的脸上，他们这才回到李小姐的书房。吃剩的早餐、盘子什么的都被清走了，李小姐已经准备上课了。她让罗杰和约翰准备阅读维吉尔的书，让其他人啃拉丁语法书的第一页，顺便用一个小测验考了一下弗林特船长，结果他表现得非常糟糕。她先是用几个形容词考他。“拉丁文的‘大’怎么说？”她问道。

“Magnus。”弗林特船长得意地说。至少这个他还知道。

“‘大’的比较级呢？”

弗林特船长犹豫了一下。“一下卡壳了。”他说，“我应该知道……Mag……mag……magnior。”

李小姐笑了。“还在牛津大学念过书呢，”她说，“最高级呢？”

“不是‘magnissimus’，应该是……”弗林特船长结结巴巴地说，“是‘Magnanimous’吗？”

“罗杰？”李小姐问道。

罗杰总也忍不住不去听他们说话，虽然他快速地翻看着那本书的开头部分——埃涅阿斯神父的故事，因为他在学校就看过一遍了。他怀疑地看了看约翰，又看着南希。

“说吧，”弗林特船长说，“我必须学习，如果你知道就说出来。”

“记住大熊座，你肯定就忘不了这个词了，”罗杰说，“Ursa Major[1]……”

“没错，”弗林特船长说，“‘大’的比较级是‘Major’，最高级是‘Maximus’。我一直都是知道的，只是被问得太突然，我一下子什么都想不起来了。”

等李小姐考他不规则动词时，他的表现也没强多少。然后，她又考了弗林特船长的名词，但他再次想不起来了。后来她又考了弗林特船长“Artifex”和“Opifex”等通性名词，他背到第二排时就卡壳了。

“你最好跟其他人一样，从头开始学。”李小姐说。这样，弗林特船长不得不跟南希、佩吉和苏珊一样进入了差生的行列，他们扎在一堆学习拉丁语法的第一页。提提则闭着眼睛，尽最大努力回忆第二页的内容。

他们发现，之前李小姐满怀希望地准备开始授课，但现在发现他们的拉丁文知识实在有限，不免有点失望。但罗杰翻译了维吉尔那本书的前十排时，他们发

[1] Ursa Major：在拉丁语中是大熊星座的意思。

现李小姐的心情又好了很多。随后，她让约翰翻译接下来的十排，他们发现她再次变得郁闷起来，接着便出现了更糟糕的情况。

“这不是约翰的错，”在桌子那头的提提突然说，“他其实根本不需要掌握拉丁文，你考考他的算术不就得了。”

“不需要掌握拉丁文？”李小姐说，“为什么不需要？”

“我将来要跟我爸爸一样参加海军。”约翰说。

李小姐说：“跟你爸爸一样？参加海军？”

“他是上校，”约翰说，“到退役时他能当上海军上将。”

“上校？”李小姐说，“英国海军上校？”

“没错，”罗杰说，“他是真正的船长，可不像弗林特船长。我想你可能看过他的船，他的船就驻扎在香港。”

“炮舰！”李小姐大叫。

接下来，所有人好一阵沉默。

“你把这事告诉张岛主了吗？”李小姐问道。

“没有。”约翰回答道。

“如果他知道……如果我父亲的谋士知道，如果吴知道……如果我父亲……”她不说了，“最好没人知道。你别跟任何人说起……我，李小姐还能罩着你，别人也不能动你，但要是他们知道了……”李小姐的右手稍微动了动。虽然是轻微的一动，但他们明白这个手势的意思。就是当初他们在张岛主的院子里看到的那些小孩做出的砍头手势。

“爸爸现在不在这里，”提提说，“否则我们早就直接去香港了。”

“我还是不知道为妙，”李小姐说，“最好还是忘了，最好你们根本就没跟我说过——”她挥了挥手，像是正在将她刚才听到的挥走，然后拿起维吉尔的那本书，开始翻译起来。但她没办法集中精神，一副心神不宁的样子，最后，她把书放下。“你们四个人，”她说，“罗杰、约翰、苏珊还有提提，都是海军上校的子女。如果他知道你们跟李小姐在一起，他就会开着炮舰来这儿，我父亲苦心经营的生意也将毁于一旦——”

然后，她突然环顾了一下桌旁的七名学生，说：“我甚至都不能告诉我的谋士。你们也不要跟我的奶妈说。只要你们留在这里，三座岛就不会有危险。我父亲知道我放弃了去剑桥的机会，如果他知道我能在这里继续剑桥的梦想，他肯定会很高兴。”

“牛津。”弗林特船长喃喃道。

李小姐听见了：“五年，也许是十年后，没有人会记得你上过牛津大学。”

“可是——”苏珊刚要说，弗林特船长在桌子底下踢了她一下，及时制止了她。

“这样的话，小姐，”他说，“我们一定会尽力的。”

“很好，”李小姐说，“那我们开始吧。”她让约翰和罗杰继续翻译维吉尔的书，十分钟后，弗林特船长仍在痛苦地纠结名词的变格问题，而一旁的罗杰没办法对他们的对话充耳不闻，总忍不住笑。

这节课挺长的，也不容易。李小姐像是想忘记她四个囚犯的父亲是英国海军上校的事。毫无疑问，对她而言，比起违反他父亲颁布的法令——三座岛上的人不能囚禁英国犯人——这个消息更加糟糕。但这个有着七个学生的拉丁文班是她的慰藉，如果有办法，她不会坐视不理。

大家都有自己的担心。弗林特船长错误不断，李小姐问问题时，他将自己原本知道的知识忘得一干二净。现在其他人心里再清楚不过，李小姐是铁定要留他们几年了，所以他们哪还有什么心思想拉丁语法和埃涅阿斯。苏珊、约翰和提提想起要向家里报平安就头疼，但他们发现就连这事可能也是奢望了。至于南希和佩吉，虽然有点担心家里的布莱凯特太太，不过和舅舅在一起，倒也乐意待在海盗窝里，要是不要学那些她们不想学的东西就更好了。即使是罗杰，虽然他很享受成为班上尖子生的事实，特别是南希和弗林特船长几乎成了班上最差的学生，但他还是觉得以他这样的年龄，在这样一个由女教师授课的家庭小学上课并不合适。尽管这名女教师是名中国海盗，门后还挂着一把左轮手枪。

这堂课快要结束时，他们全都高兴坏了，李小姐要他们带走拉丁语法书、维吉尔的《埃涅阿斯纪》和字典，并将明天课堂上要教的东西标记出来了。她说完最后几句话时，他们的高兴劲儿全没了，全都惊呆了。

“现在你们自由了，”她说，“在吃晚饭之前你们都是自由的，想去哪里都行。下课！”

“开心点儿，”他们走出书房来到花园时罗杰自顾自地说，“尽情享受这自由的时光吧。”

## 第十七章 “自由”的囚犯

“当务之急是先去看看燕子号和亚马逊号。”约翰说。

“首先得确定他们会让我们出去。”弗林特船长说。

“她不是说过‘去哪儿都行’吗？”提提说。

“准备出发吧。”罗杰说，“我先去牵吉博尔。”

“如果我们带上吉博尔，”弗林特船长说，“整个镇里的小孩都会跟着我们。这不是自讨苦吃吗？我们还有很多情况要弄清楚，不妨给吉博尔留点儿香蕉，给波利留下鹦鹉食，先看看我们能不能想点儿什么办法。”

就连罗杰都觉得弗林特船长说得在理，一行人随即出发了。

“苏珊，”南希催促道，“别东张西望，好像等着被人叫住似的。”她领着大伙儿，大模大样地朝院子矮墙那头的门口走去。

门口的卫兵看他们过来了，站在一旁，让他们过去了。他们径直走到灰尘满地的镇里，没人朝他们嚷嚷，也没人跟在他们后面。

“她给他们下了命令。”弗林特船长说。

“太好了，”南希说，“我们真的自由了！快点儿，现在往哪边走？”

“我们去看看他们是不是还在折腾那条龙。”罗杰说。

“就在我们进来时的大门边。”提提说，“我们可以去那儿，再去渡口，沿河堤走就能到燕子号了。”

“不行，”南希说，“你忘记还有堵墙了，直接连着那条河。小溪在墙的这一侧，就在李小姐的花园后面某处。”

“先拿定主意。”弗林特船长说。

“往右转，”约翰说，“我们绕到李小姐的花园外面去，这样肯定就能到燕子号那儿。”

他们从衙门的门口往右转，来到一条小路上，小路位于那面墙和一排绿顶小土砖房之间，路上经常有人走动，他们走过时，扬起点点尘土。很快，小路拐入一个陡峭的山坡，虽然他们右边只有一堵光秃秃的高墙，但他们知道另一边肯定是李小姐的梯台式花园。他们来到之前在花园溜达时在墙上发现的那扇门前，罗杰试了试门把，发现门还是锁着的。“噢，好吧，”罗杰说，“想必钥匙由她亲自掌管着吧。”

“所有人似乎都知道我们自由了。”南希说。

事实似乎的确如此。男人们蹲在屋外抽着竹制的小烟斗，几乎没有扭头看他们；女人们则在一个看起来像大陀螺的纺锤上纺丝，根本没放下手头上的活计。好像一夜之间，他们就成海盗镇的常客了。他们还帮助一个老妇人抓住了一头逃跑的猪。只有一个小男孩做着砍掉自己脑袋的手势，但一个过路人在他的脑门上狠狠敲了一下。

“自由了，”南希再次说道，“好像我们都成为海盗了。”

“我想还是应该往右走。”弗林特船长说。

他们现在还能不时看到房子，但那些房子比之前的房子要小，不过树更多了，棕榈树、竹子什么的都有。很快，他们连房子也见不着了，只看到树丛中波光粼粼。

“那是条河。”弗林特船长说，“你确定那边有条小溪吗？”

“我们一定是到小溪边上了。”约翰说。几分钟后，他们看到了一艘小帆船的桅杆，那是当初他们坐渡轮从虎岛过来时看到的喷漆船的桅杆。接着，他们走出树林，整艘船和船在水中的倒影映入眼帘，河岸远处，枝繁叶茂，船体鲜艳的红色、绿色、白色和翠绿色的树木相映成趣。

“燕子号在另一边，”提提说，“亚马逊号也在那边。”

“在那儿呢！”约翰大声叫道，“就在那些小舢板旁边。有人把它们拉了上来。快点儿！”

哪里还用得着他动员，南希等人已经飞快地沿小径飞奔而去。

也不知道什么人突然横在他们中间。他什么也没说，手这么一抖，就解开了挂在肩膀上的短柄马枪。

“我们只是去看看我们的船。”南希说。

那人举起一只手，五指大张。

约翰指着那两艘船。那人头也没回，只是摊开手，掌心对着他们，朝他们走过来一两步。傻子都明白他什么意思——这条路戒严了。

“他就一个人。”南希尚未死心，看着弗林特船长说。

“如果逼他动枪，我们中就有人会先去见阎王。”弗林特船长冷静地说，“我们没走错道，看来只能改天去看那两艘船了。”

“李小姐没告诉他。”提提说，“她当然不知道我们想到这儿来。”

“我们去拿望远镜，”约翰说，“只要我们不往前走，他总不至于不让我们看吧？”

“让他知道我们有望远镜不碍事吧？”提提说。

“我觉得没什么，”弗林特船长说，“我们只需确保不让他们知道我有个小罗盘就行了。你的呢，约翰？”

“东西在李小姐的庙堂里，”约翰说，“还有你的六分仪什么的。”

“我们得将它拿到手。”弗林特船长说。

提提递过望远镜。约翰仔细看着第一艘船，然后又看了看另一艘。那个手持马枪的中国人垂下手，转头看着望远镜所指的方向。罗杰跨前一步，但那人手一摆，重新端起枪。

“别跟他对着干，罗杰。”弗林特船长说。

“船看上去没事。”约翰说，“对了，南希，亚马逊号上的桨也归位了。”

“都用不上又有什么用呢，给我看看——”

“帆有点乱，”约翰说，“真希望他们让我们把船藏个好地方。不过肯定有人盯着它。”

“再这么逛下去也没什么意义了。”弗林特船长说，“这人想赶走我们，那就送他个顺水人情。”

他们转身往回走。南希皱着眉头看着那个中国人，但弗林特船长友好地跟他摆了摆手。那人放下马枪，笑了笑，站在那儿，目送他们走回林中。

“这叫哪门子自由。”罗杰说。

“是我们会错意了。”提提说。

走到树林中后，弗林特船长环顾了一下四周，确保没人偷看，他拿出袖珍罗盘，在一张小纸片上做了记录。

“我们现在主要的任务是要对这里的地形了如指掌。当初他们把我关在兔笼里抬过来时，我发现那边好像有水。”

“是鸡窝。”罗杰说。

“是捕鼠器。”弗林特船长说。

“我们也看见水了。”约翰说。

弗林特船长再次看了一眼罗盘。“在那边。”他说，“看那边还有没有别的码头。如果我们继续往下走，而不是往上进到镇里，应该没事。”

他们沿着小径，回到起初看到房子的地方，然后拐向右边，穿过一条条小巷。但没人介意，他们在散步的时候多留了个心眼，假装好像在那儿闲逛。后来，他们来到一条经常有人走动的小路上，沿着那条小路，穿过小溪旁边的树林，他们再次发现前面有水。远处，无论是左边还是右边，他们都发现了延伸至水边的高墙。

“整座小镇都被一堵墙围起来了，”弗林特船长说，“李小姐的父亲肯定知道墙的用意何在。”

“他们在那儿造船呢。”约翰说。

“看上去又像是一条河。”弗林特船长说。

“是浅滩。”南希一边说，一边看着远处满是芦苇的堤岸。

“那里的水肯定可以泊船，”弗林特船长说，“要不他们就不会在那里造船了。我们过去看看。”

“那艘舢板就跟别的船一样。”他们离岸边越来越近时提提观察后说。这时，他们看到很多人正忙着造某种舰船。

“舢板停在下游。”弗林特船长说。

“走吧，去看看他们如何造船。”约翰说。但等他们快到近前想好好看看时，一个手持马枪、站在那里的监工转过身，直接朝他们走过来，挥手让他们回去。

"真扫兴。"罗杰说。

"是海军造船厂，"弗林特船长说，"外人禁止靠近。"

他只得转身领着他们朝镇里走去。

"该死的！"南希叫道，"李小姐不会是只允许我们待在街上吧？"

"答案马上揭晓。"弗林特船长说。

他们穿过房舍，往上坡走去，很快便来到一条宽宽的路上，他们在这条路的尽头看见一扇大门，还能瞥见宽阔的田野。

"我们到那边试试。"南希说。

他们很快看见一扇可通过城墙的大门。六个卫兵正蹲在地上玩牌。

"他们肯定会堵住我们的去路。"罗杰说。

"试试无妨。"南希建议道。

他们来到门边，慢步走了过去，一行人经过时，卫兵几乎都没抬头。

"这个没事。"弗林特船长说。

"他们知道我们自由了，"提提说，"李小姐只是没想过我们会去河边。"

"我们之前那么做绝对是对的。"罗杰说。

"现在怎么办？"约翰说。

"再了解了解这里的地形。"弗林特船长说，又偷偷地瞄了瞄他的罗盘，看着那条穿过稻田的长长小道，那条小道和稻田后面的山坡相连。"小路到底通往哪里呢？左边还是右边呢……走吧。"

他们很快穿过稻田，田里的水很浅，里面长有绿油油的稻子，成群结队的小鱼绕着绿色的稻秆游来游去，荡起圈圈涟漪。他们站在一个空旷的高地上，左边有条大河、码头，还有虎岛连绵的山峦。回头一望，他们看到了李小姐的港塔、高过树梢的旗杆，还有长长的褐色城墙中的房舍。他们自信地往前走去，小路越来越陡，在一堆岩石中蜿蜒。

"听，"南希说，"激流的声音。"

"怪事。"弗林特船长说。

走着走着，在岩石之间的拐角处小路突然没了，面前竟是悬崖峭壁。不一会儿，他们往下看见一条窄窄的峡谷。峡谷深处是激流冲起的白色泡沫。

"只是一条小河。"佩吉说。

“那可不是一条小河，”南希说，“那边就是大海了。”

“那人说这里有两座岛。”约翰说，“那天坐在毛驴上时，我就想一定有条路可以过去。”

“另一边是龟岛。”弗林特船长说。

“庙堂坐落的岛在另一边。”约翰说。

“他们不可能走到下面，然后坐船穿过激流。”弗林特船长说，“这条小路肯定通往某处，一定有座桥。”

几分钟后，当他们看到小路的下一个转弯处时，不禁倒吸了一口凉气。两座大约七八百英尺高的悬崖斜靠在一起，一边有一个小方形塔，两个悬崖之间是一座窄窄的桥，横跨在深渊之上，左右两边连护栏都没有。

“看那些人！”罗杰说。

只见六个人用竹竿挑着什么东西，大摇大摆地从桥上走过，好像他们根本不知道只要脚底一滑，就会葬身万丈深渊。

“可了不得。”南希说。

“如果这桥是李小姐的父亲修的，那他真可以称得上是一位工程师了。”弗林特船长说，“我曾在喜马拉雅山见过类似的桥。”

“我们也过去吧。”约翰说。

“我们爬过去，”罗杰说，“这样容易些。”

但他根本没机会尝试。他们还没靠近桥，三四个卫兵就匆匆从桥这头的岗楼出来了。

“天哪，这也太过分了，”南希说，“他们肯定是来阻止我们的。”

的确如此。卫兵把枪举起，马枪的枪栓被拉得咔嗒作响。

“没必要激怒他们。”弗林特船长平静地说。

“是他们在找我们的茬儿啊！”南希说。

“我们没走错。”弗林特船长说。最后看了一眼峡谷和横过龟岛的那座吊桥后，他们回头沿小路回到镇里。

“自由！”南希说。

“这是哪门子自由！”罗杰回应道。

“根本就是个误会，”提提说，“在门边待着倒没事。”

“不能到小溪边去。”约翰说。

“他们甚至都不让我们看他们的船。”罗杰愤愤地说。

“我们永远也无法从这里逃走了。”苏珊埋怨道。

“等到了渡口那儿看他们怎么说。”弗林特船长说。

“我们是进入镇里，还是沿着外面的城墙走？”他们穿过稻田时南希说。

“既然我们都出来了，还是在外面走好。”约翰建议道。

“一旦我们再次进去，他们也许就不会让我们出来了。”罗杰说，“这也太过分了。”

“在我看来，我们完全在她的掌控之中。”弗林特船长说。

门边的卫兵见他们回来时，冲他们笑了笑，并没有试图阻止他们，而是让他们过去了。他们转身沿着城墙，来到那条小路，然后沿小路下到渡口那儿。这时，他们再次兴奋起来，但很快又碰了一鼻子灰，因为他们甚至都不被允许走上系渡船的码头。

“可这是为什么呀？”南希生气地问道，“李小姐说我们去哪儿都行。”

渡口的那个卫兵还懂点儿英语。

“不能做。”卫兵友好地笑着解释道。可以回答他们的问题，他挺高兴，还希望他们听到他的回答能开心呢。

“不出所料吧。”弗林特船长说，“我们去跟李小姐谈谈，既然要说，就做好最坏打算。”

从他们当初被当成犯人时，由张岛主的人领着进去的门走进，倒没遇到什么阻拦。但是，虽然那些人还在里面制作那条龙，不过现在就连罗杰都没心情看了。走了这么久，脚也酸了，灰头土脸的，还到处受气，一行人终于回到了李小姐的住所，朝自己的房间走去。弗林特船长也跟着他们去了，因为他说既然不用呆坐在笼子里了，还去那儿干什么。他们走进院子时，李小姐的老奶妈在议事厅的露台上，她一看见他们就走了。几个人还没走到房间，李小姐就突然出现在花园门口。

“你们散步还顺心吧？”她问，“从高处可以看到非常漂亮的景致。”

他们非常生气，回答时也顾不上什么礼貌了。

“这也叫自由？”罗杰质问道。

“我跟你们说过，你们自由了，”李小姐说，“去哪儿都行，随便做什么都行，只要不逃走，整座龙岛你们都可以去。现在，等你们休息好了，复习复习语法……还是算了……明天吧……等你们预习好了再说。”

“他们哪儿都不让我们去！”南希说，“我都跟他们说你给我们自由了。”

“但我没让你们逃走。”李小姐说。

“我们甚至都不能靠近我们的船。”提提说。

“我想到那座桥上看看。”罗杰说。

“他们甚至都不让我们去渡口看。”约翰气愤地说。

“你们一走到虎岛，张就会把你们的脑袋都砍下来。”李小姐说。

南希跺了跺脚。“那我们还是犯人咯。”她说。

“不是犯人，”李小姐说，“你们是我的客人、朋友、学生。你们不明白吗？我的谋士、吴岛主和张岛主都认为你们不应该待在这里，不想留你们的性命。他们没忘记我父亲的法令，我让你们留在这里每天都在违反这条法令。他们认为你们会招来炮舰，把这里的一切都毁掉。我告诉他们没事，既然你们也不知道这是什么地方，英国舰队也就不知道你们在哪儿了。我必须向所有人表明，他们无须害怕。我必须让他们知道，你们是逃不掉的。”

“但我们总有一天要离开的。”苏珊说。

“怎么离开？”李小姐问道。

“你可以让张的船长，也就是把我们救上来的那个，带我们到大海上，到时候遇见一艘英国船就行了。”南希说。

“是吗？”李小姐生气地说，“南希，你真没脑子！张的船长带你们到海上，第二天他回来会说，他截下了一艘英国轮船，把你们都送上岸了。我跟你们说，他肯定会这么说的，但我得告诉你们，张和吴都害怕，我的谋士也害怕，张的船长，这三座岛上任何哪个船长都会把你们带到海上去。没错，他会带你们去。但一到晚上，他就会把你们的脑袋一个个砍掉，就连那只猴子和鹦鹉的脑袋也不能幸免。他们会把你们通通杀掉喂鲨鱼。你还觉得刚才的主意不错吗？最好还是待在这里，好好学习。”

她转身背对他们，走了出去。

“看你做的好事，”苏珊说，“你激怒她了。”

“李小姐说得对，”弗林特船长慢慢地说，“她是我们唯一的希望。”

“但如果她不放我们走呢？”苏珊说。

“爱尔兰猪，”弗林特船长喃喃道，“爱尔兰猪。”

“我们才不是猪。”罗杰说。

“你就是头猪！”南希说，“你也是，苏珊，这不是我的错。”

“爱尔兰人赶猪时，”弗林特船长慢慢地说，“会在猪的后腿上拴一条绳子，这样，那头猪就认为这个爱尔兰人想把它拽回去，它会一直往前走。我们现在要做的就是要让这些该死的海盗认为我们想留下，这样他们或许还会把我们赶走。这是我们对付李小姐这种人唯一的方法。”

“唉，”南希说，“只要我们自由了我倒愿意留下来。”

“很好，”弗林特船长说，“你得表现出来。现在李小姐就是那个爱尔兰人，我们就是那群猪。李小姐一心只想教我们拉丁文，可她觉得现在甚至连罗杰都不想学。”

“我是不想学。”罗杰说。

“我们必须对上课表现出极大的兴趣，要折腾到李小姐不乐意教我们为止。”

“该死的！”南希说，“可她现在二十四小时教我们都乐意啊。”

“这样的话，”弗林特船长说，“我们必须让她知道我们很珍惜这样的机会，希望把二十四小时变成三十六小时。”

“那不正合她意？”提提说。

“既然是这样，”弗林特船长说，“我们就随她的意。要是她把我们交给其他人，那我们就没什么机会了——你也许不会有事，那个喜欢鸟的人会罩着你。”

“他喜欢的是波利。”提提说。

“如果让罗杰老待在糖果店里，”弗林特船长说，“也许他很快就会讨厌巧克力的。我们就用这种方法对付李小姐。”

“那是遂她的心。”南希咧嘴笑道，“如果我们都努力学习，你也得加把劲儿。今天早上她已将你归入差生的行列了。”

“我会的。”弗林特船长说，“那本拉丁语法书呢？如果明天早上我还搞不懂‘Artifex’和‘Opifex’的变格，我就把我的帽子吃掉。我要努力做个小学生。你们也一样，约翰和罗杰，继续翻译《埃涅阿斯纪》。”

“加油，罗杰，”约翰说，“别在那儿偷懒了，尽管你已经看过那本书了。”

“我没什么语言天赋。”苏珊说。

“我们还不是一样？”弗林特船长说，“但我们很快就能成为语言大师了。”

“Mensa，mensa，mensam。”南希可怜巴巴地念道。

吃晚饭前，他们一直都在用功学习。晚饭过后，奶妈和一名卫兵过来将弗林特船长关起来了，但弗林特船长央求他们给了他一个灯笼。他带上那本语法书，到笼子后面睡觉的阁子里，深夜了他还在背诵动词什么的，直到门口的卫兵走过来，叫他别再出声了，他才没念了。

（便笺：

苏珊问我什么时候介绍这事。有天晚上，中国人把我们的衣服全拿走了，第二天早上他们就把衣服洗干净、晾干，又还给我们了，马上可以穿了。我告诉她这不重要，但苏珊说这事要紧着呢。

——南希·布莱凯特船长）

## 第十八章　模范学生

第二天早上，李小姐的学生都成了模范生。

剑桥式早餐被清走后就是上课时间了，她都不用派奶妈去叫他们了。李小姐从花园回到书房时，发现他们都已经围着桌子坐好了。

“很好！”李小姐说。

“Salve，domina！（你好，主人！）”他们用拉丁文问候道。

“Salvete，discipuli！（你们好，学生们！）”李小姐说。

弗林特船长站了起来，把手放在背后，开始快速背诵：“通性名词包括‘Artifex’和‘Opifex’……”他一口气将通性名词歌诀全背了出来。

李小姐都听呆了。

“我以为你——”

“我昨晚又学了一遍。”弗林特船长轻描淡写地说，然后坐了下来。

“Mensa，mensa，mensam，mensae，mensae，mensa，”南希背诵道，然后用手肘碰了碰佩吉，她继续背诵道：“Mensae，mensae，mensas……”然后犹豫了一下，南希瞥了她一眼，没好气地小声提醒她，两人一起把这些变格都背完了……“Mensarum，mensis，mensis。”[1]

---

[1] Mensa，mensa，mensam，Mensae，mensae，mensa，Mensae，mensae，mensas，Mensarum，mensasis，mensasis 分别是“桌子”一词的词干、单数主格、宾格、属格、兴格、离格及其复数的主格、宾格、属格、兴格、离格。其中原文“mensis”，“mensis”应该是“mensasis”，“mensasis”，应该是书中错误。

“不知道你想不想听我背诵第二变格，”约翰说，“昨天我还一头雾水呢。”

“苏珊怎么样？”李小姐马上问道。

“她跟我一起学了第二变格。”提提说。

“我们差不多翻译到‘蛇从大海里冒出，拉奥孔和他的两个儿子出现’那部分了。”罗杰说。

“很好，很好！”李小姐称赞道。

良好的开端是成功的一半，他们每天都表现得不错，李小姐去哪里找这么用功的学生？但他们私底下不停抱怨，特别是南希。但在心花怒放的李老师面前，他们从来不会表现出来。即使是从不喜欢上课的罗杰，发现约翰和弗林特船长的语法提高得很快，他在班上尖子生的地位就快受到他们的挑战了，也拿出了拼命的架势。晚上，谁要用字典，他都不乐意了。其实对他们来说也不容易，因为只有一本拉丁英语字典、一本英语拉丁字典、一本语法书和一本维吉尔的《埃涅阿斯纪》。而且，跟博学的罗杰相比，那些初次接触拉丁文的倒霉蛋和他的水平相距甚远，但他们都在拼命学习。弗林特船长将他想用心学习的知识点抄了下来，带在身边，每次被关进笼中的时候都会拿走。南希和佩吉将两截铅笔都磨光了，最后发现抄下来的东西还不到任务的一半。虽然南希喜欢用中国的毛笔写字，但这种写法特别费时间，实际用途不大。不过，有一次他们散步的时候，发现一个老妇人在拔鹅毛。约翰从她那里要来一把长长的鹅毛。后来他们在房间里预习的时候，李小姐发现七个用功的学生都在用上好的鹅毛笔挥笔疾书。

每天做完早课后，他们都会去散步，但他们现在都很小心，绝不会去那些可能会被卫兵阻止的地方。现在，他们对龙岛的地形非常熟悉了，但他们绝不会做让人误会他们想逃走的事。而且，他们绝不会靠近渡口，也从没想过要走过吊桥，他们会尽量远离岛另一边的造船厂，而且他们也不会靠近小溪。不过，他们用望远镜看燕子号和亚马逊号仍然停在泥地里时也挺满足的。虽然没跟在通往渡口的大门口制作龙的人说话，但他们对这些人也表现得特别友好，而那些人甚至还让罗杰用红漆在恐怖的龙嘴上着色。

“我们最好让所有人觉得我们根本就不想走了，”弗林特船长说，“目的就是让李小姐自己讨厌给我们上课。”

但这似乎是个毫无希望的任务，李小姐根本就不讨厌上课，她似乎永远都上不够似的。本来是由弗林特船长教算术课的，但他在上第一堂课时，坐在那边的李小姐越来越按捺不住了。她再也没让他上第二堂课了，还说现在不用那么急着学算术，最好一次把一门功课学好，第一年专心学拉丁文。而且，早上那点时间她还觉得不够，每次都喜欢给他们"开小灶"。没有办法，他们几个只好派人去做"炮灰"了。通常是罗杰、弗林特船长或提提做出牺牲，他们会拿着书，走到李小姐的屋前，去问她问题。而且，看到有人来，李小姐每次都会表现得很热情，她会教他们不规则动词或拉丁文音节问题什么的，要不是奶妈来叫他们吃晚饭，或是卫兵等着将弗林特船长关进笼中，她就会一直教下去。

李小姐在教课时根本没半点厌烦的意思，反而对她的学生们越来越满意，而且她还会以自己的方式表现出来。一天吃早餐的时候，罗杰一直都在谈论他们在张岛主那里和龙镇里看到的龙，李小姐告诉他，这些龙都是为端午节准备的，而且还跟他说了三座岛是如何过节的，其他两座岛上的龙会到龙镇来，他们会在街上舞龙。"天哪，太有意思了！"罗杰当时是这么说的。那天晚上，他们正在用功学习时，李小姐突然造访。

"你们真是群用功的学生。"经花园进来时她说，"我觉得罗杰也想要条龙。每座岛都有自己的龙，我的学生为什么就不能有呢？趁天还没黑，赶紧来看看。"

李小姐说完转身离去，他们一头雾水，除了最用功的弗林特船长——他还在那儿复习语法知识——所有人都放下了手中的功课。

"你最好也来，"李小姐说，"你要舞龙头。不管是约翰还是南希，他们的力气都不够。"

他们走到花园中，恰好看见一个巨大的龙头被两个人抬着扔在路中间。另外还有四个人用像担架一样的东西抬着那条龙。那玩意儿看上去像一卷地毯，中间一条僵硬的、长有鳞片的尾巴伸了出来。

"这是去年的龙。"李小姐说，"你们也看见了，他们今年制作了新龙。那条龙有一百条腿，也就是要五十个人舞龙。"

龙身展开，沿小道一路到李小姐房间那侧的花园尽头，然后又折了回来。

"对你们来说，这条龙太长了，"李小姐说，"你们只有七个人，不对，只有六个人。罗杰要在前面持宝珠舞龙。"她指着一个吊在金色绳子上的银葫芦和一个圆形小灯笼。“这是日明珠和夜明珠。”她说，“但你们只有十二条腿，所以必须把龙身剪掉一大块，再缝起来。”

“太好了，”罗杰赞道，“苏珊的针线活很好。”

“我会给你们准备针和线的。”

身穿黑色丝绸外套和裤子的李小姐尽管身材娇小，但还是在他们面前演示了一番。每个人之间分开十英尺的距离。她解释说，弗林特船长要做龙头，也就是龙最前面的两条腿。另外还有五个人，不过还有一条又长又硬的尾巴甩在后面。龙虽然小，但麻雀虽小，五脏俱全。在李小姐的指导下，龙身被截成了两部分。不要的被卷起来拿走了，龙头和一截长长的龙身，以及连接龙尾的龙身留了下来，放在他们那个大房间里。

“好学生就该舞好龙。”李小姐说，“我所有的手下看到一定会很高兴。晚安，各位。”

“这下好了，”李小姐离去后弗林特船长说，“该死的罗杰，你是觉得我们的事儿还不够多是吧？”

“那由我一个人来缝吧。”罗杰说。

苏珊笑了。“这事还得由我和佩吉来做，”她说，“挺费时间的。我不知道到时候还怎么学习拉丁语法了。”

“不要紧，”弗林特船长说，“我们大家都会帮忙的，也许这事非常值得一试。我们越讨人喜欢，越对我们有好处。”

奶妈阴沉着脸站在门口。“该到笼子里去了。”她说。

“这就去，这就去。”弗林特船长回答着。他匆匆从那本拉丁语法书中抄下一个句子，顺从地跟着她走到外面，来到等待的卫兵面前。

李小姐对她的这群模范学生越来越满意了，但奶妈和老谋士的态度正好相反。他们知道，那名老谋士从一开始就不怎么待见他们。现在，无论是卫兵也好，或是在街上碰见的某个人也好，都会冲他们友善地微笑，但那个老谋士的脸上愣是挤不出一丝笑容。起初，他们经过坐在花园的椅子上捋着稀松胡须的老谋士时，他的眼神给人的感觉就像当他们根本不存在似的。现在，他们有时候还会发现他也会盯着他们看，罗杰是这么说的，“在他眼里，我们更像是蛇而不是人”。

至于奶妈，他们刚来时她还是很高兴的。李小姐打小就由她照顾，有机会可以再次照顾孩子，她很高兴。奶妈没事就会找他们，用她颇为自豪的英语跟他们交谈，就像老母鸡照顾小鸡一样，甚至将弗林特船长也当成了一只混入小鸡中的大鸭子。但是，随着时间的推移，李小姐将越来越多的时间花在教学上，奶妈不出声了。不到迫不得已，她再也不主动找他们说话了，而且脸色也越来越难看。

"我们是不是做了什么惹奶妈生气的事？"一天苏珊问道。当时，老奶妈来叫他们吃早餐，那语气听起来像是在施舍似的。

"不是的，"李小姐说，"你们都是好学生。她是对我不满，认为我在课堂上花费太多时间，顾不上父亲的生意了。她就像吉凶预言家卡珊德拉[1]。现在，她就跟那个老谋士一样坏。那老头会经常去张岛主和吴岛主那儿，然后回来跟我说，我会失去这三座岛的。胡说八道！我父亲叫我自己做出判断，我正是这么做的。"

"Hoc volo，sic jubeo。（做自己的事，让他们去说吧。）"罗杰用拉丁文说了一句，她笑了。

那天，所有同学都在努力学习，李小姐突然心血来潮，要教他们如何翻译，还用英语生动地阅读了特洛伊被烧时的战斗情形，但加入了一点中国元素。比如，她把普里阿摩斯[2]的宫殿比作衙门，把赫克托耳[3]比作希腊的岛主。这时，奶妈进来了，用中文说了什么，李小姐不耐烦地把她打发走了。后来她又来了，李小姐皱着眉头，直接叫她走人，然后继续阅读。最后，老谋士亲自来了，李小姐生气地合上书，让他们下了课。

学生们听见院中传来吵闹声，出去一看，发现一群人正听一个人生气地说着话，那人的眼睛一直盯着露台。老谋士出来后跟他说了会儿话，他很快跑了，边跑边叫。一群人冲出大门，一路跑向渡口。他们跟着人群，看见四艘大船正准备出海，一群人划着舢板去追他们。帆也扬起来了，绞盘嘎吱作响，大船一艘接一艘地拉上锚，离开河岸，迎着东风往河的下游驶去。那天晚些时候，李小姐继续

---

[1] 卡珊德拉：特洛伊公主，能预卜吉凶，因拒绝阿波罗的求爱，受其诅咒，后无人再相信她的预言。

[2] 普里阿摩斯：特洛伊的末代国王，特洛伊战争期间在位。

[3] 赫克托耳：普里阿摩斯的长子，特洛伊战争中的英雄，后被阿喀琉斯所杀。

之前的阅读，但所有人都看得出来，她有点儿心神不宁。第二天，他们跟往常一样有课，但到了下午，学生们散步时，他们看见大船正慢慢在激流中往河的上游驶来。

“要放鞭炮了！”罗杰说。

但只有几个小男孩在码头放了零星的几个鞭炮，而且一下子就结束了。他们回家时，发现大船上的人正怒气冲冲地回到镇里。

后来，弗林特船长叫罗杰去李小姐那儿，借口说他想了解诗人维吉尔的书。其他人都在那儿等着，也没办法集中精力想那些拉丁文了，苏珊和佩吉还在缝那条龙，但进展缓慢。这次，跟平常不一样，罗杰很快就回来了。

他回来时说道：“我问她为什么所有人看上去都像吃了火药似的。我以为她不会告诉我，没想到她竟然说了。你们知道昨天发生什么事了吗？一艘大船回来后告诉他们，有很多商船路过这里，但他们竟然没交税——”

提提说：“昨天，我还以为从远方飞来了一只像大鸟一样的大舢板——”

“这就对了，”罗杰说，“只有理查德·格兰威尔爵士[1]不会像李小姐那样上拉丁文课。你们还记得昨天奶妈进来时，李小姐根本没听她的吧。到那个老谋士进来将事情告诉她时，她才发出了命令，但已经太迟了。那些商船都过去了，大帆船没能追上他们，所以大伙儿回来时都气坏了。”

“在我意料之中。”南希说。

“嗯，”弗林特船长说，“难怪——”

“你这次没跟李小姐待很长时间。”约翰说。

“那个该死的谋士进来了。”罗杰说，“我想他肯定在那儿破口大骂呢。李小姐也在那儿使劲儿跺脚，但那人并没住口，然后她示意我出去。”

“我们的方法奏效了。”弗林特船长说。

“但并没有达到目的，”南希说，“我们越努力，她越乐意。”

“效果达到就行了，管他哪种方式。”弗林特船长说，“加油，我们必须坚持，

[1] 理查德·格兰威尔爵士：英国海军军官，曾担任英军舰队的中将，后遇西班牙舰队，所有船只都不敢应战，只有他敢于出击，最后在激战中负伤而亡。在此引用格兰威尔爵士的目的是说李小姐跟他一样果敢，但格兰威尔爵士不会像她这样上拉丁文课。

那本语法书呢？”

“在龙下面吧。”罗杰环顾了一下四周说。

但那书并没有在。语法书、维吉尔的《埃涅阿斯纪》和两本字典都消失了。

“万岁！”罗杰说，“她打算给我们放一天假，今晚不用预习功课了。”

“我们也该放假了。”南希说。

“不行！”弗林特船长说，“如果她讨厌上课了，我们该不失时机地告诉她，我们只盼着上课。罗杰，你再回去，告诉她我们只想把书要回来。”

三分钟后，李小姐来到他们的房间。

“南希，”她说，“是你把书藏起来了吗？”

“没有啊。”南希说，一想到自己确有此意，她更加生气了。

李小姐怀疑地看着她那个最大的学生。

“不是我。”弗林特船长赶紧说。

“不是我们，”提提说，“我们出去时书还在这里。”

“我们回来后就迫不及待地想找书。”弗林特船长说，“不规则动词表呢？”他补充道，简直把自己当成了罗杰——正在谈论他最喜欢的巧克力。

“我们以为你不想上课了，想放一天假。”约翰说。

“我们在英国上学时就有假。”罗杰说。弗林特船长瞥了他一眼，他立马不作声了。

李小姐拍了拍手，很快传来老奶妈啪嗒啪嗒的脚步声。李小姐一个劲儿地摇头，眼睛眯成一条缝，说话时嘴唇几乎都没张开。老奶妈说了一大通话。他们一个字也没听懂，但他们感觉老奶妈像是年轻了二十岁，还是当年李小姐的奶妈，李小姐还是她顽皮的孩子。李小姐耐心地等奶妈说完，然后她只说了简短的一句话，奶妈便跑出房间了。

“书是她拿走的，”李小姐说，“她和我的谋士都是一个鼻孔出气的。他们说上课无论对三座岛还是我都只有坏处，他们说我父亲也会不高兴。我说我父亲看到我这么做会非常开心。”

奶妈回到房间，将书扔在桌子上，哭哭啼啼地被气走了。

“她没有恶意，”李小姐说，“对我照顾有加，但没什么文化。你们可以预习明天的功课了。”

“真是的！”李小姐走后南希说。

“其实情况还不错，”弗林特船长说，“加油，弄点儿纸来。我们要取悦李小姐。你也得用功，罗杰，继续翻译维吉尔的书，你可是我们手中的王牌。苏珊，别管那条龙了，晚上再弄……”

虽然大家心情比较郁闷，但他们还是继续跟拉丁文较上劲了。

第二天早上，他们获得了一份意想不到的奖励。

罗杰说在英国上学也有假期时李小姐没露声色，但她显然仔细思考过，也许记起了自己上学时的情形。吃完早餐后，他们回到书房准备学习。罗杰和约翰快速翻阅他们预习过的《埃涅阿斯纪》，其他人互相测验各自的语法知识。李小姐微笑着走进教室。“你们真是一群乖学生。”她说，“我们今天放假。我要去见吴岛主，你们也跟我去。但我首先得去我父亲的坟前祭奠，你们跟我去那座小岛。”

“太好了！”南希欢呼道，“我和佩吉还从没见过呢。”

“我们去准备东西，”苏珊说，“收拾一下。”

“我们去我父亲的坟墓那儿，”李小姐说，“他也是在那里让三座岛的人不再斗下去的。然后，我们去看看我父亲的椅子，他以前常在那里看船和大海。”

“我们怎么去那里？”罗杰说，“从吊桥上过去吗？”

“坐船去。”李小姐说。

“太好了！”南希大叫道。

“然后我们回龟岛，见吴岛主。回来时会经过那座桥，那是我父亲的杰作。”

“我们见过。”罗杰说。幸亏他还算机灵，只字未提他们想过桥时被人阻止一事。

“你们要多久才能做好准备？”李小姐问道。

“马上就好！”约翰和南希异口同声地说。

“很好，”李小姐说，“下课。十分钟后我派奶妈来接你们。”

“又可以航船了。”提提说。

“不知我们会坐什么船去。”南希说，“我敢肯定，一定是大帆船。”

“对了，约翰，”弗林特船长说，“你不是说我的六分仪被好好地放在那里吗？”

“在我们过了河被抓之前是在那儿。”约翰说。

“她说没她的命令谁都不能去那里。”苏珊说。

“这事谁又能说得准呢？”弗林特船长说，“不过，如果我们想离开这里的话，非得把六分仪拿到手不可。”

“她绝不会让我们走的。”苏珊说。

“会有机会的，”弗林特船长说，“只要我们时刻做好准备。”

“只希望这样的机会快点来。”苏珊说，“估计妈妈已经担心了。”

“还不会。”弗林特船长说，“我们本来不是计划去荷兰人的岛吗，还有福尔摩沙[1]。他们知道我们乘坐的又不是轮船，没个准儿的。”

“我们在这里待的时间太长了。”苏珊说。

这时，老奶妈的脚步声渐行渐近。

“我们这些模范生也有假期。”弗林特船长说，“不过我们可得快点回来学习，好学生不都这样吗？”老奶妈阴沉着脸在门口招呼他们。“她不希望李小姐带我们去。”提提说。

“管他呢，”南希说，“我们去定了。”

[1] 福尔摩沙：即台湾，某些外国人沿用16世纪葡萄牙殖民主义者对中国台湾的称呼。

# 第十九章　假日航行

李小姐带着奶妈和学生们离开衙门时并没有响锣，也许是因为她没有经院子从大门出去，而是经花园从墙上那扇门出去的。

墙外的巷子里，几个轿夫站在椅子旁等她，六个外表凶悍的卫兵将枪背在背后。李小姐坐上椅子，轿夫抬起椅子，假日聚会算是开始了。奶妈和学生们跟着李小姐，卫兵们则跟在他们后面。

“我们不是去渡口。”一行人沿着花园围墙往右转时罗杰说。

“是往小溪那边去。”提提说。

“我们会看到燕子号和亚马逊号。”约翰说。

他们离开房舍，沿着那条熟悉的小道往前走去，小路穿过树林往小溪延伸。今天没必要停在林边通过望远镜看两艘小船了。李小姐坐在椅子上，轿夫们抬着她径直往前走去。在小溪外沿，一艘被刷成亮色的单锚帆船停靠在那儿。人们忙着解开绳子，帆也准备好了，每艘舢板上都有几个人等在那儿，准备把乘客拉上船。

“哎呀！”罗杰说，“我们坐那艘小帆船出去。”

“我早料到了。”提提说。

约翰和南希一看到这样的情形，就像脱缰的野马一样，冲向自己的小船。也没人阻止他们。他们摸着保存欠佳的船帆，检查了一遍缆绳和锚，焦急地想看看船壳板有没有损坏的地方。

“船还行，”南希说，“我之前还有点儿担心那块船板呢。”

“燕子号也没事。”约翰说。

他们环顾了一下四周，发现李小姐已经从椅子上下来了，站在他们旁边。

“还能航行吗？”她看着亚马逊号说。

“应该没事。”南希说，然后，她的态度突然变得坚决起来，不再像一名乖学生了，而是再次成了船长。“帮我个忙，佩吉，快点儿！约翰，用力拉船头。李小姐，我们马上就能让它航行，让你开开眼。”

李小姐摇摇头，瞥了一眼奶妈和正在等着他们上船的舢板，说：“不了。”

“下次吧。”南希说。

“他们赶时间。”约翰说。

“也是，”南希说，“把它拉到水面还会弄得一身泥。”

“今天溪水比那天多，”约翰说，“我们上次见到燕子号时，它的船尾并没有在水里。”

接着，他们跑步追上了李小姐。

“涨潮了吗？”约翰问道，“水比以前多了。”

“哈，你也看到了。”李小姐说，“不是涨潮，是下雨的缘故。”

“可最近并没下雨啊。”南希说。

“是山上的雨水，”李小姐说，“离这里远着呢。”

其他人已经挤在等待的舢板上，一个接一个从沾有泥巴的狭窄竹栈桥上走过，然后被舢板送至那艘亮色帆船上。那艘船桅顶上的黑色长三角旗上印有一条金龙，正迎风招展。

李小姐给出了命令，她一上船就快步从梯子上走上高高的艉楼。

“嗨……呀……嘿……哟！”一群光着膀子的中国水手转动绞盘，拉上锚，将竹制支帆板上的大主帆嘎吱嘎吱地拉到桅杆上。

“我们也去帮忙吧。”罗杰说。

“最好别去。”弗林特船长环顾了一下四周说，他表现得就像个在享受假期的学生。

“船动起来了。”罗杰从船侧看过去说。

“天哪，”南希叹道，“李小姐亲自掌舵耶。”

“她肯定没办法将船绕出这条小溪。”弗林特船长嘀咕道。

但站在艉楼上的李小姐显然对她的船了如指掌。小帆船驶到远端的岸边，船离岸很近，他们甚至觉得船的龙骨快要碰到岸边了，眼看着主帆就要缠到树枝上了，只见她将船往右一转，迎着风，顺利躲了过去。现在，船帆涨满了风，往开阔的河面驶去。

“怎么样？”南希说。

“我们的李老师还真是个航船老手。”弗林特船长说。

这时，后桅的纵帆扬了起来，接着，主桅斜桁的小四角帆也升起来了，一群水手乐呵呵地蹲在甲板上，眼睛盯着李小姐，随时准备放下或拉紧帆脚索。船中间的几个卫兵则跟犯人在一起，背靠着舷墙坐在那儿，步枪横放于膝盖上。奶妈进入艉楼下的船舱，罗杰瞥了一眼说，她正朝几个大竹篮里瞧，里面肯定是吃的。其他人也算经验丰富的水手了，船上的一举一动都被他们收入眼底：中国人在升降索上拴缆绳的方式，帆脚索奇怪的布置方式，船移位的方式。因在海盗船上待过，南希不停地对比着：“这艘船的确很小，”她说，“我们上次所在的那艘船上还有枪呢。”提提踮着脚尖，感受再次踏上甲板航行的感觉。

一名中国水手拍了拍弗林特船长的胳膊。“李小姐。”他小声说，并指了指艉楼。李小姐做了个手势，他们很快从梯子上走到她身边。

只见李小姐迎着风，虽然穿着金色小鞋，却叉开双腿站在那儿，轻松自如地掌着舵柄，他们实难想象此人跟每天教他们拉丁语法的李小姐是同一个人。什么剑桥大学，什么拉丁文，她看上去像是一辈子跟这些都不挨边儿。

“这船不错吧？”李小姐说。

“很漂亮！”约翰称赞道。

“它叫什么名字？”提提问。

李小姐说了一个中文名字，又用英文翻译道：“明月号。”

“这艘船十分擅长逆风航行。”弗林特船长看着河岸说，小帆船迎着海风从河面驶过。

“是激流的作用。”

“即使没有激流，这艘船逆风航行的能力也很强。”弗林特船长说，“船是在哪里建造的？”

“是我的手下为我做的，”李小姐说，“他们现在正在建造另一艘。”

“我们见过。”约翰说。

“只是他们不让我们靠近。”罗杰还是忍不住说了，但最后几个字没说出口，因为他突然记起不应该将他们被当成犯人的事说出来。

“用鸬鹚捕鱼的人在那儿。”提提说。

渔夫狭长的平底船靠在岸边，舷缘处站着一排黑色的鸬鹚。明月号离他越来越近。船往前行驶时，渔夫突然瞥见了艉楼的李小姐，他站了起来，双手合拢，深深地鞠了一躬。

“唉，那天他在你的岛上看到我们时就吓得要命。”罗杰说。

“他知道谁都不能去那儿，”李小姐说，“于是便报告吴岛主，吴这才派人来杀你们。”

“幸亏我们走得及时。”约翰说。

“然后我就看到罗杰在我书上写的东西了。”李小姐微笑着说。

罗杰什么也没说，只是看着苏珊，确定她也听见了。

小帆船在龙岛高耸的悬崖之间来回穿梭，他们在远处低矮的河岸像是看见了牵道，便向李小姐打听。她说，如果没有海风助力，帆船就得由人力顶风拉上岸。小帆船仍旧来回穿梭着。有时，船会朝岸边行驶，然后转弯；有时，船会让人始料不及地突然转向，原来是碰上了暗礁。

“这艘船比野猫号更好操纵。”见李小姐轻掌舵柄，罗杰评论道。然后，他突然觉得说这话挺对不起以前那艘帆船，马上又补充道：“那不是野猫号的问题，因为它只是用舵轮控制的，用舵柄操纵才好玩呢。”

“明月号在大风中航行时必须用力拉舵柄。”李小姐说。

“哎呀，”南希一边说，一边轻轻地推了一下弗林特船长，“这船连罗盘箱都没有！”

这话被李小姐听见了。“不需要。”她说，然后她跟他们介绍了中国人发明的指南针，还说中国的帆船曾经去过很远的地方。“通常是去印度，”她说，“还有非洲……阿拉伯国家……但明月号从来没远离过出发港。”

“我记起来了，”弗林特船长说，“大约一年前，我见过一艘从上海航行到英国的帆船。”

李小姐收起了笑容，眼睛眯成了一条缝，盯着弗林特船长。

弗林特船长想把事情圆过去，笑了笑。“你不是害怕我们想掳走这艘船吧，”他说，“所以才带上卫兵？”他说着指了指船中央。

“不是的。”李小姐说。

“你跟我们在一起很安全，小姐。”弗林特船长说。

“我跟谁在一起都很安全。”李小姐轻描淡写地说，轻轻拍了拍手枪皮套。

现在，明月号正向一排陡峭的悬崖驶去。

“看，快看！”提提说，“那个峡谷在那儿呢。”

“哎呀，真高！”罗杰说。

他们从水平面望向他们之前从崖顶看到的狭长峡谷，它看上去像被一个巨人用一把巨斧将一块巨石劈开，这才造就了龙岛和龟岛。等他们快到峡谷的对面时，两个岛看起来又连成了一体。

“不能太靠近。”李小姐说。她指着一块高出水面的黑色礁石，那块石头像是从悬崖上掉落下来的。“如果我们经过那块石头，之后，在水流的推动下，船就能穿过峡谷——这里有很多礁石，而且水不是很深。”

“我们就不能行驶过去吗？”南希问道。

“水位很高时没问题。”李小姐说，“现在礁石太多了，还有漩涡，很危险，我们过桥时你们就能看到了。”

“那个峡谷叫什么名字？”提提问道。

“怒峡。”李小姐说。

“怒峡？”

“因为悬崖之间的水流回音很大。”

“这条河叫什么呢？”

李小姐说了一个中国名字，然后翻译道：“银河。”

“那边那条呢？”

“死水。”

“为什么叫死水呀？”罗杰问道。

“因为那已经不能被称为河了，以前倒是有条河从那里流过，现在源头没了，没有水流了。所以，这条河水上升的时候，水都会汇入那条河中，峡谷因而会发出‘怒吼’之声。”

“有人驾船过去过吗？”南希问道。

“水位很高时，船是可以通过的。”李小姐回答道。

“你呢？”

“那是很久以前的事了，”李小姐说，“我父亲非常生气。他说要是帆船船长驾船经过还马马虎虎，对我来说那就太冒险了。”李小姐笑了，接着，在船靠近黑礁石时，她用中文喊了一句，然后往前一推舵柄。明月号突然转向，那些中国水手随即调整帆脚索，他们回头一看，已经看不到峡谷口了。

抢风航行一段距离后，船靠近了河口，他们看到河口一边有一个小要塞。紧靠河堤的地方，每个要塞上面都好像停着一艘长筏子，或许是从上面的森林里漂流下来的大量圆木。

“你们从这里运木材出去吗？”弗林特船长问道，完全忘记李小姐的“正经”生意了。

“不是，”李小姐瞄向他所看的方向，笑着说，“如果有敌人来犯，我们就把河对岸的圆木拉下来。”

“有人试过吗？”南希问道。

“很久以前有过，”李小姐说，“但拦木肯定一直都是准备好的。”

“给我们讲讲当时的情况吧。”罗杰问道。

“敌船在黑暗中看不到拦木，”李小姐说，说话间轻轻掉转船头，“两艘船一撞上拦木就沉了。最后沉了三艘，船上都有枪，有一艘船搁浅了。敌舰无一幸免。之后，他们再也不敢来惹我们了。”

“你当时在场吗？”南希急切地问道。

“我当时还很小。”李小姐说，做了个手势，意思是说，当时她才两英尺高。她将船驶向要塞，然后又朝另一个要塞驶去。每个要塞里都跑出六个人，冲她欢呼着。接着，船再次抢风航行，很快便到了河口。“我们的船就在这里抛锚了。”南希说。“这是我们的岛——我的意思是说李小姐的岛。”过了一会儿罗杰说。“上次，吴岛主的人就是从悬崖下来这里的。”约翰说，一边往上指着一条长长的踩踏过的痕迹——一条斜径在岩石中蜿蜒穿梭。他们也差不多到岸了。

现在不用再抢风航行了。明月号沿着崖底轻松航行着，离大风那晚燕子号停靠的小岛越来越近。船在岛和悬崖之间狭窄的水域中航行。那些中国水手正在准备艉楼和前甲板上的绞船索。

“这是个码头，”罗杰说，“另一边还有一个。”

“我看到庙堂的绿顶了。”提提说。

李小姐发布了一道命令，轻轻地掌控着舵柄，明月号转向小岛的码头。那群中国水手放下帆脚索。小帆船转得越来越慢，终于轻轻地停靠在码头旁，就算船的挡板上挂着的不是竹子，而是蛋壳，也不会损坏半个。

“干得漂亮！”南希赞叹道，“真不赖，李小姐！”

李小姐开心地笑了，领着众人上了岸。

## 第二十章　弗林特船长找回六分仪

奶妈和那群模范学生跟着李小姐，从码头可以看到那个屋顶为绿色、每个角上都雕有鲜红色龙的小庙堂。南希、佩吉和弗林特船长都是第一次见到它。罗杰指着岩石间的涓涓细流，讲了那天他们吓到渔夫的事。

“我真希望我们当初没将东西弄得一团糟。”苏珊说。

“要是我们早知道这是座庙堂，我们才不会进去呢。”提提说。

“我现在的心思全在那个六分仪上。”弗林特船长喃喃道。

“肯定在那儿。”约翰说。

李小姐在门槛上停留了一会儿，她皱着眉头，但她想起了学生们的乖巧。李小姐走进内室时发现里面的确被弄得一团糟。当初，约翰和苏珊一听说要穿过海岛，他们撂下东西就走，去追亚马逊号了，什么都没顾得上清理。鹦鹉早上吃的种壳撒落一地，屋里还有睡袋，像床一样铺开在那儿，还有他们用锡罐装的应急干粮。那个绿色发夹仍然放在书桌上，奶妈一眼就看到了。

“我在码头上捡到的。”罗杰说。

奶妈什么也没说，板着脸，将发夹插到头发上。

“六分仪呢？”弗林特船长说，但他很快就发现了。那是一个红木方盒，上面有把锁，柄是黄铜做的，盖子是用两个小铜钩挂住的。

“我真希望它没坏。”约翰说。

弗林特船长把盒子放在桌上，打开钩子，揭开盒盖，之后将用来清洁仪器的一小块麂皮拿开，再将六分仪拿出来，逐一摩挲着小望远镜和护目镜。

“好着呢。”他说，“约翰，要是我们回到英格兰，你也得有个六分仪。”

“我还保留着那本天文年历。”约翰一边说，一边从盒中将它拿了出来，气压计和罗盘也放在里面。

弗林特船长合上放六分仪的盒盖，很快来到露台，看了一眼太阳。他回来时，从提提和苏珊的腿上跨了过去，此刻她们正忙着打扫鹦鹉吃剩的壳。

“让我看看天文年历。”他说，“还没到中午，如果我们能看到海平面，那还有时间测量。我能准确地判断经度。希望我对日期的判断是正确的。我们在船上待过一晚，在要塞中待过一晚，在张岛主的‘动物园’里待过一晚。啃拉丁文花了多少天呢？”他翻开天文年历，撕下勘误表，仔细折好后放进口袋里，然后又撕下一张广告页，在空白处匆匆写下一些数据。

“你要做什么？”约翰问道。

“如果我们有机会，希望能够测天象。”弗林特船长说。

他们发现李小姐在内室的阴暗处将一根火柴点燃了。一根香放在椭圆形的箱子上，腾起一柱蓝色的细烟。现在，他们知道了那东西不是祭坛，而是坟墓。李小姐背对着他们，不停鞠躬。

她出来时看到她的学生们正忙着在那儿卷睡袋，外出度假时的李小姐又变成了和蔼可亲的老师，再次露出开心的笑容。“没关系的，”她说，“你们可以把东西留在露台上，奶妈会妥善安排这些东西上船，晚上回家时东西早就送回去了。”

“明月号会先回去吗？”南希问道。

“我们要去见吴岛主。”李小姐说，“明月号现在必须走，等下风速就会变小，有风它才能往上游行驶。”

“不要管什么吴岛主了。”南希说，但她说得很小声，李小姐并没听清楚她刚才在说什么。

“现在，”李小姐说，“我们穿过这座岛，到我父亲的石椅那儿去。”

接着，李小姐和她的学生沿林中小路出发了。

“你没打算一直带着这个吧，吉姆舅舅？”佩吉说。

“我可不打算再失去它。”走在佩吉前面的弗林特船长说，手中紧握桃木盒的铜柄。

“但她说我们可以将所有东西都留在露台上。”佩吉说。

“佩吉，亲爱的，别说了行不。”弗林特船长说，“南希叫你傻瓜通常都是错的，但有时候还真有道理。”

一行人来到岛那边满是岩石的岬角，李小姐鞠了一躬，缅怀父亲，然后坐在大石椅上，俯瞰开阔的海面。

“就是这里，”她说，“父亲喜欢坐在上面，看他的船进进出出。没人可以坐在这里，只有他和他的女儿我可以。”

罗杰和提提两人都曾将这把椅子当过瞭望塔，他们互相看着对方，什么也没说。李小姐的思绪完全回到了从前，开始谈到舰船和舰船、舰队和舰队之间的战斗，说什么用抓钩将对方的船钩住啦，用火攻啦，平常静谧的海湾炮声隆隆。她的学生都躺在椅子旁边的地上听着，一个故事结束时，南希意犹未尽，还要李小姐讲。

这时约翰发现弗林特船长从椅子后面做出手势，他们很快悄悄溜走了。

“到时候了。”他们下到岸边某个隐蔽的地方时，弗林特船长瞥了一眼太阳说，同时从盒中拿出他奉若至宝的六分仪。十分钟后，他们带着胜利的微笑回来了。即使没有船，导航仪也再次发挥了作用。

“你在笑什么？”南希问道。

“哦，这个。”弗林特船长说，手对着大海的方向挥舞了一下。

“很漂亮的景致。”李小姐说。

“对不起，打扰你了。”南希说，“李小姐，继续讲故事吧，刚才你讲到你父亲被人抓了，但他夺走了抓他的帆船。既然那艘船身处敌舰中，他是如何将船开出去的？”

李小姐继续将这个故事讲完了，然后又接连讲了几个，最后，她看了一眼罗杰，说他们回庙堂吃剑桥式野餐。她估摸着奶妈现在已将野餐准备好了。

“我早知道那些篮子里有吃的。”罗杰说。

他们回去时发现明月号已经走了，尽管卫兵还在码头上等着，但所有东西都不见了，露台上的野餐已经准备就绪。食物怪怪的，属于那种中西合璧式的。中式的有柿子，还有些奇怪的水果，果子里面红透了，还有一碗碗的米饭和鸡丁。至于剑桥的食物，有肥肥的火腿三明治，可是一尝，根本没剑桥的味道，面包里放了香料，可能算是蛋糕吧。水壶里用来泡茶的水已在气化炉上沸腾，当苏珊告诉一言不发、对他们充满敌意的奶妈时，她说是用来清洗他们上次吃过的餐具。

“他们没把这个拿走吗？”李小姐看到弗林特船长旁边地板上的红木盒突然问道。

“没事的，小姐，”弗林特船长赶忙说，“这个很轻，我拿着就行。”

他们刚吃完野餐，就看到三艘舢板来到码头，崖脚下的码头上人头攒动。

“现在我们去吴岛主那儿，”李小姐说，“希望刚才的野餐没令你们失望。”

“真带劲儿，”南希说，“特别是航海，还有你讲的那些故事。”

“好戏还在后头，”罗杰说，“我们还要从那座桥上走过去。”

“今天挺开心的。”弗林特船长说，“当然，还是上课有意思些。”

“哈，”李小姐说，“学知识才是最快乐的，‘Labor ipse voluptas’，书中自有黄金屋。”这是今天她唯一一次说拉丁文。

舢板驶进码头。奶妈将空碗收好，放进篮中。李小姐再次走进内室，朝她父亲坟前鞠躬，她的学生在外头等着。几分钟后，连同卫兵，一行人乘坐渡船来到龟岛那个黑崖底下的码头上。弗林特船长仍然拿着自己的六分仪，生怕丢了。

## 第二十一章　被水手长吴岛主识破

当初李小姐离开龙岛出门野炊时，并没有兴师动众，但现在不同了，她这是要去见吴岛主。一群人都在悬崖底下的码头等着，拿枪的人更多了，其中有些人来自龙岛，有些则是吴岛主派来的仪仗队。除了李小姐出行的椅子外还有另外八把，每把椅子都配有轿夫。李小姐走上岸时，有人打开一面印有金龙的黑色旗子，此旗跟张岛主当初遛鸟返家时在前面开路的虎旗有点儿相像。

"哎呀呀，"罗杰说，"我们这会儿全成大人物了——要我说，那些抬弗林特船长的人一定会累得够呛。"

"小姐，我觉得我还是走路的好，您意下如何？"弗林特船长倒有自知之明。

"都安排好了。"李小姐说，她已在椅子的金色软垫上落座，"我们去见吴岛主，不要推却。"

"没事的，"罗杰说，"你的椅子有四个人抬着呢，是专门为你准备的。我们的只有两个人抬。"

过了一会儿，他们出发了。手持龙旗的人走在前面，后面跟着六名卫兵。接下来是坐在金色软垫椅上的李小姐。后面的奶妈坐在一把较普通的椅子上，衬里为蓝色丝绸。跟在奶妈后面的依次是六个模范学生，然后是坐在大椅子上的弗林特船长，他手中紧握着六分仪。一群卫兵在最后面跟着。

一些站在前面的卫兵起了个头，唱起了歌，后面的也很快接上了。队伍前面的人一唱，后面的接上，就这么来回地对着歌，也不说话了。椅子架在竹竿上，一群苦力抬着他们来回摇摆，队伍沿着悬崖那面一条狭窄的小径往上走时，这群学生费尽心思才装作毫不介意。他们越爬越高，一侧的崖壁悬于他们头顶，另一侧下面就是绝壁。再往上走，从他们之前那座小岛的树梢望过去，碧蓝的大海映入眼帘，过了一阵儿，下面的小岛看上去几乎像一个绿色的小点，浮在水面，庙堂的绿顶也变成了一个小点，跟周围树的颜色稍有不同。那条小路一直蜿蜒向上，最后，他们终于到达崖顶。

人群在这里稍作休整，然后继续沿着一条稍宽一点儿的路来回晃荡着往前走，接着，他们往一个平缓的下坡走去，小路通往一个宽宽的峡谷中。峡谷的远处，他们在光秃秃的岩石中又看到一条往上的小径。但峡谷中间还有稻田，女人在田里忙碌着，下面有树林和被城墙包围的村庄。前面龙旗飞舞，人群匆匆地沿山坡往稻田走去。

到了村庄城墙的门边，锣声响起，一共二十二声。行进的队伍就像一个越滚越大的雪球，在稻田干活的女人放下手中的活计，也跑来加入人群中。平房里跑出一群男男女女，鞠着躬，喊着“李小姐”，他们跑到轿夫旁，看着那群学生。那些为端午节制作龙的男男女女也不干活了，加入队伍中。

突然，学生们在队伍前面稍远处看到有人顶着一面灰红两色的旗子从门里出来，他们知道那正是吴岛主的龟旗，上次他们曾在李小姐的院子里见过。吴岛主也出来迎接首领了。他们看到此人正是那个五短身材、满脸皱纹的男子，身穿蓝紫色的长袍。上次在议事厅见到他的时候，此人正坐在李小姐旁边。人群不再往前走了，而是在那里等着。两个旗手会合了，吴岛主朝李小姐鞠了一躬，然后指着大门。他又向老奶妈鞠了一躬，但根本无视李小姐的这班学生。李小姐仍旧坐在椅子上，由人抬着往里面走去，身材敦实的小个子吴岛主迈着罗圈儿腿走在她旁边。“当，当……”一共响了二十二声锣。李小姐和吴岛主走进大门，坐在椅子上的奶妈也跟了进去。轿夫把学生们的椅子放了下来，他们伸了伸胳膊，盘腿坐在地上。

“真是的，”南希从椅子上下来后喊道，“这也太没礼貌了！我以为他也邀请我们了呢。”

“做老大的感觉怎么样？”罗杰说着跑向提提。

“我倒希望抬轿子的不是人。”提提想到那些苦力感叹说。

“他们可比驴强多了。”罗杰说。

还有点儿发抖的佩吉也跟上来了。“我老想着会摔下悬崖。”她说。

“我也是。”南希说，“后来我发现，他们走山路可一点儿也不比山羊差。”

“还得过那座桥。”罗杰说，“嘿，他们拿东西出来喝了呢。”

没错，但那可不是为这些学生准备的。门口有人端着一大碗一大碗的东西，还有一碟碟的小碗。卫兵和苦力围了过来，大口喝着，吧唧着嘴巴。

“吴岛主并不怎么待见我们。”跟在约翰和苏珊旁边往前走的弗林特船长说。

“不知道她打算在里面跟他聊多久，”苏珊说，“到时我们回家天都黑了，没办法缝那条龙了。点着灯笼我可没办法干活。”

“你看到他们这里的龙了吗？”罗杰说，“好像已经准备好了。”

“他们可是有十几个人在赶工，”苏珊说，“而我们的龙就只有我和佩吉在忙活。”

“我昨天至少缝了一百针。”南希说。

“也不知道他们在里面商量什么。”约翰说。

“我估摸着她会跟吴岛主说我们的事。”弗林特船长说，“我想她肯定想把吴岛主拉过来，跟她一起对付老谋士。嘿，振作点儿，罗杰。这么看来，她好像没之前那么强硬了。”

这时有人从门口走了出来，端着一个盘子，上面放有一排小碗。

“我们其实并不那么渴，”罗杰说，“反正，里面也不会放糖。”

那人走到他们面前时，尽管他们感觉还是不怎么受欢迎，但他们还是从小碗里抿了抿没什么味道的茶。

十分钟后，吴岛主的态度似乎又缓和了些许，因为有人端着满满一盘子吃的出来了，有糖果，还有一些黏黏的点心，上面插着牙签，看来是用牙签将东西送进嘴里。

约莫二十分钟后，卫兵一阵骚动，坐在椅子上的奶妈被人抬出来了。卫兵看清楚来人是谁后有种虚惊一场的感觉。轿夫将奶妈在那群等待的学生面前放了下来，她的脸从没这么阴沉过。他们都想打听一番，但即使罗杰都觉得还是不问为好。“她的态度还是那么强硬。”弗林特船长说。

突然，苦力和卫兵腾地站了起来。李小姐和吴岛主一起朝他们走来，轿夫抬着李小姐的空椅子，跟在后面。

“她说服他了。”弗林特船长说。

“她没必要这么低声下气吧，”南希说，“她的地位高过那人，她享受二十二声锣的礼遇，而他只不过是十声锣。”

李小姐说话的时候显得很开心，满脸皱纹的吴岛主脸上也堆着笑。两人一起来到那群等待的学生面前。

“我告诉吴岛主，我跟这班学生在一起特别开心。”李小姐说，“说你们都很听话，喜欢学习，而且学得很快……”

学生们不安地站在那里，感觉就像学校颁奖典礼的那一幕，一群调皮捣蛋的学生在许多仰慕者面前被赞为优等生。然后，李小姐逐一介绍了他们。

“这是罗杰。”她叫出罗杰的名字，然后转头跟吴岛主用中文说了一大通话。吴在一旁听着，冲罗杰友好地笑了笑。而罗杰一时不知道该如何做，只是伸出一只手。吴岛主微笑着，热情地握了握他的手。

“这是约翰。”李小姐说，然后继续说着中文，也许是在告诉吴岛主他重拾拉丁文的速度有多快。约翰也跟吴岛主握了握手。

“这是提提。”李小姐接下来介绍的人是她。她显然是按照学生成绩好坏介绍的。接下来是苏珊、佩吉和南希。每个人都轮流跟面色黝黑、略带微笑的吴岛主握了手。

最后，李小姐转向弗林特船长，他已经准备好跟人握手了，将那个红木盒从右手换到了左手。

“弗林特船长。”她叫出他的名字，然后不说了。

吴岛主脸上的笑容突然消失了。他虽比弗林特船长的个子小很多，但并不瘦。用手指着那个抛光的木盒，他布满皱纹的脸几乎变得铁青，立刻跟李小姐说着什么，生气地指着盒子。李小姐回答了他，然后又用英语问道：“吴岛主问你手上拿的是什么。我告诉他是约翰和苏珊留在我父亲庙堂里的东西。”

吴岛主皱着眉头，生气地看着弗林特船长，跟李小姐说着什么。

“他问里面是什么，”李小姐说，“请给他看看。”

纸包不住火了。弗林特船长将盒子放在地上，弹开挂钩，打开盒子。吴岛主弯下腰，撩开盒中的麂皮，拿起六分仪，想拿出来，但卡住了。

“让我来。”弗林特船长说，小心翼翼地将自己奉若至宝的工具从盒中拿出。吴岛主将六分仪放在手里。见别人拿走了自己的东西，弗林特船长万般不情愿，但也只能等吴岛主放回去后再作计较。

吴岛主跺着脚。

“这是六分仪，”他用蹩脚的英语说，“六分仪。”他说，“李小姐告诉我……她将你们……留在她那儿……很安全……你们找不到三座岛……也没法将三座岛的位置通知炮舰。这个，六分仪，用来测子午线高度……手指在地图上一指……就知道。”

弗林特船长吓呆了，约翰记得几个小时前他们还用这个仪器测过方位，脸变得通红。

“那你对子午线高度有什么见解？”弗林特船长说。

“我，经验丰富的水手。”吴岛主说着，将自己的罗圈儿腿分得很开，用六分仪看着几乎西沉的太阳。“我曾是水手长……在英国船上，中国商船上……做杂工……后来做水手……最后做水手长。我的船长在观测子午线时慢腾腾的，但我是个老水手，非常了解六分仪。你只会糊弄张岛主……糊弄李小姐，可糊弄不了我……我要告诉李小姐……告诉张岛主……留着你……不安全，最好砍你脑袋……”

他将六分仪给李小姐看了，生气地用中文说着什么，说话声越来越大。卫兵和轿夫在一旁听着，坐在椅子上的奶妈也俯身听着。吴岛主似乎要将六分仪扔在地上。李小姐伸出手，他只好将那个六分仪给了她。

“请你把盒子也给我。”李小姐冷冰冰地说。

“我来放进去。”弗林特船长说。她把六分仪给了弗林特船长，弗林特船长小心翼翼地将它放进毛料衬里的盒中，然后拾起地上的麂皮，盖在六分仪上，最后再用挂钩钩住。

吴岛主伸出手要拿那盒子。李小姐一脸铁青，摇摇头，亲自从弗林特船长那儿拿过盒子，放在她椅子的踏脚板上。两人礼貌地道别后，互相鞠了一躬。也没人跟那班学生道别，他们一言不发，紧张地坐在椅子上。扛旗子的人等来了信号，吴岛主的大门处接连响起二十二声锣。那个持旗人走在前面，后面跟着坐在椅子上的李小姐，六分仪成了她用来垫脚的东西。一行人再次出发了。吴岛主跟他的手下站在那里，看着弗林特船长被带走，吴还飞快地做了个手势，就跟当初他们第一次在张的衙门里见到的一样——手砍后颈的动作。

假日的闲情早就没了，所有人都不再觉得自己是学生，又重新做回犯人了。他们都知道这事非同小可，情况甚至比以前更糟，因为现在，坐在椅子上的他们沿着吴岛主的峡谷，成一列纵队排开往前走，说不上话了。他们看不到脚下的路，看不到西沉的太阳。大家都没说话，感到十分沮丧，任凭轿夫抬着他们一路颠簸。很快，他们来到峡谷处，然后被抬着从那座狭窄的吊桥上走了过去，下面就是几百英尺的深渊，谷底全是石头。

好不容易过了吊桥，突然听到身后响起尖锐的哨声，而回应并非来自龙镇而是河对岸的虎岛。他们发现走在前面的李小姐举起一只手，队伍很快停了下来，轿夫还将椅子放下来了。尽管罗杰比其他人更觉沮丧，但总算过了吊桥，他的心情不知怎的又好起来了，赶紧从椅子上跳了下来，跑到李小姐那儿，向她打听哨声传达的信息。

他发现李小姐僵硬地坐在椅子上，面如死灰，听着信号。

“什么意思，李小姐？”他问道，“请你务必告诉我什么意思。”

这时哨声停了。

“是吴岛主发出的，”李小姐没精打采地说，“他要张岛主过河来跟他商谈。”说完，她一声令下，队伍重新出发了。

罗杰很快跑回自己的椅子上，大声把这个消息告诉众人。现在他们哪里还乐得起来。

龙镇外面，在稻田里忙活了一天的人都回来了。一看到龙旗，他们一窝蜂地涌到路边，李小姐经过他们身旁时，他们都兴高采烈地欢呼着。一群人正在城墙旁等着，二十二声锣响起的时候，他们也大声欢呼着。所有人都从自家的屋里跑到街上，欢呼雀跃，大人们抱起自己的孩子看着李小姐经过。四面八方又涌来一群人，李小姐走进自己的大门时，他们一起欢呼起来。锣声再次响起，椅子依次被抬进院子里。野炊结束了，李小姐又回到了家中。

“也算不幸中的万幸了。”弗林特船长从椅子上下来后很快走到孩子们中间，“她也许跟吴先生和张先生关系不和，但龙镇人非常爱戴她。”

“她带我们去野炊，我们应该对她表示感谢。”苏珊说。

可惜已经来不及了，李小姐拿起弗林特船长的六分仪，从椅子上下来了，几步便上了台阶，很快经议事厅的露台走进屋内。

他们也回到自己的屋子里。房间里整齐地摆放着他们当初留在庙堂里的物品，除了弗林特船长的六分仪外所有东西都在。

“要是你将六分仪跟其余的东西留在一起，”南希说，“它不也在这里了，你也不会再次失去它了。”

“是我把这事搞砸了。”弗林特船长说，“现在我们又多了个敌人。”

“我看见他又做出砍头的手势了。”罗杰说。

“我也看到了。”弗林特船长说着轻轻地摸了摸自己的后颈。

## 第二十二章　钱还回来了

苏珊一大早就被尖锐的哨声吵醒了。她翻身下床，离端午节也就一天了，要把龙做好可不是件容易的事。同时还要准备拉丁课上要学的东西，昨天还出去了一整天，点灯笼的时候才回家，本来可以轻松完成的工作也变难了。李小姐曾说过，学生的龙会取悦她的手下。弗林特船长也说这是好事。在学拉丁文时，虽然苏珊几乎是班上最差的学生，但缝制这条龙，让她可以大显身手。这条龙无论如何也应该做好。其他人醒来时发现她正在那儿忙着，都准备去帮忙。这工作可不轻松，龙鳞是用结实的红布做的，外面还有一层金色的鳞片。连接处必须缝牢，然后还要将许多鳞片缝在里面，不让人看出接缝。巨大的龙头是用混凝纸做的，这样舞起来也会轻松点。许多金色的漆已经脱落，龙嘴部分的红漆也大多脱落了。

"这条龙看上去有点寒碜。"提提说。

"没事的，"约翰说，"李小姐说这是以前的龙，他们都不用了。"

"要是我能找点漆来就好了。"提提说。

"去找李小姐要。"苏珊一边说，一边舔了舔线头，"嘿，南希，如果你将那边折弯了，我们就得拆开重新做。"

"你的龙真麻烦，罗杰。"南希看到罗杰从院子里回来说，他之前去看吉博尔了。

"唉，"罗杰叹气道，"我和吉博尔看到有人在笼子里给弗林特船长刮胡子，还看见那个三根胡子的老头坐在椅子上被人抬出去了，弗林特船长转头看他时，还割伤了自己。”

铃响了，他们也不管那条龙了，匆匆穿过花园去吃早餐了。

“Salvete discipuli！（早上好！）”他们向李小姐问好时她用拉丁文回应了他们，但他们知道她有心事。

奶妈把弗林特船长也带来了，他的下巴上还有道浅浅的红印，就是那个中国理发师弄的。他一脸焦虑，咕哝了一声：“早上好。”但李小姐几乎没听见。

大家默不作声地吃起了早餐。吃到一半时，约翰壮着胆子说：“李小姐，你昨天带我们去小岛，我们还没表示感谢呢。”

李小姐看着他说：“我本来指望吴岛主能站在我这边，这样也就不怕我的谋士和张了。”

“看来我还是把事情搞砸了。”弗林特船长说。

“现在情况比以前更糟糕了，非常不乐观，”李小姐说，“吴和张要求见我的谋士。他们为什么不直接找我呢？”李小姐似乎是在自顾自地问问题，“不过，我还是让谋士去见他们了——”

“我们看见他出去了，”罗杰说，“弗林特船长因此还被剃须刀刮伤了下巴。”

“庆幸只是下巴。”李小姐说。

直到早餐结束时，提提才鼓起勇气问李小姐要油漆。“也不需要很多，”她说，“只是龙头那个位置需要一点。龙嘴成了白色，而不是鲜红色。”

李小姐总算笑了。“是罗杰的那条龙吗？”她问道，“没事的，给你们一些就是。”

然后，她最喜欢的学生罗杰才敢提醒李小姐，因为昨天放假，他们没时间预习功课。

“不要紧，”李小姐说，“我们来看看你们忘了多少。没有预习，我们也可以翻译。”

今天的课有点儿怪怪的。他们吃惊地发现自己竟然记得很多知识。如果他们以前真算是好学生，那李小姐这个老师当得绝对不赖。要不然，她会跟往常一样，只找知道答案的人回答问题，这样就连南希也会让她这个考官满意。但是，虽然今天李小姐看上去很高兴，可他们知道她的心思不在这里。有时候，她问问题的间隔时间会很久；有时候，她心不在焉地翻开语法书，但又不看；甚至有时候，虽然学生们很快回答了问题，但她似乎忘记刚才的提问了。

临近中午，他们听见院子外面一阵喧闹。奶妈进来跟李小姐说了几句话。

“老谋士回来了。”她说完便跟着奶妈出去了。

“现在看来躲都躲不过了。”弗林特船长说。

“如果他们不喜欢我们了，”罗杰说，“你觉得她会怎么做？不让我们参加端午节吗？”

“你想得美。”弗林特船长说。

她去了很久，回来时，也不是那个和蔼可亲的女教师了，而是更像他们第一次见到的“Missee Lee”。此刻，她在议事厅里正襟危坐，周围是她的船长。她坐下后，抿着嘴，眯缝着眼睛，手指在桌子上敲打着。

“那两个岛主威胁要造反。”她最后说，“吴岛主告诉张岛主，你们留在这里一分钟都不安全。他们说我父亲说得对，不能羁押英国犯人。他们要我砍掉我学生的脑袋——”

许久都没人说话。

“他们好大的胆子！”南希最后说。

“没错，”李小姐说，“他们现在就要我答复他们，要我同意，杀还是不杀。”

这时他们听见尖锐的哨声响起，信息很短。罗杰不由得抬起头。

“我给他们回信了，”李小姐说，“不杀！”

“你真好！”南希说。

“太好了！”罗杰说。

“谢谢你，小姐。”弗林特船长说。

“那他们会怎样？”提提说。

“他们不能怎样。”李小姐说，“没有张的帮助，吴什么都不会做。张也不会做什么，因为你不是他的犯人了。张这个人特别贪婪。我给了他很多钱。我开始让他留着所谓的‘旧金山人’，换回我的学生。然后因为你们想救他回来，我又把他买下了。张宁愿冒险也不会不要那笔钱。他什么都不会做。”

“我也不那么喜欢被你买下。”弗林特船长说。在李小姐的注视下，弗林特船长说话也变得结结巴巴的。

“我这么做你应该高兴才对。”李小姐说。

然后，好像什么事都不值得一提似的，她给他们布置了任务。“明天不上课，”她说，“因为是端午节，但你们要为后天的课做预习。”

“李小姐，”罗杰说，“我们还会照常去参加端午节吗？”

“我之前不是答应过你们？”李小姐说，“当然要去。”

现在的任务是全力以赴赶制那条龙。有人拿来两个碗，一碗红漆，一碗金色的漆，那人用力搅拌，告诉他们如何使用。提提的脸上和手上弄得全是金色的漆，刷了一遍漆后，龙头已经焕然一新了。罗杰则在龙舌上刷鲜红色的漆。龙尾被置于房间的一侧，部分龙尾悬于桌子上，跟另外一截置于几张椅子上的龙尾搭在一起。约翰、弗林特船长和佩吉抓住连接处，这样，苏珊和南希可以交叉着来回缝制，用长线将两头缝在一起。这时，李小姐从花园走过来了。

“Vide，nostra domina，nostrum draconem。（我们的主人，请看我们的龙。）”罗杰用拉丁文说。

“用‘Domina nostla’应该更好些，罗杰。”李小姐说，“不过，你真的很有前途。”

她站在那里，看了她的学生们几分钟，然后就离开了。

“真有意思，”弗林特船长说，“她为什么来这里呢？”

“她有烦心事。”提提说。

“不知道那两个混蛋岛主接下来会做什么。”弗林特船长说。

“他们什么也不会做，”南希说，“你们也听见她说了。她让张扣押你，就是为了把我们换过来，然后她又把你买下了。我们都是她的人，而不是那两个人的。”

那条龙已经不需要红色的漆了，罗杰不止一次问到他们到底还去不去散步，苏珊也说她们在这里费力缝制龙时，他和约翰更多的是帮倒忙。最后，弗林特船长说：“走吧，船长，还有你，罗杰，她们才是行家，我们走，别在这里碍手碍脚的。”

“这就对了。”他们前脚刚走苏珊就说。提提刚将金色的漆刷在龙头最后一块没有颜色的地方，还没等油漆干，就马上又跟苏珊一起缝制一条接缝，南希和佩吉则在缝制另一个地方。“至少要缝四排，”苏珊在动工前就提醒过，“针数少了会扯开的。”

约翰、罗杰和弗林特船长出去大约一个半小时后，这时，赶工的几个女生听到院子里又传来动静。

“这次又会是谁呢？”提提说，“我要出去看看吗？”

“管他呢，”苏珊说，“如果不快点儿赶工，根本完不成了。”

原来又是李小姐，她再次走进屋里，很快环顾了一下四周。

“罗杰去哪儿了？”她问道。

“跟约翰和弗林特船长出去散步了。”苏珊说。

“你要找他吗？”提提说，“要我去帮你找他回来吗？”

“他们往哪边走了？”李小姐问道。

“这个没说。”南希说。

“约翰说是想去看看河，”佩吉说，“说完就走了。”

李小姐好像要去院子里，但又决定不去了。她走到花园，不过很快又回来了，坐在屋子里。其他人只顾忙着缝制那条龙。

李小姐又站了起来，在屋里来回踱步。在折叠的龙身下干活的提提将针递给上面的苏珊，并注意到了李小姐那金光闪闪的小鞋。

“你们颜色上得真不错。”李小姐看着龙头说，然后又说，“也许我真得派人去——对了，苏珊，他们会出去很久吗？”

她们感觉到她的声音里透露着些许焦虑。苏珊的线也从针上掉了。

“发生什么事了？”提提说，“出事了吗？”

“我会告诉你们的。”李小姐听了听说，“我这就告诉你们，张把我给他的钱退回来了。”

“糟了！”提提说，“弗林特船长正担心这事呢。”

“情况的确很糟糕，”李小姐说，“你们不明白。这样的话，张认为你们还是他的犯人，不是我的。他在你们，甚至弗林特船长身上没得到一丁点儿好处。现在他想干什么都行了，这意味着——”

院门突然开了，罗杰手伸得长长的，抓着自己的帽子跑了进来。

“嘿，南希！”他大声喊道，“我们发现那条河水涨得老高了……不……不是的，李小姐，我们没去渡口，不该去的地方我们都没去……我们只是去看那条河了，然后听到‘砰’的一声……好像是子弹飞过的声音……我的帽子都飞走了，看！”他指着帽檐上一个明显的洞。

“罗杰！”苏珊大惊失色地说。

“罗杰，”南希也大声说，“你小子真是太走运了！”

“有个粗心的家伙在打鸟。”跟约翰一起进屋的弗林特船长解释道。

“不是，”李小姐说，“他们就是想要你的命——告诉他发生什么事了——听着！你们谁都别离开我的衙门。谁都别出去了，花园也不行！我必须马上去见我的谋士——”

说完李小姐就急匆匆地走了。

# 第二十三章　李小姐跟老谋士达成一致意见

罗杰的帽子被子弹打穿，在很大程度上影响了四个女孩的工作进度。南希羡慕得要死。提提想知道到底怎么回事。苏珊转过头，不看帽子了，想着那颗子弹离罗杰的头得有多近啊。弗林特船长郁闷地坐在搭在椅子上的小部分龙身上。

“都是我的错。”他说。

“你确实挺笨的，吉姆舅舅，”南希说，“竟然让吴岛主发现了六分仪。”

“我怎么知道那个家伙做过水手长，”弗林特船长说，“也从没听他说过话。况且很多对航海很在行的人，即使你把六分仪放到他们的眼皮底下他们也不认识。”

“还有，”南希说，“如果我们不能出去了，我们也不用忍着手指的痛在这儿缝制龙了。我的大拇指痛死了，不是在顶针过去的时候戳着，就是在佩吉递针过来的时候扎着。”

“糟糕！”罗杰说，“我们甚至都不能去看别的龙了。”

“他们不让我们去了，”苏珊说，“我们差不多就要完工了。不过我们还是会把它做好。”

“我觉得还是继续学拉丁文好了。”约翰说。

黄昏将至，苏珊发现天有点儿黑，看不太清楚了。先是弗林特船长开的口，接着，他们开始互相考拉丁语法问题，但一心只想着有人送来晚饭。就在这时，门口突然出现一个身影，李小姐回来了。

“Salve，domina。”罗杰用拉丁文问候道。

“Salve，罗杰。”尽管李小姐回应了一句，但似乎只是在敷衍。她回头看了一眼花园，做了个手势。奶妈进来了，李小姐用中文跟她说了几句话，让她透过窗户观察外面的院子。她自己再次瞥了一眼花园，说：“罗杰，你坐在门口，如果有人进来，你就能看见。”

弗林特船长搬来一把椅子，李小姐坐在上面，但只坐了一小会儿。她再次起身，看了看那本拉丁语法书和弗林特船长抄下来到笼中学习的一页，然后拿起那本字典，打开，合上，又放了回去。突然，她将书和纸都扫到一堆。

“不上课了。”她说。

“可我们喜欢上课，”弗林特船长说，“而且我们一直都表现得不错。”

“不上课了，”李小姐说，“没用了，我曾经一度非常开心，以为剑桥美好的光景又回来了。你们都是很好的学生。现在都结束了。我父亲说‘三座岛上不能留英国犯人’，他的这条法令没错。”

学生们听到这话，一时不知所措，吓得大惊失色。这不是他们的李老师了，而是曾经见过的三座岛的岛主“Missee Lee”：坐在衙门的议事厅里，坐在她父亲的椅子上，身旁的岛主和船长毕恭毕敬地站在那里听她训话。而教书的李小姐，曾经那么开心，帮助他们这些差生学习拉丁文。驾船的李小姐技术那么出众。他们从未见过有什么事可以难倒这位李小姐。

“三座岛，”李小姐与其在跟她的学生说，不如说是在自言自语，“先父将三座岛统一了，他相信我不会让他们散了，但现在事与愿违。我的谋士说得对。什么英国学生、囚犯、剑桥大学，通通不要了，不能让三座岛再起纷争，这样我父亲在九泉之下才会安息。”

“你会放了我们吗？”坐在门口的罗杰说，他的视线一直都没离开花园的小径。

听到这话，大家顿感不安。罗杰说出了他们的心声。

李小姐突然生气了：“你们一准儿高兴坏了，就连罗杰也一样。”

“我们喜欢这里，”南希说，“我们一辈子都不会忘记的。”

“这只不过是一段短暂的生活，”李小姐说，“对你们来说可能太短暂了。”突然，他们听见尖锐的哨声响起。李小姐心情立马变了。

“你们听见了吗？”她说，“我同意谋士的意见了，告诉他说，他可以告诉那两个岛主，我同意他们的看法。他刚发出了信号。我答应他们，端午节过后就不留英国犯人了。”

“明天不就是端午节了吗？”苏珊说。

“你不会让他们砍掉我们的脑袋吧？”坐在花园门边的罗杰大声问道，“我们可不愿看到这样的结局。”

“他们说我砍掉你们的脑袋，他们才满意。”

“李小姐！”提提喊道。

“该死的！”南希说，“可这不公平！”

“Vale，domina。（永别了，老师。）”罗杰用拉丁文伤心地说。

李小姐下意识地笑了。

“罗杰的拉丁文真是越说越好了。”她说，“你们都是好学生……学习用功……连南希都进步很大。”（南希刚要张嘴，但话到嘴边又咽回去了。）“不，李小姐不会砍掉学生的脑袋。”她说。

“你打算怎么处置我们，小姐？”弗林特船长问道，“送我们去香港还是新加坡……还是什么条约港？只要能跟我们的领事联系上，去哪儿都行。”

李小姐怒气冲冲地看着他。“没错，”她说，“我的谋士也是这么跟我说的。你会将这事告诉领事，领事就会发电报给舰队司令，然后舰队司令会调来炮舰，那样，我们三座岛的生意就都会被他们毁了。”

“我们不会这么做的。”提提说。

“张、吴两个岛主，我们的船长都不会让你们有机会跟领事透露我们的情况。”李小姐说，“他们不会冒险，只会砍掉你们的头，或者淹死你们，这样就万无一失了。”

“但只要你跟他们说了，他们肯定会听你的。”南希说。

“想想今天发生的事，”李小姐说，“看上去像个意外。比如，他们可以用舢板将犯人带上岸，然后淹死你们。对不起，但他们完全可以撒谎。我又能做什么？砍掉船长的脑袋？这没问题，但你们还是难逃一死。如果你们继续留在这里，同样的事情还会重复出现。比如悬崖上突然掉下一块大石头，在食物里下毒，有人打鸽子时看走眼打死了罗杰。算了，在这里办不了剑桥，上不了课，我的这班好学生必须走。”

“可怎样才能走掉呢？”南希问道。

“要是燕子号和亚马逊号在我们手上就好了。”约翰说。

“那两艘船太小，”李小姐说，“而且速度太慢。”她逐一看着众人，然后眯缝着眼睛，这神情恰似当初她跟岛主在议事厅时一样，她当时也是眯缝着眼睛看着弗林特船长。

“如果我相信你们，”她说，“我给你们一艘大帆船，你们能答应我立刻开走吗？不去香港，不去澳门，不去海南，不去任何一个中国港口，只管远远地离开中国海？”

“绝对没有问题，”弗林特船长说，“去新加坡之前我们谁都不联系。”

“新加坡的港务长会说‘喂，你们驾驶的是中国船，哪儿来的？’，到时候你们怎么回答？”

弗林特船长想了想。“没有任何文件的确不好回答，”他说，“但我们会尽量说服他们。就说我们的帆船在海上没了，上岸后从渔夫手里买下这艘帆船，然后再次出航，也搞不清方向了，幸好到了这里。”

“不会派炮舰来吧？”

“当然不会！”南希斩钉截铁地说。

“你保证？”李小姐再次看着弗林特船长。“还没等我们把你们泄露出来他们就会把我们大卸八块，小姐。但把船送回来会怎么样？港务官员可能会跟踪它吧。”

“让谁把船开回来？”李小姐轻蔑地说，“如果我派三座岛的人跟你们一起去，恐怕你们永远也到不了新加坡，两天之内必定横死在海上。他们不会相信你们的。只有我，李小姐相信你们。”这时她又想起了什么，“没有中国水手，你们会开我的船吗？”

“我们有七个人，”弗林特船长说，“在我们的那艘帆船烧毁之前，我们几乎走遍了半个地球——我对中国的大帆船不是很了解，但小的没问题。”

“那我把明月号给你。”李小姐说。

“李小姐，你真好！”南希兴奋地叫道。

“天哪！”罗杰同样惊叹道。

“我会驾驶这艘船去世界各地。”弗林特船长说。

“我们一定会好好照顾它。”约翰说。

“可是，把那艘船给了我们，你怎么办？”提提说。

“再建一艘不就行了——建一艘更好的。”李小姐说，“明月号挺不错的，它会带你们去英国的。你们到时会知道中国的帆船也不赖。我就待在龙岛，把剑桥什么的通通忘了。”

“跟我们一起去吧。”提提说。

“不要做这些海盗的勾当了，”弗林特船长说，“你跟我们一起回英国，回到剑桥，把学位都拿下来，最后做个大学校长。”

李小姐的眼睛亮了，但很快恢复了常态。“我必须留在这里。”她说。

“其他人会让我们走吗？”苏珊问道。

“不会。”李小姐说。

“说了半天都是白搭。”罗杰说。

“你们晚上走就是，”李小姐说，“他们不会看见的。早上，你们都走了，他们还去砍谁的头。”

“那些大船的速度很快。”南希说。

“我们的船长不会远航。如果你们走远了，他们不会去追的。”

“我们什么时候出发？”苏珊说。

“明天。”李小姐说，“明天是端午节，岛主都会来我的衙门聚餐。虎岛和龟岛的人会把他们的龙带来。他们一整天都会看到你们，看到你们晚上还在舞龙。他们知道我已经同意不留英国犯人了。这样他们就会想‘好吧，早上再砍掉你们的头’。端午节那天他们不会开枪，也不会动刀。那天我们都是朋友。你们晚上走。宴席后大家都会睡觉。等他们醒来后你们早走了。”

“我们如何在他们的眼皮底下溜走？”约翰说。

黄昏下，李小姐逐一看着他们。“我最好跟你们的船长单独谈谈，你们还是不知道为妙。现在你们都出去吧，天已经黑了，没办法打黑枪了。”

“出去吧。”弗林特船长说。

六个人很快走到花园里，房间里面越来越暗，弗林特船长和李小姐正抓紧时间秘密商谈。

外面夜色渐浓，在昏暗天空的映照下，苏珊抬头看着花园城墙上朦胧的树梢。“罗杰，过来这里，”她说，“别上露台。我们在橘树下，他们是看不到的。”

“唉，”南希叹道，“要是不走该多好啊。”

“你不是想留在这里被人砍掉脑袋吧？”约翰说，“幸亏我们的脑袋还没搬家。”

“我们坐那艘船去新加坡要多久呢？”苏珊说。

“我们去到那里才可以向妈妈报平安。”

“这事取决于风。”约翰说，“明月号虽小，但确实是艘不错的船。”

“对了，”提提说，“现在我们不用坐班轮回去了，可以驾驶自己的船走。”

“还是中国的帆船。”罗杰说，“天哪，没想到当初吉博尔把野猫号烧掉竟然变成了好事。”

“才不是呢。”提提说。

“当然，野猫号的引擎确实不错，”罗杰说，“但根本没有我的用武之地。”

“是吗？”南希说。

“我们过红海时必须用引擎，”约翰说，他已经想到将来的事了，“那里刮的全是北风。弗林特船长当初也是靠引擎才驾驶野猫号过了地中海的。”

“当务之急是怎么逃走，”苏珊说，“到处都有哨兵。要是我们在试图逃走的时候被抓，那只会雪上加霜。”

“你真是个大笨蛋！”南希说，“苏珊，你也是！我们留下的话脑袋都没了。即使他们把我们抓住，大不了还是被砍头。当然，我们会逃脱的。再不用学该死的拉丁文了。还有，再也不用听一个船上的杂工在那儿炫耀拉丁文了——”

“我是一等水手！”罗杰说。

“该死的！要是我们这些大副和船长不给你安排工作呢？”南希说，尽管她不愿离开海盗岛，但她也不喜欢成为班上最差的学生，而罗杰的成绩却是最好的。“拉丁文！”她又轻蔑地说，“你去擦亮那些铜制品倒挺合适的。”

“明月号上可没这些东西。”罗杰说。

“那上面有大量柚木需要打磨。”南希说。

“也许上面连磨石都没有。”罗杰说，“再说了，谁还在意这些啊？”

“我们很快又会在大海上驰骋了。”提提说。

“不知道那船如何收帆。”约翰说。

“只要有支帆板就很容易。”南希说。在如何才能轻松驾驶那艘船的问题上，两位船长争得不可开交。

他们在橘林中走来走去，想到很快就能站在晃荡的甲板上，这些很久没正儿八经下过水的水手们心里美滋滋的。树叶中，蝉声此起彼伏，他们像是听到了木板嘎吱嘎吱的声音。他们在黄昏下来回踱步，盯着从花园到屋里时要经过的那扇门，等着李小姐或弗林特船长叫他们进去。

最后，天几乎全黑了，他们看见一个人影拿着一捆东西从他们的房子匆匆走到李小姐的房间。然后，他们发现李小姐本人也回屋了。孩子们又在外面等了等，看到他们屋里灯光摇曳。奶妈把灯笼点燃后也离开了。

他们回到屋里，发现里面一个人都不在。弗林特船长也不见了。

“晚上他又被关起来了。”南希说。

“最好去确定一下。”约翰说。

“对了，”苏珊说，“燕子号上的东西都不见了。”

“就是老奶妈搬出去的那些东西。”罗杰说。

他们走到院中，除了罗杰，所有人都来到弗林特船长的笼子旁，罗杰到隔壁关有吉博尔的笼子前跟它说着话。这时，他们透过笼门看到弗林特船长睡觉的箱子里还有光。

“嘿！”提提悄悄喊道，“弗林特船长！”

他端着一碗饭，来到笼子前。

“回去，”他说，“你们来这儿干什么？”

“我们想确保没出什么意外。”

弗林特船长压低嗓门说：“我们确定了航向，你们不就是想探听这个吗？”

“我们的东西都不见了。”苏珊说。

“我知道。”弗林特船长说。

“那条龙呢？”苏珊说，“我们根本不需要了吧？”

“我们比任何时候都需要它。”弗林特船长说，“回去，要最大可能地发挥利用它。没弄好别睡。晚安！”他转身回到睡觉的箱子里，关上了身后的门。

他们回到屋里，发现刚刚有人将晚饭送来了。他们匆匆把饭扒拉进嘴里。在灯笼光的照耀下赶工可不是件容易的事，但他们睡觉前，那条小龙已经做好了，除了它的十二条腿。

# 第二十四章　端午节

端午节那天，没什么剑桥式早餐了。跟往常不同，弗林特船长也早早地被从笼中放出来了，被人带去跟其他学生一起吃中餐，菜仍是鸡肉。即使在院子最里头的房子里，他们仍然能够隐约听见海盗小镇过节时的喧闹声。他们自己的那条颜色亮丽的龙折在地上。匆匆吃完早餐后，苏珊将最后几块多出的鳞片缝在龙身接缝处，这时，李小姐经花园门走了进来。

她环顾了一下四周。"你们很开心嘛。"她不无伤心地说，"看来不用上课了，不用学拉丁文了，离开李小姐，你们全都很开心。"

"才不是呢。"提提说。

"你一直对我们很好，小姐，"弗林特船长说，"不过，谁都不想被人砍了脑袋。"

"我们将来还得回家。"苏珊说。

"回去上学。"李小姐说。

"见爸爸妈妈，"约翰说，"当然还要上学。"

"去剑桥念书。"李小姐说，好像在她心里，剑桥和上课已经融为一体，成了她心中唯一的牵挂。

"我们希望你能跟我们一起走。"提提说。

李小姐摇摇头。

"再见，"她说，"祝你们旅途愉快。我不能再跟你们说了，弗林特船长知道怎么做——”

就在这时，响亮的锣声敲打起来。

“这是什么意思？”罗杰问道。

“我要去见张岛主，也许是吴岛主。”李小姐解释道。

“稍等片刻，小姐，”弗林特船长说，“让我确定一下我的航道是否正确的……”

罗杰悄悄溜到院中。弗林特船长和李小姐还没说完他就回来了。

“是张，”他说，“但他并没有带龙来。李小姐，张岛主为什么没带龙来？”

“舞龙还没这么早，”李小姐说，“虎岛的龙可能在路上了——你们最好去外面看他们是不是来了。反正也不用上课了——”

“他们出去安全吗？”弗林特船长问道。

“非常安全，”李小姐说，“今天是端午节，没人会动枪。在明天太阳升起前所有人都是朋友。你们最好出去，这样大家就会觉得你们并不害怕。”这时锣声再次响起，一共十声。

“是吴岛主。”李小姐说着匆忙走到花园，准备迎接两位岛主。

“我们还从没正式跟她道别呢。”苏珊说。

“再也见不到她了。”提提说。

“我们肯定还会见到她，”南希说，“会见到她的。有那两个岛主阴沉着脸在那儿，她不方便跟我们说话而已。该死的，我想我们必须得离开这儿了，但跟这群中国海盗生活一段时间后，回到学校念书也没多大意思了。”

“你在学校念书大可不必这么用功，”弗林特船长说，“何况我们还没离开这里呢。希望能够脱得了身。”

“走咯，”罗杰一边说，一边用一根手指插入帽子上的弹孔旋转着，“我们出去，看看其他的龙。”

他们走到花园，看见虎岛和龟岛的旗子靠墙放在那儿，知道要杀他们的两个岛主正在跟李小姐商谈。他们从大门走了出去。经过昨天的事情，虽然他们还有所期待，不管李小姐如何描述这次盛会，对于即将面对的敌人，以及其他人做出的砍头的手势，他们都心存顾虑。除了做饭的，镇里没一个人干活，厨房里饭菜飘香，尤其是烤猪肉的香味。人们在街上闲逛，抽着烟，谈笑风生，好像在等马戏团过来。他们往城墙的南门走去，想从高处看到龟岛吴的龙，而且，沿着通往河对岸渡口的那条路，他们还能看见张的龙。至于龙岛的龙，他们很快就看到了，似乎没什么生气。现在，那条龙就单独放在镇里的一条街上，鳞片闪亮，饰有鲜红的丝绸，龙身下面不少竹竿伸了出来，等到舞龙时，其中一人会举起龙。现在，舞龙的人都挨着龙坐着，拿小碗喝着什么东西。有些舞龙者经过他们身边时，还会问候他们。

“他们在说什么？”罗杰问。

“我不知道，”弗林特船长说，“应该是说端午节快乐吧。”

“他们还真友好。”南希说。

“是的，”弗林特船长说，“今天说‘端午节快乐’，明天说‘人头落地’！不过，到明天这个时候，如果一切顺利，我们早就驾船走远了，他们肯定追不上咱们。”

“不会出什么乱子吧？”罗杰说。

“只要李小姐说话算话就不会。”弗林特船长说。

“她会的。”提提说。

“如果我们的龙表现出色的话。”

“这事跟龙有什么关系？”罗杰问道，但弗林特船长并没有回答他。

他们再次走到城墙外门时也没人阻止。大家望过绿油油的稻田，往那边的高地看去，好像他们等待的东西随时都会出现。

“我们最好不要走太远了。”苏珊说。

“我们得去看那些龙。”罗杰说。

“这是自然。”南希说，“我们去看看他们怎么做，到时候我们兴许还能比他们做得更好。该死的！燕子号和亚马逊号万岁！我们的龙一定会把他们打个落花流水。”

“河水还在上涨。”弗林特船长说，走过城墙外面的稻田时，他们回头看了看渡口，“渡船几乎跟对面码头在同一水平面上。”

“看，大船上有人上岸了！”罗杰说。

“我们必须经过那些帆船。”约翰说，他恨不得将整条河的形状记得一清二楚，因为到时候他们必须在夜间驾船过河。“不知道到时候风向如何？”

“运气好的话，晚上会是陆风。”弗林特船长说，“如果要抢风航行，逃出去的机会不大，时间上来不及。”然后，约翰和南希开始谈论船上的索具，他们希望有机会亲自掌舵，这时弗林特船长扯开了话题。“我们还没上船呢，”他说，“不能操之过急，现在只能将心思放在端午节上。”

他们匆匆走上稻田那边的斜坡，来到一个可以俯瞰峡谷的地方，看到了那条连扶手都没有的狭窄吊桥。

“南希，”罗杰说，“他们抬我们过桥时你有没有往下看？我就有。”

“想想李小姐驾船经过峡谷的情形。”南希说。

“给我望远镜，提提。”弗林特船长说，“那肯定是条龙。”观察了一会儿后他说。

“也给我们看看。”罗杰说。

他们互相传递着望远镜。峡谷对面高高的悬崖上，一条龙在满是石子的小道上蜿蜒往桥这边而来。

“听，快听！”提提说。

有节奏感的锣鼓声传来，还不时听到奇怪的笛声，声音尖锐且并不成调。

“看前面领舞的。”罗杰说。

“你不就得干这事？”弗林特船长说，“好好看看，学着点儿。”

“看他正在那儿跳呢，”罗杰说，“还转着圈——什么东西还绕着他的脑袋转圈。”

“跟你要转的东西一样，像个葫芦。”弗林特船长说。

“就像蛇和千足虫，”南希说，“这条龙怕有千条腿吧。”

峡谷那头，一个身穿鲜红色衣服、带着红色尖帽的人远远地在那边跳跃着，翻着跟斗，做着高踢腿，不时高高跃起，还在空中做出旋转动作。他不停地转着绳子末端拴着的一个像球一样的东西，在前面引得巨大的龙头不停左右摇摆，后面跟着亮丽的龙身，在空中翻飞。通过望远镜，他们还能看到龙身下舞龙人轻快的脚步。随着舞龙者在下面做出各种各样的动作，长长的龙身不停翻滚。

“我没有那样的帽子，”罗杰说，“连身像样的衣服都没有。”

“他那样做有什么用？”提提问道。

“那是龙珠。”弗林特船长说，“前面的龙珠是用来戏龙的。”

“就像引毛驴的胡萝卜一样。”南希说，“没错，罗杰，你不是也有个‘龙珠’？”

“我们也会给他做顶帽子。”苏珊说。

罗杰仔细地看着舞龙者的表演，也试着踢了一两脚。

“他们过桥时肯定不会舞了。”罗杰说。

龙来到吊桥前，领头的舞龙者在前面跑着，跟在他身后的龙就像一根笔直的绳子。

“看他表演！”罗杰说，舞龙者停在狭窄的桥面中间，转身，跳跃，还做了一个旋转动作，“要我说，我们最好也回家练习练习。”

“先看它过完桥吧。”南希说。

长龙不慌不忙地穿过吊桥，他们发现舞龙人决定是时候休息了。他们用竹竿举起长长的龙身，放到地上，现在那条龙就跟龙镇里的那条一样了，像条死蛇一样躺在地上。舞龙人聚在一起，抽着烟斗，南希通过望远镜发现他们正用手巾擦脸上的汗珠。

“走吧，”约翰说，“我们最好回去练习，现在我们知道该怎么做了。不过，我们肯定没他们厉害。”

“谁说的！”南希说。

他们几乎是一路跑着回龙镇的。路那边的人穿过稻田，大声向他们打听什么。他们猜想那些人可能在问他们有没有看见龟岛的龙，便回过头朝后面指了指。接着，他们经过一群正望向对岸的人。远处，通往虎岛连绵山峦的下坡路上，另一条龙也正蜿蜒舞动着朝渡口而来。

“是张的人。”弗林特船长说。

“走吧。”南希说，“快点儿，提提。”

一群人正在城墙的大门处等着。也不知道他们从哪里听到的消息——其他的龙就要来了。镇里的人赶紧往外跑，有些人走向渡口，有些人走向南门。主街上，龙镇的舞龙者也已经准备舞龙了。他们一路往回跑，经李小姐衙门的庭院，回到自己的房间，那条裁掉一截的龙在地上堆成一堆，巨大的龙头张开血盆大口，对着通往花园的门。

罗杰拿起拴在绳子一头的镀金葫芦，开始不停围着脑袋旋转。

“小心点儿，你个小笨蛋！”弗林特船长大声叫道，葫芦差点打中他，“我的头倒是够硬，要是你砸碎了这个‘龙珠’，可找不到第二个了。去花园练习！”

“那里有人，”提提说，“李小姐和很多人都在那里。”

“给罗杰腾个地方出来，”南希说，“去那里面。我的天，你飞舞那玩意儿时，可别弄歪了。没错，高点儿，再高一点儿。好了，跳起来，旋转。”

“继续练习，你肯定能做好的。”弗林特船长一边说，一边远远地在门口看着他。

“过来，罗杰。”苏珊说，她一只手拿着针线，另一只手拿着从龙身里找来的鲜红色东西，“让我量量你的头。”

南希和佩吉剪了几条红色和黄色的小细条，将它们缠在一根绳子上。

镇里的喧闹声越来越大。附近突然响起一阵噼里啪啦的鞭炮声。

“这么早就开始放鞭炮了。”弗林特船长说。

“他们来了！”南希说。衙门口人声鼎沸，锣鼓声、笛声和鞭炮声淹没其中。“罗杰，你这笨蛋，站着别动！”

“希望能够粘上去。”苏珊说，“总之，我已经尽力了。”

“差不多了，”弗林特船长说，“在庆祝仪式正式开始之前我们围着镇子舞一圈。务必记住，看着你们前面人的脚。”

“跟着你前面的人的脚步走，”南希说，“这样龙才能翻滚。天哪，我希望再有五十个人就好了。跟那条‘千足虫’相比，六个人舞的龙也太小儿科了。”

“没关系，”弗林特船长说，“我们每个人都应该发挥作用，得让大伙儿喜欢我们的龙。如果被人喝倒彩，那我们的整个计划有可能泡汤。”

“什么？”罗杰说，“什么计划？”

“到时候你就知道了。”弗林特船长说。

奶妈在花园门口招呼着。“李小姐说可以走了。”她说，看到罗杰在那儿蹦跳着，不禁扑哧一笑：罗杰戴着红帽子，腰间缠着绳子，十几根红黄色的丝带像火焰一样飞舞着。“这边走。”她说完便离去了。

“她向来看不惯我们，如果能让她笑，我们会没事的。”弗林特船长说，“开始的时候慢点，掌握其中的窍门就好了。”

罗杰一边甩着拴在绳子一头的镀金葫芦走在前面，一边东张西望。奶妈远远地站在李小姐门外，给他们指着方向。其他人都不见了。他跳了一两次，回头看到他们的龙也走了出来。巨大的龙头低着钻过门口，过台阶时弗林特船长绊了一下，龙头又低下一点，之后便昂着头出来了。弗林特船长从龙身中腹的一个孔看到罗杰小步跃起，那叫一个乐。其余的舞龙者也陆续出来了。罗杰倒着走在前面的小路上，龙身下面依次是南希、约翰、苏珊、佩吉，最后是提提。提提在后面甩着僵硬的尾巴擦过门框，她不安地从下面探出头，想看看龙是不是撞坏了。

“现在畅通无阻了。”罗杰说。

“记住，千万不要走直线。”南希提醒道。

“让我咬那‘龙珠’！”龙头弗林特船长大声说，罗杰将“龙珠”朝龙鼻甩过去，又迅速抽回，开始跳起舞来。

他带头从议事厅后面橘树下的小路走过，经过李小姐的房间。那扇院门是开着的。他从中间走了过去，不过在那儿犹豫了一阵儿。

“继续走啊。”弗林特船长说。罗杰先是迈出一条腿，然后又迈出另一条，转了个圈，有时向后跳，有时向前跳，摇着葫芦在头顶绕圈，一会儿将它送到龙头面前，一会儿又收回去，最后经院子往大门走去。他希望看到李小姐和其他岛主，但宽宽的露台上除了忙着摆放椅子和一张长桌子的人外，再无其他人了。看到小龙出来，那些人都乐坏了，舞龙者顿时信心大增。至少还没被起哄。

站在门边的人都往镇里看热闹。

“嘿！嘿！”罗杰大声喊着。卫兵和他们的朋友转过身，围观的人群先是惊讶，之后突然大笑起来，让那条小龙过去。摇摆的龙尾撞到一个卫兵的头，但其他卫兵只是把那人推开，让他别挡道。

现在他们到了街上。镇里的那条大龙有百来个舞龙者，巨大的龙头上下点头，像是把小龙当成了朋友，在向它行礼。这时，大龙绕成一个圈，跟在后面的小龙也被转进去了，跟着大龙往前走，人群一阵哈哈大笑。镇里响声震天，鼓声、笛声和喊叫声交织在一起，夹杂着对虎岛和龟岛的龙的喝彩声。

“你们没事吧？”弗林特船长跟身后的人说。“你们没事吧？”这句话依次传递了下去。“没事，长官。”这句话从舞动的龙尾又传到龙头。

这时，三队舞龙者会齐了，虎岛和龟岛的人看到龙岛一群小孩模仿着他们的一举一动，再次乐翻了天。几条龙聚在一起后又分开了，一边绕着房子舞来舞去，一边等待信号。最后，浑厚的锣声终于响起，一共二十二声。

“Missee Lee！”

人群突然一阵骚动。只见镇里所有的龙都转头，奔向衙门。它们争先恐后地朝院子大门走去。张岛主的龙最先到，也是最先进去的。吴岛主的龙稍稍领先龙岛的龙。小龙则最后进去。平常会计办公的桌子上摆满了吃的。大堂前面的走廊上坐着的正是李小姐和老谋士，张、吴两位岛主也坐在她旁边，海盗船的船长们面带微笑站成一排。龙一路舞动着，经庭院走上台阶，前面领舞的跳跃时，巨大的龙头不停鞠躬。那三条大龙鞠完躬后，第四条小龙好不容易也挤到它们旁边。弗林特船长跪在地上，放下龙头，龙下颚服帖地搁在最下面一层台阶上。罗杰高高跃起，落地时滑落跌倒，但是他很快再次站起来了，看到坐在椅子上的张岛主已经笑得不能自已，李小姐面带微笑，吴岛主和那班船长也大声笑起来。

老谋士抬起他那只像爪子一样的手。人群突然安静下来，连一根针掉在地上都能听见。接下来，李小姐对龙致欢迎辞。她说完后，每条龙的领头人腾空跃起，巨大的龙头随即扬起。门口的人群响起一阵欢呼声，瞬间，整个龙镇都沸腾了。接下来，筋疲力尽的舞龙者从龙身下钻了出来。他们将龙放在院中，冲向早已为他们准备好的美食。

“我们怎么办？”罗杰很快问道。

“把龙放到屋里去，”弗林特船长说，“一路舞过去。”罗杰跳跃着，引着小龙绕过李小姐房间的角落，经花园往屋里走去，消失在众人的视线中。

“哎，”弗林特船长一边说，一边将龙头扔在地上，“这事还真没那么简单！”

“真对不起，我竟然摔倒了。”罗杰说。

“那可是你最精彩的表演，”弗林特船长说，“把那个大坏蛋张岛主都逗乐了。他肯定笑得肚子都疼了。”

“至少笑得合不拢嘴了。”罗杰满怀期待地说，“对了，我们要不要去跟其他人一起吃东西？”

“当然要去，”弗林特船长说，“就跟他们一起闹。留意别让他们看出端倪。我想去你们的水缸里洗个澡，好好洗洗我的光头。”

“好主意。”南希说。

“要想很快凉快下来，就得把手腕背面给弄湿了。”苏珊说。

“我知道，”提提说，“就像将手伸到火车车厢的窗外也会感觉凉爽。”

很快，他们没那么热了，就来到外面的院子里。李小姐还是跟两位岛主和一群船长坐在露台上，她似乎并没注意他们，但围在桌子上大快朵颐的舞龙人突然齐声大叫。海盗们稍稍挪了挪，为他们腾出地方，很快，他们跟其他人坐在了一起，那些人用他们听不懂的中文说着什么，然后，他们又听到那个扛着虎岛龙头的前厨师用夹杂着中文的英语冲他们喊：“你们的龙，顶呱呱！”他在称赞他们的表演呢。

跟李小姐待在一起时他们吃得很好，但从没吃得这么好。上次他们被抓时，张岛主和他的船长跟他们一起吃的晚餐跟这个比也是小巫见大巫。这里有上好的粥、燕窝汤，上面浮着一些果冻一样的东西。“像蛙卵。”罗杰小声说。还有鱼翅、咖喱、大碗大碗的米饭、饭拌烤猪肉、鸡肉蒸米饭、鱼块盖米饭。“鱼是鸬鹚吐出来的。”罗杰说。还有一碗碗的茶，一些碗里还装着他们不喜欢喝的怪味饮料，但那些海盗倒是喝得尽兴，狼吞虎咽，大声吧唧着嘴巴，然后不停添饭。他们吃东西的声音还真大，即使他们明白那些人说的，也没法听清楚。而且，这个宴会好像没完没了似的。他们每次以为不会再上菜了，但总会有人端来堆积如山的菜，摆在他们面前，就连罗杰都顶不住了，但海盗们根本没吃够，可他们早吃不下了，只是一个劲儿地祈祷别再上菜了。

最后，背对院子坐着的提提回头望去时，发现李小姐已经不在那里了。两个岛主、老谋士和船长仍在露台上，一边抽烟，一边喝酒，但吆喝声、聚餐时的欢呼声就像黄昏时的鸟叫声一样，逐渐变小了。酒足饭饱的人群喝得目光呆滞，乐呵呵地离开了桌子，各自在阴凉处找了个地方，躺在上面，呼呼大睡。坐在提提和弗林特船长中间的人伏在满是残羹剩饭的桌子上，鼾声如雷。提提从那人的背后伸手推了推弗林特船长。他点点头，站了起来。

“我们先休息一下，准备晚上的行动。”他对其他人说，“我们也最好跟他们一样睡一觉。”

“可不能在这里睡。”苏珊说。

“当然，”弗林特船长说，“我们回放龙的房间。”

他们从睡着的海盗中间蹑手蹑脚地走了过去，离开院子，回到房间。

“该死的！”南希说，“我感觉刚才像是吃了头大象。”

“睡会儿吧，”弗林特船长说，“我们先睡一会儿。现在我们表现得还正常，但晚上我们舞龙时必须让他们阵脚大乱。你怎么样，罗杰，喜欢领舞吗？”

“现在也折腾得够呛了。”罗杰一本正经地说。

“好了，你们都去睡觉吧。”弗林特船长说，“龙镇人做什么我们就跟着做什么，先休息会儿，然后再去舞龙。我会去院中睡觉，这样，如果有人醒了，就会看见我。等到要舞龙时我再来找你们。佩吉已经睡着了，真是个聪明的孩子——”

跟那些海盗一样，佩吉已经睡熟了。不到一会儿，其他人也睡了，睡不着的也只能后悔刚才吃得太多。衙门的院子里咕哝声、鼾声此起彼伏。

他们醒来时已是深夜，发现弗林特船长正忙着往龙脖子里捣鼓什么。他们睡觉时有人进过屋子，点燃了房间里的灯笼。外面的树上也挂着灯笼，在那儿晃来晃去。

“时间紧急，”弗林特船长一边说，一边笨手笨脚地缝针，“有条龙走了，另外两条也准备走了。你们感觉怎么样？蛮奇怪的。我想我跟大家一样也吃多了。但现在没事了。”感觉像是早上了，整个镇子里的人似乎都在叽叽喳喳说个不停。

“快点儿，”罗杰说，“出发！”

“罗杰，这次点上灯笼。”弗林特船长说，“把葫芦从绳子上取下来，将灯笼放上去。”

“你在干什么？”苏珊说，“最好还是让我来。”

“天哪，”南希说，“你怎么把这东西要回来的？”

“我进来时，就看到它在地板中间，”弗林特船长说，“看来她真是有心放我们走。”

他从龙身一侧割掉一块鳞片，正将六分仪缝进龙脖子里。苏珊从他那里拿过针线，帮他缝好，弗林特船长趁机将具体计划告知众人。

“要是我们不会回来了，”提提说，“最好还是去跟李小姐道个别吧。”

“她今天早上跟我们道过别了。”弗林特船长说。

“可我们还没跟她主动说。”提提说。

“我们现在还不知道能不能脱险呢。”弗林特船长说，“她之前也说我们可以自由活动，但结果到处都有哨兵。”

“我看看能不能找到她。”提提说。

“也行。”弗林特船长说，“但是，如果她跟老谋士、张岛主，或那个头长得像核桃一样的矮个儿水手长在一起，就千万不要去了。”

提提经大门飞快地走到李小姐的房间，却被奶妈挡在门口。

“我只是想见见李小姐。”提提说。

“李小姐累了，”奶妈说，“什么人也不想见——你们到底做了什么，害得我们家小姐都哭了？”

她回到大伙儿身边，发现罗杰一只手牵着吉博尔的链子，另一只手摇晃绳子那头点燃的灯笼。约翰和南希拿着龙头，弗林特船长正将鹦鹉笼往里塞。

“你见到她了吗？”苏珊问道。

“没有，”提提说，“奶妈说她在哭。”

“那就没事，”弗林特船长说，“反正我们也帮不上忙。她是个好人，虽然有点怪，但我们可不想脑袋搬家，而且，要是出了什么事，张、吴两位岛主很快就会让人砍掉我们的脑袋。”

“反正我们必须回家。”苏珊说。

两分钟后，他们已经准备就绪。苏珊四下看了看，看是否还有什么东西落在后面。她发现罗杰那顶被子弹打穿的白帽子还在床上，昨天，他戴上那顶红色的尖帽时将它扔在那儿了。

“我一定得带上这个。”罗杰说，他拿起帽子，紧贴着衬衣藏着。

他们舞着小龙再次上路了。他们沿花园走进院子，里面灯笼闪烁。弗林特船长牵着吉博尔。罗杰摇晃着灯笼在前面领舞，很快走出大门，来到镇里。

“别做得太过火了，罗杰，”弗林特船长说，“可得悠着点儿，还早着呢，把灯笼拿稳了，要不然会熄。”

“好嘞！”罗杰说，往后跳跃着，“我是说，遵命，长官。”

房子的屋顶角落、窗外的竹竿上，以及树上都挂着灯笼。外面响起噼里啪啦的鞭炮声，那动静像是正打仗呢，看来镇子里的大人小孩在到处放鞭炮。他们很快发现了其他的龙。人们舞着龙，在大街小巷蜿蜒穿梭，人群在旁边一边追逐着，一边放着鞭炮，长长的鞭炮挂在竹竿上，声音不绝于耳。小龙依葫芦画瓢，罗杰在前面领舞，一旁的吉博尔被鞭炮声吓得乱蹦乱跳。他们来到主街，吉博尔估计没少踩自己的脚，最后跳到龙身上，抓住似火焰一样的龙鬃，高高荡起。看到这幕场景，所有人都哈哈大笑。

“猴子去哪儿了？”弗林特船长喊道。

“骑在你脖子上呢！”罗杰叫道，“我是说龙脖子上！”

“那还好。”弗林特船长说。

他们继续舞着龙，蜿蜒穿过街道，绕过房子，走进巷子，再次来到两栋房子中间，然后又回到主街，走进院子里，岛主和船长坐在议事厅的露台上大笑不止。然后，他们再次走到街上，追着其中一条大龙，不一会儿，又轮到大龙来追它了。最后，两条龙碰面了，硕大的龙头互相点点头，人群开心地大笑。

“唉！”提提喘着气说，“叫他别走那么快。”

这句话很快从龙尾传到龙头，接着，他们在一条小巷子里短暂休息了一会儿。毕竟，其他的龙有时候也会休息。

“还有多久？”又休息了好一阵儿后，罗杰问道。

“我们得看准时机，”弗林特船长说，“但还得继续舞下去。”

“都是那该死的聚餐闹的。”罗杰说，然后又补充道，“我还挺得住，走吧。”

尽管舞龙者的脚都酸了，但小龙又走街串巷地舞开了。

## 第二十五章　小龙独舞

现在已过了午夜，屋子上挂着的灯笼逐渐熄灭了。舞小龙的人感觉腿像灌了铅一样。

“坚持住。”弗林特船长说，小龙疲惫地在街上蜿蜒穿过，路经一条街道时，他们发现其中一条大龙站住不动了，看热闹的观众正给舞龙者送去喝的。

“我们继续，罗杰。如果还能挺得住，就再来几个高踢腿。让他们看看，我们还精神着呢。等其他人最后一次去衙门休息之前，我们就得开溜了。”

“啪……啪……啪……”一个中国男孩一边将一串长长的爆竹绕在一根竹竿上，一边跟在他们身旁手舞足蹈。

“好了，”弗林特船长说，“等他折腾完了我们必须继续往前走。他的鞭炮总有燃完的时候。现在我们到小巷子里去，罗杰，绕到衙门后面去。”

“啪……啪……啪……”那个中国小男孩继续一蹦一跳地跟在他们旁边，有时走在龙头前面，好像要给罗杰鼓劲儿，有时候又走到龙尾后面，叫他们使劲摇尾巴。因为提提正尽量跟着前面的佩吉，爆竹突然就在她后面响起，她不由得吓得跳了起来。

最后，爆竹声终于停了。

“他走了。”罗杰说。

“该我们出手了，”弗林特船长说，“把话传过去，我们现在就试一试。”

身处小龙肩膀下的南希将信息传递给了约翰……约翰此时正盯着南希的脚，

左右摇摆着，很快将话传给了苏珊……苏珊又将信息传递给了佩吉……佩吉则告诉了提提。

“好嘞，长官。”提提喘着粗气说，也不知道自己还能坚持多久。

可就在这时，一串鞭炮在身边响起，一条大龙和跟在大龙旁边的人群绕过拐角处，就跟在他们后面。

“最好转身跟他们打个照面，”弗林特船长招呼罗杰说，“不要让他们以为我们在敷衍。罗杰……好好在他们面前表演表演。抓紧了，吉博尔！”

罗杰高高跃起，先是伸出一只脚，然后再踢出另一只脚，将点着的灯笼在头顶转着圈，对着龙尾舞动着。弗林特船长、南希、约翰、苏珊、佩吉和提提也跟着他将龙舞得虎虎生威，小龙转过身，蜿蜒往后走去。鹦鹉在龙头里尖叫着，坐在龙脖子上的吉博尔也在不停地嘀咕着什么。人们看到罗杰在前面蹦跳，模仿大龙领舞者的一举一动时，更是笑得合不拢嘴了。

两条龙相遇后擦身而过。人群继续跟着大龙。弗林特船长又吩咐了一句，罗杰转身沿一条小巷子走去。里面突然变得比外面黑多了。这里灯笼较少，喧闹声也小了。大龙一直在镇中心附近游行。小龙身下的六个人已经筋疲力尽了，只是在空荡荡的房舍之间穿来穿去——屋里面的人都去看热闹了。

“砰！”

提提吓坏了，连带着小龙的尾巴也摆向一边。

“又是那个臭小子！”罗杰大声说，“不知谁又给了他很多鞭炮。”

“告诉提提，想办法用尾巴撞他一下。”弗林特船长说，命令很快传到了后面，提提尽了最大的气力，但男孩闪身躲过，反而将他逗乐了。他在提提旁边不停地手舞足蹈，鞭炮几乎就在她耳边响起。

现在他们也是无计可施，只得再次转身，舞着龙沿着一条条街道往前走去，只有等到那个小男孩鞭炮放完了，跑向别的响鞭炮的地方才能再做打算。

“好了，”弗林特船长说，“我们再试一次。跟上来——以防有人监视我们——转向右边，罗杰，还是往右边转。那是衙门的城墙。”

小龙往前走的时候尽量舞动着，再次朝李小姐花园那边的城郊走去。身后，节日的喧嚣声渐弱……灯笼越来越少……最后干脆没有了……黑漆漆的，天上倒是繁星点点，不过，位于龙身下的舞龙者却见不到。

“搞定！”弗林特船长说，“好了，罗杰——现在你也把灯笼吹灭吧——沿着通往小溪的那条路……以最快的速度……笔直往前走。”

“把龙丢掉吗？”南希问道。

“现在还不行。李小姐倒是说过小溪边没有哨兵，但这事说不准。”

“要是有呢？”

“那我们就只有舞着龙，往回走。”

现在，那条小龙不再蜿蜒向前了，而是笔直朝前走去。一行人离开房舍，沿着无数人践踏过的泥路，穿过竹林，往前面走去。

“慢点儿！”他们走出树林时，弗林特船长轻轻地说。他的命令很快传到龙尾。“就是这里了，把小龙放下来。”

现在，这群舞龙人几乎热透了，实在累得不行了。他们一个个从龙身下钻了出来，那条小龙皱不拉几地被扔在地上，像条死蛇一样。

“前面没什么情况，”南希悄悄走到前面观察后说，“没有哨兵。现在我们怎么处理这条龙？”

弗林特船长从龙头里拿出鹦鹉，把它交给提提，又撕开龙脖子，从里面掏出六分仪。罗杰则一个劲儿地夸吉博尔真乖。

“最好将它也带上。”弗林特船长说。

这时，黑暗中传出约翰低沉的声音。

“我只能找到燕子号，”他说，“亚马逊号不见了——小溪的河岸很高。河水真是涨了不少。”

“水流够大了，”弗林特船长说，“不过，风还不够大。”

“我们不能撇下亚马逊号。”南希说。

“已经够呛了，”弗林特船长说，“在帆船上塞下燕子号已经不容易了。”

“龙和其他东西呢？”罗杰问道。

“随便在林子里找个地方藏了吧。”弗林特船长说。

在佩吉、苏珊和提提的帮助下，弗林特船长将龙卷起来，塞进竹林里。南希沿岸寻找亚马逊号去了。

“亚马逊号不见了，”她说，“舢板也不见了，栈桥也淹没在水下了。”

“我们必须赶紧开船，”弗林特船长说，“随时都有好事者可能发现我们不见了。”

镇子里仍然鞭炮声不断，树梢上方，花炮闪着亮丽的光。

“可是，我们就不能带上——”南希不舍地说。

“如果我们能够脱身，我会再送你一艘亚马逊号。现在燕子号还在我们手上，够幸运的了，这么大的洪水，它就是跟其他的船一起漂走了也不奇怪。看来今天早上的河水真的涨了不少。”

“我把桨拿出来。”约翰小声说。

“八片币！”

“别让鹦鹉出声，用什么东西捂着它的嘴。”

“吉博尔上船了，”罗杰说，“我也上来了。”

“把桨给我，”弗林特船长说，“不……还是你来，约翰，划的时候尽量小声点儿，你能看到那艘帆船吗？”

“我知道它在哪里。”

小船上挤得满满的。约翰在中间划桨。后面的提提伏在舱底，鹦鹉笼也放在旁边。他们不让罗杰到船头去，他虽然心有不满，也只能带着吉博尔，跟南希、苏珊和佩吉在船尾老老实实地待着。

“准备好了吗？”

弗林特船长悄悄将船推离岸边，自己也从船头上去了。约翰将船掉头，用力划船进入小溪。

“还看不到那艘船。”弗林特船长压低嗓门说，“右边点儿……对……”

“我好像看见什么了，”罗杰说，“在那边……我们马上就要靠近那艘船了。”

“很好……往左边划……慢点儿……”小帆船黑色的船身在不远处若隐若现，“当心左边的桨！”

“遵命，长官。”

弗林特船长伸出手，小船轻轻地撞在帆船上，他摸到了帆船的侧边，抓稳了。

“收起桨……慢慢沿着帆船前进。太过了……不要超过中间的干舷[1]高度……嘿……他们还留了绳梯……”

---

[1] 干舷：自吃水线至甲板间的距离。

“哦，太好了。”提提小声说。

“你上去，约翰。系船索在这儿，接下来该谁了？……安静点儿，不想要命了……”

夜色中，他们一个个爬上船，翻过栏杆，上到小帆船的中间。吉博尔也跟着罗杰上了船，终于不用老被人牵着链子了，吉博尔一上到这艘从没到过的船上便到处溜达。鹦鹉笼也被递了上去，而那只鹦鹉像是知道他们正身处危险中，连一声也没叫唤。

“让它到船尾去，约翰。在这么个黑漆漆的夜晚，鹦鹉在船上不弄出点动静不大可能。”

约翰拿着燕子号的系船索来到船尾，爬上艉楼，将绳子在船尾栏杆的系缆墩上系紧了。

南希踮着脚从船头走向船尾。“水中有一个锚，”她小声说，“绳子系在岸上呢。”

“不知道水流够不够大，能不能把船开起来。”

“那天的水流可够大的。”罗杰说。

“我们推一推，最好不用绞船索拖拽，否则弄出的动静会更大。不过我们得找到主帆……来点风啊……天这么黑，你能找到主升帆索吗？”

“找到了，”约翰在一番摸索后说，“我另一只手还拿着绞索呢。”

“往上拉这些竹制的支帆板会发出声响，”弗林特船长说，“不过，一旦船开动起来……应该很快就能驶出这里。我们驶出小溪后，舞龙的才会回到衙门。听着，我要砍断系在岸上的绳子了，把锚索拉到船尾。只要这艘船沿着小溪往下行驶，我就解开缆绳……锚就不要了……船上还有一个……你们把主帆什么的尽快升起来。”

“遵命，长官。”

“谁来掌舵？”罗杰问道。

“我解开锚索后就能腾出手来。不过，船一旦动起来，你们中必须有一个人将系在绞盘上的绳子砍断。我们可不能像上次一样，被船头的锚拖累。”

“交给我了。”佩吉说。

“你有一把锋利的刀，”南希说，“我早就把刀磨锋利了。”

“苏珊，你跟约翰做清点工作，南希到主升帆索处待命。”弗林特船长说，“哎呀，幸亏还有星星给我们照着前面的水面，开始吧——”

尽管漆黑一片，但船员们还是摸索着在黑暗中各司其职。

竹林那头，镇子里的鞭炮声仍然响个不停，但没之前那么频繁了。庆祝活动即将结束，端午节也快接近尾声了。

明月号上死一般的寂静。突然，船头传来刀割绳索的摩擦声。弗林特船长使出全身力气将锚索慢慢从船尾拉上来。轻轻的刀割声再次传来，佩吉正在用刀割缆绳呢。

“船转弯了。”提提一边小声说，一边看着波光粼粼的溪水往大河流去。

“喂！”弗林特船长喊道，“这是什么？船腹旁还停着一艘小船——”

“是舢板吗？”南希急切地问道。

“看不清楚……不对……应该是我们的老伙计亚马逊号。”

“太好了！”南希大声喊道，从主帆下冲了过去。

“你给我回去！”弗林特船长小声说，“妙极了，罗杰，我摸到系船索了。将燕子号在左舷船尾上系紧，一割断锚索就将亚马逊号系在右舷上。”

“哎呀呀！”南希小声说，“我还以为永远见不到它了呢。李小姐真好。我敢肯定，她想到了我们在黑暗中用不着这两艘小船。”

“现在，船摇摆得很厉害了。”提提说。

站在艉楼上的弗林特船长只说了两个字：“起帆！”

约翰、苏珊和南希用尽全身力气拉升帆索，帆往上升时发出刺耳的嘎吱声。他们很快停住不拉了，因为声音太大，而且还伴有绳子激起的水花声。明月号起航了！

“起帆！”黑暗中，站在船尾的弗林特船长命令道，“弄出声音也没辙……再拉上去一点儿，对了，那谁……罗杰，你来，现在还不用拉舵柄，你能看到溪口吗？继续往前，笔直朝中间行驶……”

他从艉楼跳了下来，双手交替，用力把升帆索拉上去，不过，也只有他有这个力气，尽管支帆板发出了刺耳的嘎吱声，但帆慢慢升高了。

“就这样……系紧了……船开动了。哎呀！我早应该解开主帆索的。”

“快来帮忙！”罗杰大叫，“舵柄怎么也拉不动。”

约翰爬上艉楼，用力拉动舵柄。明月号开始加速前进，往小溪下游驶去。

“我们必须利用前桅的大帆。”弗林特船长说，“南希去哪儿了？”

“准备拉帆呢。”南希的声音从高高的前甲板传来。

“把前桅帆拉起来。”拉动时再次发出嘎吱嘎吱的声音，不过没之前那么大声了，前桅帆总算被拉上了桅杆。

明月号的速度越来越快，悄无声息地从小溪驶入河中。

“我们成功了，”弗林特船长说，他把帆脚索解开了，将小三角帆也拉上了后桅，接着便来到约翰和罗杰所在的舵柄那儿，“成功了——”

可就在这时，从镇中心传来陌生的钟声，声音甚是刺耳！

# 第二十六章　唯一的出路

黑暗中，明月号的几名船员挤在高高的艉楼上，浑身打战。

“是警钟的声音。”约翰说。

“他们发现我们的龙不见了。”罗杰说。

“肯定想到我们逃走了。”南希不无担心地说。

“李小姐会想办法拖延时间的。”提提说。

“可她也没办法阻止他们来找我们。”约翰说。

“她会尽力的。”提提说。

“才不会，”弗林特船长说，“因为她以为我们已经出海了。”

“他们会把我们抓回去的，”苏珊说，“我们肯定逃不掉了。”

“我们不会有事的，只要我们出城的时候没人看见我们往哪边走了就行。”弗林特船长说，“我想不会有人知道的，除非那个放鞭炮的小孩跟我们来了。”

“他最后一挂鞭炮都放完了，”罗杰说，“为什么还会跟来？”

“不是这样的，”弗林特船长说，“那个家伙专往声音大的地方钻。”

“小心！”南希喊道，“要撞上那艘大船了！”

“还要你教。”弗林特船长说，一艘黑色的大帆船隐约出现在他们上方。现在，小帆船已经行驶到涨满水的河里了，正沿着主流往大海驶去，又有另一艘大帆船横在他们前面，稍远处还有好几艘呢。

“他们为什么还不升起停泊灯？”约翰说。

“我们很幸运，他们的船上可能没有，”弗林特船长说，“要不，他们在岸上就能发现我们的行踪。”

“那边稍微亮一点儿。”罗杰说。

“往东边行驶，”弗林特船长说，“快日出了。”

“还要多久？”

“希望我们驶出这条河就能看到太阳。但是在我们逃走之前，肯定还看不到太阳。”

“镇里已经乱成一团了。”南希说。

那边很难看到水和陆地的具体位置，但龙镇看上去就像正在燃烧的烟火。一开始只是星星点点的烟花，但现在，黑暗中到处都是灯光。声音很快从水面传了过来，待在明月号艉楼的几个船员听见不断有人吆喝，嘈杂声一片，不免战战兢兢。

“就让他们瞎咧咧去吧，”弗林特船长说，“只要他们没想到我们到小溪来就行了。”

“那边有光，”提提说，“在林中闪烁……像萤火虫……看……能看见了，不过现在又不见了。”

“他们看不见我们吧？”佩吉问道。

“该死的，”南希说，“我们甚至连个手电筒都没有。”

“太远了，”弗林特船长说，“而且虎岛把我们遮住了……这里全是黑影……他们看不见我们的……至少现在还没看到。”

“他们知道我们不会到上游去。”约翰说。

“如果他们发现船都不见了，只会想到是被大水冲走了。”南希说。

“他们肯定不会想到我们将这艘小帆船开走了。”弗林特船长说，“他们不知道这艘船不见了，除非他们在黑暗中也能看见。”

“有人就可以。”南希说，“李小姐的父亲可以，她也可以。上次在小岛上讲故事时，她跟我们讲过这事。”

“大多数人的视力比我们强不到哪里去。”弗林特船长说。但在黑暗中，他们的船后突然响起一片叫喊声，将他的声音淹没其中。

“这声音听起来太恐怖了，像是从小溪那边传来的。”罗杰说。

“我们的小帆船速度很快，”弗林特船长说，“他们坐舢板是追不上的……而且他们没这么快把那些该死的战舰开出来。有些海盗已经醉得不省人事了，如果是那些舞龙的追上来了，估计他们也跟我一样，差不多快累瘫了，所以，他们的追击速度快不了……”

风不是很大，但明月号还是借着风的动力，从大河往海里驶去。现在，夜色正浓，他们只能模糊地看到水道和星星的倒影，甚至连船上的伙伴也只剩下了灰蒙蒙的影子。他们说话的时候也都只能大抵估摸对方的位置。右舷方向，龙岛高处的悬崖耸立在夜中，像是要划破这黑幕，去迎接繁星点点的天空。左舷那边是高耸的虎岛，拉着长长的影子。

“我们现在在什么地方？”罗杰一把抓住提提说。

“大概在悬崖起始位置的正对面。”提提说，“你也看到了，悬崖快碰到天边的星星了。”

“吉博尔不见了。”罗杰说，“嗨！吉博尔！”

“小声点儿。”约翰说，“如果我们能听见他们说话，他们同样也能听见我们说话。”

“它会回来的。”提提小声说。

“可能到桅顶上去了。”南希说。

“好吧，”罗杰说，“让它给我们放哨也行——”

眼看着灯光从镇里出来，朝高地而来。这会儿，闪烁的灯光正从林中穿过。

“现在别大声说话了，”南希说，“也许他们并没有发现明月号不见了呢。”

“如果他们发现船不见了，就会一路沿着河堤找，他们终归会发现这艘帆船的系船索被解开了，”弗林特船长说，“他们很快就能猜到我们驾船逃跑了。不过，到目前为止一切还算顺利，这艘小船的舵柄非常容易操作。”

“不得了！”南希叫道，“那是什么？”

突然传来一声奇怪的巨响，自从弃下野猫号后，他们还没听过这么大的雾号[1]声。但这声音比他们以前听过的雾号声更饱满、更大，也拉得更长。

“肯定出什么事了。”罗杰说。

---

[1] 雾号：是船只、救生艇或海岸服务者在雾中或黑暗中用于发出警告信号的号角，是一种航行设备。

“那是用贝壳吹出的号角声。”弗林特船长说。

三四分钟后，类似的声音做出了回应，声音拉得很长，隆隆的回声似乎是从河下游传出来的，接着，同样的声音再度响起。

这时，小帆船的前方闪出一道光。

“肯定是其中一个要塞，”约翰说，“龟岛一边有一个要塞。”很快，之前闪光的对面同样闪出一道光。

“呃，”弗林特船长说，“在这样的灯光下，他们不大敢开枪。”

“开枪？”佩吉说。

“我想他们肯定不会的，”弗林特船长说，“不过我们必须躲着前来探查的舢板。河的下游并没有他们的船。”

现在，更多的灯光出现了，先是两三束灯光交织在一起，现在，灯光分散开来，变成链状，然后两条链状的灯光互相围拢过来。

“是舢板吗？”约翰说。

“我还真没想过会出现这样的情况。”弗林特船长说，他的声音突然变得严肃起来。他们感觉舵柄被猛地一拉，小帆船打了个急弯，然后再次面对灯光，笔直朝前面驶去。

“我们的踪迹被人发现了。”罗杰说。

“怎么回事？”南希说。

“他们放下拦木了，”弗林特船长说，“赶紧将船使出河道，我们被包围了。”

过了一阵儿，河面一片寂静，明月号继续往前行驶着。

“我想她不会这么做。”弗林特船长说，“他们在跟我们玩猫捉老鼠的游戏，先逼着我们往那个方向走，然后拉网，最后将我们一网打尽——”

“李小姐肯定干不出这事，”提提气愤地说，“肯定是其他人。一定是那个张，在李小姐还没想办法阻止他之前，他已经发出了信号。”

“她之前也说我们自由了，”弗林特船长咕哝道，“什么自由……每座桥和每艘船旁边都有哨兵……”

“当时她也没办法。”约翰说。

“现在跟那时候又有什么区别？”弗林特船长说。

大家又不说话了。下游闪烁的灯光在黑暗的海岛间来回扫视，就像一串闪闪发光的项链，在河面上拉得长长的。然后，那些灯光开始聚拢，形成两束很大的灯，岸边各有一束。

“我们已经被包围了，”弗林特船长说，“他们把拦木放下来了。如果这玩意儿对大船有效，那我们这样的小船肯定也过不去。”

“我们不管了，直接冲过去。”南希说。

“那可能会撞到悬崖，”弗林特船长说，“拦木是用柚木做的。小船会像火柴盒一样撞个粉碎。”

他一边解释一边驾驶小船在河中央航行。

“我们干脆回去得了。”苏珊建议道。

“现在没办法逆流行驶了。”约翰说。

“我们最好抛锚。”苏珊说，“如果我们逃不掉的话，那也是命中注定。”

“找不到合适的地方靠岸。”弗林特船长这话与其是说给他们听的，不如说是他在自言自语。

“还有办法，”提提说，“如果我们能够通过峡谷——”

这时他们再次感觉弗林特船长掌舵时不如往常那般自如了。提提伸出一只手才总算站稳了。

“嘿，当心点儿。”罗杰说。

“只要水涨得够高就能过去，”提提说，“李小姐不是说她成功过？”

“当时河水都涨到岸边了。”约翰说。

“满是礁石，”弗林特船长说，“水位不够。要过河的话，就这么点水根本不够。”

“试试吧，”南希说，“如果不试，绝对跑不掉了。”

大家又不说话了，突然，下游的要塞传来两声长长的轰鸣声。

“他们要收网了。”弗林特船长说。

“我们肯定离峡谷口很近了。”约翰说。

“苏珊，”弗林特船长说，“听我说，你也知道张岛主等人想怎么对付我们。如果我们被抓，任何事情都可能发生。他们可以说我们出了意外，或者干脆一不做二不休，杀死我们。横竖都是死。现在只有通过峡谷，如果被抓那就一点儿希望都没有了，怎么样？”

大家又不说话了。黑暗中，小帆船继续往前行驶。就连南希也不说话了。跟弗林特船长一样，他们在等苏珊的回答。

“就这么定了吧。”苏珊最后小声说。

南希长吁了一口气。

“哎呀！”她说，“我刚才还担心你们没搞清楚状况，这可能是唯一的办法了。”

“要是爸爸在这儿，可能也会这么说，”约翰说，“他曾经说过‘如果实在没辙，那就一笑了之。但倘若还有机会，就要全力以赴’。”

“我们会的，”弗林特船长说，“而且机会也不是那么渺茫……要是我能在黑暗中看清就好了……哪怕再亮一点儿也好。但是，如果有灯，我们的企图就会被他们发现，到时候他们会在另一头截住我们。现在只能看河水够不够，还得看我们的本事了。小船倒是能从满是石头的小溪里毫发无损地行驶过去，但流经岩石的水有很大的冲力，会阻止小帆船前行的。”

“必须要点动力才行，”约翰说，“想想那天我们回小岛时，这艘船逆风而行的情况。涨水时，正好有一条通道可以过去，现在水位已经够高了。既然李小姐能行，我们为什么不行？”

“我们必须试一试。”弗林特船长说。

“那燕子号该怎么办？”提提提醒道。

“还有亚马逊号。”南希也说。

“它们只能听天由命了。”弗林特船长说，“天太黑了，我们现在可没时间把它们弄到帆船上，现在肯定离那峡谷很近了……嘿……上游好像有人过来了。”

船后面，灯光远远地朝这边过来了。

“他们要上帆船了。”约翰说。

“太好了，”南希说，“他们肯定会被自己放下的拦木截住，除非天足够亮，他们发现我们不在河上了才会打开拦木，到时候我们早就走了——”

“最好别去看那些灯了，”弗林特船长说，“也不要去看那两个要塞。接下来半个小时，我们恨不能长有猫眼，要紧盯着前面的峡谷。如果还去看那些灯光，到时只会晃得我们什么也看不见。我瞧瞧，龙岛尽头的岸边有块巨石，恰好在峡谷口的上方，那天我们到那里看过——”

“没错。”约翰说。

“到前面去，看着那块大石头，小心点儿。”

“遵命，长官。”

“我也去。”南希说。

“你也小心点儿，”弗林特船长说，“等到了那里，得紧紧抓住船上的什么东西。如果你们看到了那块大石头，要是在右舷船头方向，你们就大喊‘右舷’……明白了吗？……往哪个方向掌舵就不用说了。只管大声告诉我石头的位置就行。”

约翰和南希从艉楼下来，摸索着往船的前面走去，爬上前甲板。

“如果他们大声喊，海盗不也听见了？”佩吉不无担心地说。

“应该听不见，”弗林特船长说，“到时候即使听见也没事。你去前面放哨。”弗林特船长轻声命令道。

“遵命，长官，遵命就是。”佩吉讷讷地回答道。

“看！快看！”提提说，“峡谷到了……星星好像就在我们头顶……”

繁星点点的天空像是一把锋利的楔子，将黑色的悬崖劈成两半，明月号正在河面横向斜行，往峡谷驶去。

“别一心只想着过去。”弗林特船长喃喃道，很快，峡谷上方的星空被甩在船的左舷方向。

“右舷！”船头一个焦急的声音传来，“发现巨石！”

弗林特船长再次改变航道。

“天哪，真奇怪，船的方向不怎么好掌握了，”他自言自语道，然后又大声说，“是激流的缘故……我们就要被卷进去了……现在连后路也没了……”

他们像是驾驶着帆船直接朝悬崖驶去。头顶的星空逐渐消逝，另一边则是高耸入云的黑色崖壁。

小帆船突然一个急转弯。提提、罗杰和佩吉一个踉跄，但摇摇晃晃后，他们总算站稳了。

“趴低点儿，伙计们，”弗林特船长说，“靠近舱底，不管捞着什么东西，先给我抓稳了。我可不想谁从船上掉下去……趴低点儿……峡谷中风速会更大……幸亏风是从这边吹过来的……如果风向改变……帆向也会改变，这事我们做不了主……但千万别把帆脚索弄乱了……该死的，要是我能看见就好了……”

就在这时，艉楼下面的门“砰”的一声巨响。

“什么声音？”佩吉倒吸了一口凉气说，“船舱里有人——”

“是吉博尔在里面东瞧西看呢，”罗杰说，“要不我去把它找回来？”

“哪儿都别去！”弗林特船长说这话的时候几乎生气了。

“吉博尔！”罗杰叫道。

“闭嘴！”弗林特船长说。

“我一叫它就会出来的——”

“该死的猴子！”弗林特船长说。

提提在黑暗中摸索着，摸到罗杰的手腕后，赶紧牢牢地抓住。她知道，他们全都知道，久经沙场的弗林特船长第一次感到害怕了。

夜晚也不再平静了。流水声、浪花声越来越大，在峡谷高耸的悬崖之间回荡。小帆船不停颠簸，不时一个急转弯，因此，即使趴在甲板上，他们也得牢牢抓住什么东西，要不就会从甲板上滚落下水。先前在开阔的河面上，他们还看到了黎明的曙光。但船已行至悬崖之间，里面漆黑一团，什么也看不见。被卷到石壁上的浪花落下时溅起细细的水花，溅得大伙儿身上全是水。支撑主桅的支帆板猛烈摇晃，发出恐怖的咔嚓声，接着，主桅突然颤了一下，帆脚索砰然一声巨响。

“帆向变了。”弗林特船长嘟囔了一声。

话音刚落，“啪”的一声，帆向再次改变。

“什么都看不见了，”弗林特船长抱怨道，“我什么都看不见……”然后又说，“如果撞上悬崖，船肯定会报销了……你们抓稳了，相信我们会过去的……对不起，苏珊……我错了……还以为光线会越来越亮……我也驾驶不了这艘船……”

罗杰突然晃动了一下，提提感觉有人从她身边跨了过去——那人动作轻盈，脚轻轻擦过她的身体……

“谁还站在那里？”弗林特大声喊道，“趴下，趴下啊！”

“对不起，最好还是让我来掌舵。”竟是李小姐的声音。

# 第二十七章　使　命

在如墨般漆黑的悬崖底下，事情有了转机。躺在艉楼甲板上的提提、罗杰、佩吉和苏珊本已觉得毫无希望，但他们知道有了李小姐，明月号不用再在黑暗中摸索了。他们之前那种可怕的无助感已经全然不在了，大伙儿甚至没问李小姐为什么会出现在这里。在此关键时刻，她轻轻说了声要替弗林特船长操纵这艘小帆船，对他们来说已然足够。她会泰然自若地指挥此船。明月号不再那么急促、频繁地转弯了。很快，这艘小帆船越行越快，朝峡谷中最狭窄的地方驶去，船像是长了眼睛，往前行驶着，而不是像一艘在漩涡中飞流直下的失事船。

罗杰转过身来。“我们过桥了吗？”他小声说，“桥在那儿呢……就在星空下……看！在我们头顶……我们过桥了！”他大声喊道。

“已经过了最狭窄的部分了，对吗？”他们听见弗林特船长这样问道，感觉到他说这话时明显松了口气。“对不起，”他们又听见他补充道，“不能跟正在专心掌舵的人说话。”

小帆船继续破浪前行，水花溅起，落到船中间。悬崖上飞溅而下的冰冷水花溅到高高的艉楼上。

突然，他们听见李小姐说话了。

“最好叫约翰和南希趴下，”她说，“马上要进入漩涡了——你们能不能大声点儿说话？”

水流轰鸣，弗林特船长大声喊着他们，回音在他们头顶的悬崖之间萦绕。“南希、约翰，趴下，抓稳了！你们听见了吗？”

两个声音从前面传来。“遵命，船长。”仿如两只战战兢兢的老鼠在那儿“吱吱”叫着。

“如果可以的话……我会尽量绕过漩涡，”李小姐说，“到时我会让你用力拉舵柄……”“遵命。”弗林特船长说。

“漩涡！”罗杰说。

“不会有事的。”苏珊说。

“真希望南希也在这儿。”佩吉说。

接下来，他们进入的地方伸手不见五指，只听见漩涡发出震耳欲聋的声音。这时李小姐突然喊道：“拉……快点儿……拉……”主帆张开时，也不知道撞上了什么，船直摇晃——帆向改变了——主帆再次“啪”的一声张开时，又听得“咔嚓”一声。他们第一次感觉风迎面扑来——明月号往右转了个大弯，朝上游驶去——风帆被吹得鼓鼓的，在风的作用下噼啪作响……帆向不停转变，接着，风从船尾吹来，明月号越过漩涡，稳稳地朝下游驶去。

“这桅杆真不赖呀。”弗林特船长喃喃自语道。

他们突然发现已经不如之前那般漆黑了。远处，河岸两边矗立着的悬崖也没有那么高了。尽管船帆和支帆板是黑色的，他们却发现主帆不再像星空下一块黑色的幕布了。看看前面，再看看主帆下，进入前甲板的门和四四方方的窗户渐渐清晰。前甲板和船头上两个放哨的再次站了起来，目不转睛地盯着前方。水面也更加平静了。明月号在越来越宽的峡谷中行驶，速度却越来越慢，船后，峡谷形成的风也不再汇集一处了。风势渐弱。岸上不知道什么地方传来一声公鸡的打鸣声。悬崖之间也不再响起回声了，取而代之的是别的声音：警钟的敲击声，远处龙镇尖锐的哨声。

“现在已经到了开阔水域。”李小姐说着把舵柄交还给了弗林特船长。

在前甲板放哨的两人转过头来。

“我们过去了！”南希兴奋地说，“你真厉害，吉姆舅舅！”然后，她用完全不一样的声调惊呼道，“李小姐！”

南希这一喊不打紧，提提、罗杰、苏珊和佩吉的心突然沉到了谷底。这意味着他们仍是她的犯人，这事真的让他们始料不及。他们原以为，李小姐的出现只为解救他们的生命，让他们的船避免遇难。他们不情愿地站了起来。约翰和南希爬上艉楼，跟众人聚到一起。

“我不管你们怎么说，但我觉得这事太糟糕了。”南希说。

这时弗林特船长说话了：“要不是李小姐及时掌管了舵柄，我们绝对过不了峡谷。能活着已是幸运，做李小姐的犯人总比被吴、张两个岛主抓住要好。”

南希背对着弗林特船长。突然，她猛地转过身来。

“开玩笑，”她说，“这里连个卫兵都没有，我们才不是她的犯人。她被我们俘虏了，把她关进船舱。”此时，晨光微露，李小姐脸上掠过一丝笑容。“南希，”她说，“你这孩子倒是很勇敢，但怎么傻乎乎的。我跟你们一起走，回剑桥。”

“太好了！”南希兴奋地喊道，也不介意别人说她傻了，“该死的，我以为被弗林特船长说中了，你们在跟我们玩猫捉老鼠的游戏。”

李小姐看着弗林特船长，他赶紧挪开目光，全神贯注地掌着舵。

“天哪！”南希说，“李小姐，你跟我们一起走我真是太高兴了！到时你一定要来贝克福德玩儿——”

“放暑假就去，”李小姐说，“到时我们举办个读书会——”

“噢，天哪！”罗杰喃喃道，“暑假我们可不念书！对了，吉博尔没在桅杆上啊。吉博尔……吉博尔！”

“你的猴子在船舱里。”李小姐说，她现在在想别的事，听着别的声音，罗杰声音中的恐惧当然也逃不过她的耳朵，“它进去很久了。”

“是你让它留在那里的。”罗杰说，他记得以前李小姐是禁止猴子去她屋里的，“太谢谢你了。”

“把猴子留在那里是为了它好。”李小姐说。

罗杰从艉楼上滑了下来，打开船舱，把吉博尔放了出来。提提下来，从艉楼和船舷的角落里提起鹦鹉笼，他们一上船，她就将笼子放在了这个安全的地方。

“它身上都打湿了，”她说，“但还好没事。”

“要我说，”罗杰说，“我们过峡谷时有她在还真是幸运，连弗林特船长也——”

“我知道。”提提说。

提提将鹦鹉笼递给艉楼上的约翰，自己也爬了上去。罗杰也跟着她上去了。

“这是新的信号。”李小姐说，“之前的信号你们听到了吗？”

“都听到了，”弗林特船长说，“但我们不明白什么意思。牛角吹响后，我们倒看到他们的船已经行至拦木了。”

“开始的信号是说你们在明月号上，李小姐要把你们抓回来，活要见人，死要见尸。但鹦鹉和猴子要活的，那些鬼佬就不管死活了。”

“那一定是张岛主发出的信号，”提提说，“他很喜欢波利。”

“听起来像是喜欢鸟的张岛主发出的信号。”弗林特船长说。

“不过新发出的信号不同了，”李小姐说，“是要那些大船不用管犯人了，只管把明月号弄沉了。”

“可这是为什么呀？”

“不管是谁发出的信号，”李小姐说，“此人都知道我在船上，不想让我活着回去。”

“你跟我们来了这事谁知道？”弗林特船长问道。

“没人知道，就连我的奶妈也不知道。连我自己都不知道。我只想到我的学生不见了——”李小姐沉默了一会儿，“我本想等船航行到大海上才让你们知道。但他们放下了拦木，你们的船驶入峡谷——”

“我们听见舱门的响声了。”佩吉说。

“谁知道我们开走了明月号？”

“我奶妈知道……我的信号员可能也知道，是他帮你们把东西搬上船的。”

“他们这么快就发现我们不见了。”南希说。

“张很聪明。”李小姐说。

“管他呢，反正我们已经甩掉他们了。”南希说，“那些大船都被困在河里，还在那里找我们呢，但我们已经不在了。他们绝对猜不到我们过了峡谷。现在已经出来了，他们绝对抓不到我们了。”

“我们既然能过来，他们也能。”李小姐说，“大船上刚才发出的信号说没发现你们在河里。”

“不过他们要过来的话，没这么快。而且大船笨重，花的时间更久。”弗林特船长一边说，一边望向龙岛最南端绿色的小宝塔和远处死水的河口。

就在这时，巨大的号角声突然在附近响起。

“不好，”李小姐说，“他们从宝塔上看见了我们。我之前还以为他们都在睡觉呢。”

“那是瞭望塔吗？”南希问道。

“是的，”李小姐说，“现在我们的行踪完全暴露了。”

“没关系，”弗林特船长说，“我们已经出来了，计划成功了大半。”

“天一亮风就会减速。”李小姐说。

黎明说来就来，明月号一路航行，经过南边岬角绿色的宝塔，驶入辽阔的大海。他们看着李小姐，发现她先是盯着后桅的缆绳，然后望向远方。

“所有的升降索都乱成一堆了。”南希说。

“昨天是在夜间航行的。”约翰说。

“抓紧干活吧，”弗林特船长说，“我们必须充分利用剩下的帆。对了，提提，掌舵时悠着点儿。我们得清理一下。”在约翰、苏珊、南希和佩吉的帮助下，他终于将所有东西归位了。这艘船对他们来说本就不熟悉，昨天晚上升帆时还得在黑暗中找缆绳和楔子。升降索乱七八糟地缠在一起，帆桁也升得太低了。现在，借着黎明前的微光，他们开始忙碌起来，在桅杆和桅杆之间、缆绳和缆绳之间穿梭着，李小姐也跟着他们，告诉他们应该怎么做。然后，他们将绑在船尾的两艘小船拉到船侧，将里面的工具拿了下来，打包整理好。小船的两位船长乐坏了，他们还以为帆船过峡谷时，小船撞了个稀巴烂。“快点儿，”弗林特船长说，“我们把小船拉上来，也许帆船的速度还会稍微快点。”既然燕子号和亚马逊号还安然无恙地拖在船尾，也没必要逆风停船了。现在风速已经降下来了。

天色越来越亮。

“喂，”罗杰叫道，“有艘舢板朝停靠在下面码头上的帆船驶过去了。”

他们回头望向死水，一些黑点正朝大帆船慢慢移过去。

“幸好他们之前没想到这点。”弗林特船长说。

“他们没想到我们会穿过峡谷。”提提说。

“最终我们还是会甩掉他们，”弗林特船长说，“他们要过来的话需要时间。只要起风，我们就能甩掉他们。”

但风速越来越小，天空却越来越亮。东边，太阳突然从地平线上升起，明月号像海岛一样，完全暴露在太阳底下。海那边，一排火光直扑他们而来。船舷撒下一片阴影。太阳将所有人的脸照得通亮，明月号的船员互相看着对方，好像他们才刚认识似的。往左舷那头远远望去，黑崖下，阳光像绿宝石般照耀着庙堂所在岛上的树木。艉楼上鹦鹉笼中的波利开始炫耀自己的羽毛，猴子也停在船头的绞盘上晒太阳，下面便是波光粼粼的海水。

“出太阳了，”李小姐说，“端午节结束了。”

突然，明月号的主帆“啪”的一声张开了，接着便张合了几下，最后有气无力地垂在那儿。提提的眼睛都看花了，她不停地移动舵柄。“我操纵不了了，”她突然说，“船不动了……完全停下来了。”

“不要紧，提提，”弗林特船长说，“也没别的办法了，我来掌舵。现在天气不错，晚上吹陆风，白天吹海风。日落和日出时风平浪静。太阳再升高一点，就又会起风了。”

“死水上有艘帆船扬起了帆。”罗杰说。

“我们这边的风来得比他们快。”弗林特船长说。

“提提，给我望远镜，”罗杰说，“快点儿……有艘舢板根本没在帆船旁边停留，直扑我们过来了。”

“我们搞定舢板应该不在话下，”弗林特船长说，“最好让他们一块儿上。我担心的是另一条河中的大帆船。李小姐，呃……小姐，他们关闭拦木后要多久才能打开？”

李小姐一直站在艉楼上，看着小岛上郁郁葱葱、包围着她父亲坟墓的树木，她转过身来。“因为水流的关系，关闭容易，打开花的时间要长些。”她说。

“太好了，他们这是搬起石头砸自己的脚。”约翰说。

就在这时，四艘扬着棕帆的大战舰依次出现在悬崖那边，正慢慢地沿着虎岛岸边开过来。

“没有风，他们的船怎么会动呢？”提提大惊失色道。

“因为那边的河是顺流，”弗林特船长说，“等到起风时，我们也甩不开他们了。”

“那我们根本还没逃掉啊。”苏珊说。

这种状况就像一只疾驰的野兔突然被定住了，后面全是追逐它的猎狗。

“既然什么都做不了，”李小姐说，“最好保持冷静。罗杰，你去船舱把我那本贺拉斯的书拿来——跟其他书放在一起——里面有我给弗林特船长准备的航海图。”

罗杰很快从下面的船舱里拿着航海图和书出来了。李小姐拿过那本书，他们将航海图在甲板上打开时，李小姐迟疑地看着约翰和弗林特船长。这是一张 1879 年的旧图。“是我父亲的。”李小姐说。弗林特船长从口袋里掏出几张从航海天文历中撕下来的纸片，上面有用铅笔记录的纬度。不一会儿，他便在海图上给出了标记。

“让我看看，”李小姐说，“没错……差不多就是这里，你怎么知道？”

“那天我们跟你去小岛祭拜时我做了测量。”弗林特船长坦白道。

李小姐眯缝着眼睛。然后，她拿过铅笔，也在上面做了个记号。“我们的位置在这儿。”她说。

“谢谢，小姐。”弗林特船长毕恭毕敬地说，然后他又看了看航海图左下角，那是进入新加坡的入口。

“如果他们能追上我们，又有什么用呢？”约翰说。

“这艘船太小。”弗林特船长说。

“我们所有的东西都在船舱里，”罗杰说，“但没有吃的。”

李小姐没再看贺拉斯的那本书了，微笑着抬起头。“我早就准备好了，”她说，“还有很多水。”

“苏珊，”弗林特船长说，“你能不能弄点吃的？如果要沉船的话，我们可不想变成饿死鬼。”

“走吧，佩吉。”苏珊说，两个大副走到前面，从前甲板下的门里走了下去。

“他们的帆船正由舢板拖拽着前行，”过了一小会儿约翰说，“那些帆船前面都有舢板拖着。”

“听着，”南希说，“我可受不了这个，现在我们只能坐在这里等死，我们也让小船拖着前行。”

“不行，”弗林特船长说，“如果舢板上的小子想追上我们，我们现在就得做好充分准备。”

这时，一艘舱顶盖有草席的圆顶小船正飞快朝明月号过来，上面还有人站在船尾用力划桨，李小姐瞥了一眼，摆了摆手。

“是龙岛的舢板，”她说，“可能是渔夫——那人可能以为只要他能抓到你们，不管死活，我都会付给他一大笔钱——”

她突然合上书，站起来，听了听，金黄色的面颊粉黛微露。然后，她用一根手指在栏杆上敲了敲，又听了听远方尖锐的哨声。

“要我说还真像莫尔斯电码。”罗杰说。

“真希望我们能明白这信号的意思。”提提说。

“我也搞不清了，”李小姐说，“这本是命令……是我的命令……是给我衙门的议事厅发出的……”

“别管了，”弗林特船长说，“如果你跟我们回剑桥，做个老师或者医生什么的，到了那边，你也就不用担心他们吹什么调调了。完全不用理会。要是我们全死了，也会有人发出信号，但至于吹什么调，也完全跟我们无关了——如果你能明白我的意思，真不关我们的事了——我们什么也做不了，只能等着起风，希望明月号能甩开那些大帆船。喂，南希，约翰，将前桅甲板上的绞盘棒拿下来。全体船员到甲板上集合。这家伙随时可能上船。”那艘舢板距离他们不到三十码了。

佩吉从前舱跑了出来，苏珊拿着一个蒸锅跟在后面。南希和约翰将绞盘棒扔到船中央。苏珊将她的蒸锅用绳子缠起来，拿过一根绞盘棒。佩吉有所迟疑，但也拿起另一根。这时，舢板已经来到船侧，约翰和南希跳到船中央。

“所有人手里都准备一根棒子！”弗林特船长大声说，自己也操起一根，像火棍一样挥舞着，甩了甩手腕，“如果有谁想从栏杆上爬上来，狠狠敲他的手。抓稳了，嘿，你想干什么？”

“他是我的信号员，”站在艉楼上的李小姐对下面的船员说，“让他靠近。”

现在他们总算认识这名信号员了，此人将发信号的笛子挂在背后。接着，他双手抓住栏杆爬了上来。也没人用绞盘棒打他的手。约翰给了他一根绳子，他系紧了。南希将几个竹垫扔过船侧。这时，老奶妈从舢板中间的船舱走了出来，还是一袭蓝衣蓝裤。而坐在里面的另一人手捋胡须，此人正是那名老谋士。

“让他们上船。”李小姐说。

在弗林特船长和信号员的帮助下，奶妈和谋士也相继翻过栏杆爬上船。老妇人爬上艉楼，跪在甲板上，双手紧紧抱着李小姐的脚，没完没了地哭诉着。而那个老头也走上艉楼，朝李小姐鞠了一躬，坐在一卷绳子上，静静地等着，长指甲慢慢捋着他那稀松的胡须。

李小姐抬起一只手，老奶妈不说了。李小姐向老谋士做了个手势，他开始说起来。明月号的船员只得在那儿等着，安静地听他们说话，信号员则气喘吁吁地躺在舢板的底部。大帆船越行越近。

最后，他们终于都不用中文说话了，李小姐用英语解释。“他们是逃出来的。”她说，而且她还将所了解到的有限的情况跟他们讲了。大龙一回到衙门，张就问小龙去哪儿了。他也问李小姐去哪儿了，奶妈说她没看见她。他又打听了一番，然后，老谋士发布命令，拉响警报，奶妈则跑到李小姐的房间，发现她真的不见了。她还发现书架上很多书也都不见了，立即猜到李小姐跟她的犯人走了。她很快将这事告诉了老谋士。也就在这时，他们听见号角发出关闭拦木的信号，便知道明月号已被困在河中。老谋士想到了这个峡谷，还记得李小姐很久以前还驾船从那儿过去过。于是，他们带上信号员，悄悄从花园溜了出去，接着，他们在造船厂弄来一艘舢板，而且，他们走了很久之后，镇里才有人想到明月号的逃跑路线。

“现在怎么办？”南希说，“他们肯定会来——我是说如果我们不被人抓住的话下一步该做什么？”

“这两个人想要我回去。”李小姐说，她第一次面带迟疑之色。

“他们刚才听到要让明月号沉船的信号了，”李小姐说，“信号员跟他们说的。老谋士说张肯定知道我走了，他想让我跟明月号都消失。这样，他就能独霸三座岛。”

“可他们不会让他轻易得逞的。”提提说。

“那如果他们开战呢？”李小姐说。

“那些大船越来越近了。”罗杰说，“嘿，为什么呀？”

“起风了。”约翰说。

“我不是说这个。”罗杰说，“听！又来了。”

“当。”锣声从远处传来，“当……当……”

“是从议事厅方向传来的，”李小姐说，“张要取代我的位置了……没有所谓的李小姐了……也没有谋士了……只有十声锣的张岛主。”

“你手下的人肯定不愿意，对吗？”南希问道，“你向来都是享受二十二声锣的礼遇。”

“当……当……当……”遥远的龙镇锣声不断传来，那天早上之前，李小姐还和她的父亲一样，统治着那里。

“当……当……当……”

“他只不过是个十声锣的岛主。”李小姐不屑一顾地说。

这时，他们又听见一声锣响，而且锣声不断传来。

“十三，”罗杰数道，“十四……十五……十六……”

老奶妈的眼泪再次夺眶而出。李小姐听着锣声，好像根本不相信自己的耳朵。老谋士看着她，摸了摸胡子。李小姐望着远处的内陆，往死水那头望去，码头那边的低洼处，还能看见高过树梢的旗杆。这时，礼炮已停，李小姐那面印有金龙的黑旗将升向天空。

罗杰还在数锣声：“十九……二十……二十一……二十二……”

李小姐倒吸了一口凉气。锣声终于停了，提提用望远镜看到一面旗子高过树梢。但不再是那面印着金龙的黑旗了，而是橙绿两色的旗子，那正是张岛主的虎旗。

“他告诉他们我死了。”李小姐轻轻地说。

突然，远处传来步枪的声音。尽管老谋士面不改色，但他还是忍不住看着李小姐的眼睛。

“龙镇打起来了。”她喃喃道，然后紧紧抓住贺拉斯的那本诗集，好像那本书根本就是个枪套，她正要从里面拔出枪来。老谋士也开始说话了，他说得很小声，同时眺望远端的死水。远远望去，他们看到了高过衙门大门的塔楼，而且，通过望远镜，他们还看到了树梢上方迎风招展的虎旗。

李小姐也像老谋士一样，小声说道：“他认为是张、吴两个岛主在为成为老大大打出手……或是龙岛的人跟两边的人打……他说这意味着三座岛的和平日子结束了……他们彼此之间的战争会持续打下去……当年我父亲费尽周折让他们停战的事将随之化为泡影……他说我父亲魂归黄土，张、吴两位岛主无法将三座岛联合起来……只有他女儿我，李小姐可以……”

大船的船尾刮起了风，接着，明月号的帆也涨满了。帆船飞快地追了上来，明月号也开始往前驶去。

“当！”

一艘离他们最近的帆船青烟弥漫，什么东西砸入水里，浪花都溅到明月号的艉楼了。

“下次就能打中我们了，”约翰说，“我们必须再次用那两艘小船逃生了。”

李小姐飞快从艉楼下来，然后从船舱里拿出一捆黑色的东西。

“让他们瞄准这个打。”她说。

南希很快到了升降索那儿，就在这时，第二门加农炮呼啸着掠过头顶，将李小姐那面黑底金龙旗从明月号的桅顶打落下来。

“哎呀，看他们怎么开船的！”罗杰大声喊道。

一艘船改变了航道，另一艘船迎风而上，差点撞在了一起。另外两艘船的舵手也不再控制舵柄了。船上，四个人似乎都向同一个方向跑去。突然，其中一艘帆船上的一个人敲响了钟，接着另一艘帆船上的人也效仿起来。四艘船上所有的钟都响了。现在很难数清到底响了多少钟了，因为它们并不是同时开始的，但南希猜到了其中的奥秘。

“一共二十二声，”她转向李小姐说，“这是为你敲响的。”但李小姐又不见了。她拿着自己的弹带出来了。不过，她将弹带扣紧时遇到了一点儿小麻烦。

“我得回去。”她说，“他不是跟他们说我死了吗？那就等着瞧——”

“哦，听着，”弗林特船长说，“你回去没事吧？”

“绝对没事。”李小姐说，“张只能受到十声锣的礼遇，竟然敢坐我父亲的位置。”

“那你回剑桥的事怎么办？”提提问道。

“我不会回去了。”李小姐说。

“那你的书呢？”弗林特船长问道。

“我不再需要了，”李小姐说，“你们坐船回家时可以继续学习拉丁文。”

老奶妈笑了，但仍没来得及止住哭声。老谋士慢慢从艉楼上下来，摸了摸胡须，嘴里似乎念着什么咒语。

“他说什么？”罗杰问道。

李小姐犹豫了一阵儿。“Vir pietate glavis。”她用拉丁文说，然后又用英语解释说，“他引用了孔子的话，说要对我父亲尽责。他说得没错，我属于这里。”

奶妈和老谋士爬到舢板上。

“再见，‘旧金山人’。”李小姐微笑着说，“再见，罗杰。再见，提提。再见，苏珊。再见，佩吉。再见，约翰船长。再见，南希。”他们也都向她道了别，李小姐随即下到舢板上。

“你会杀了张岛主吗？”罗杰问道。

“不会，”李小姐说，“张对我来说还有用，让他享受十声锣的礼遇没问题，但二十二声锣，不行。”

“把他关在羁押弗林特船长那样的笼子里。”南希建议道。

“不过可别收缴他的金丝雀。”提提说。

“没问题，”李小姐说，“让他跟金丝雀一起待在笼子里，将来再把他放出来。再见，你们都是我的好学生。”

舢板驶向那艘最大的帆船。明月号慢慢转向，驶进风中，主帆在他们头顶随风起舞。

“哎呀！”弗林特船长跳向艉楼，“谁在掌舵？我们简直跟大帆船上的人一样糟糕。约翰，把前桅大帆往后拉。南希，帮我个忙，我们把主帆收起来，逆风停船，先看看什么情况。”

“现在我们要怎么做？”罗杰问道。

“风刚刚好。”苏珊说。

“先待在这儿，”弗林特船长说，“我们也帮不上什么忙，但我得确保李小姐没事才能继续航行。那个张可能会制造一定的骚乱，但应该成不了事。连他自己的人都反对他。你们刚才不也看到了，她将旗子拿出来后，张岛主船上的人是怎么做的——我跟你们说，现在，我们就在这儿待着，等她回家。到时候盯着那根旗杆……”

明月号在海中轻摇，他们跳上艉楼，看着李小姐、老谋士、奶妈和信号员登上那艘最大的船。看到他们调整风帆，几声命令后，四艘帆船全部转向，朝死水的入口驶去，那里还有更多大船。现在风势已起，帆船迎风往前驶去，大战一触即发。

“他们为什么往那边走？”约翰说。

“他们一旦驶入河中，就不再有激流了，这是送李小姐上岸最快的方法。她想阻止其他的船出来。”

“可怜的李小姐。”提提说。

“具体情况也不清楚，”弗林特船长说，“这事有点儿棘手，但她知道怎么处理。在其位，谋其政，真是人生中的一大快事。要是她不老想着去剑桥该多好啊——”

“对了，”罗杰说，“你们看到吉博尔了吗？我敢说它也想看到这一幕呢。幸好那个老谋士没看到它。嘿，看它在干什么！”他们看到猴子坐在一圈绳子上，假装用长长的手指一本正经地摸着根本就没有的胡子，他们全都乐疯了。

他们看到大帆船驶入港口，慢慢穿过沼泽，往上驶去。然后，他们又看到其他帆船出来后，转弯跟上了原先的船。那些帆船离龙镇越来越近。这时，突然响起枪声。

“打起来了吗？”南希说，“哎呀，我真希望她能赢。”

“不像打仗，”弗林特船长说，“声音太有规律了。”

“是二十二声枪响。”罗杰说。

“她真是个聪明的女孩，”弗林特船长说，“她一上岸，张就成了孤家寡人了。好了，提提，你留意旗杆。”

半小时后，提提一只手拿着望远镜，另一只手向其他人挥舞着。虎旗没入林中了。黑色的龙旗升起来了。接着，“当……当……当……”远处衙门传来了锣声。

“她赢了！”弗林特船长说，“二十二声锣的岛主李小姐重新夺回了老大的宝座。这时候我可不想成为张岛主。那笼子太折腾人，里面是一根该死的棍子而不是凳子——好了，好了，南希船长，将前桅大帆升起来。约翰船长，升主帆时悠着点儿。升帆！我们上路了……”

# 尾 声

其实还没有结束啦。有了李小姐父亲留下的旧航海图、两个小罗盘、六分仪和航海天文历，他们来到了新加坡，并在那里发了电报。电报中的措辞也特别谨慎，以免让他们的妈妈担心，只是说他们一切平安，换了一艘新船。“等见到她们后，我们再将余下的故事讲给她们听。”说这话的时候南希的眼睛闪着光。现在，航海图、导航灯都有了，罗盘箱里还有个非常不错的罗盘，他们继续航行。你们可能也在报纸上看到了，话说一天早上，康沃尔的圣莫斯港的人醒来后竟然发现一艘中国的小帆船停在了他们的港口，桅顶上还坐着一只猴子。